熟女那二的私房生活

2 得有特色的女人都有一堆故事

那朵拉·著

吉林出版集团

北方妇女儿童出版社

图书在版编目（CIP）数据

熟女那二的私房生活 / 那朵拉著. —长春：北方
妇女儿童出版社, 2010.11
ISBN 978-7-5385-5087-0

Ⅰ. ①熟… Ⅱ. ①那… Ⅲ. ①长篇小说-中国-当代
Ⅳ. ①I247.5

中国版本图书馆 CIP 数据核字（2010）第 206456 号

熟女那二的私房生活

作　者	那朵拉	
出 版 人	李文学	
责任编辑	王天明	
封面设计	颜　森	
开　本	710mm×1000mm	1/16
字　数	250 千字	
印　张	17	
版　次	2011 年 2 月第 1 版	
印　次	2011 年 2 月第 1 次印刷	

出　版　吉林出版集团
　　　　　北方妇女儿童出版社
发　行　北方妇女儿童出版社
地　址　长春市人民大街 4646 号
　　　　　邮编：130021
电　话　总编办：0431-85644803
　　　　　发行科：0431-85640624
网　址　http://www.bfes.cn
印　刷　三河市文通印刷包装有限公司

ISBN 978-7-5385-5087-0　　　　定价：28.00 元

那二究竟是个什么样的女人，只有个别的男人知道。她认为没必要叫每个跟她有过密关系的男人都了解。有些男人就是个男人，无法成为爱人她总喜欢回味周星驰的那句话：人如果没有理想，跟一条咸鱼有什么区别。那二经常感觉自己是那条咸鱼。在她看来，理想至少是目标清晰的，高于常态的，要甩出平常心一大截子的。而自己却总是顺着命运的河流缓缓而行，随意奔流随意停靠。

Contents

目录

Chapter 1-Chapter 12

Chapter 13-Chapter 24

Chapter 25-Chapter 36

想去玩便自己背个包走了，没人需要记挂，也没人记挂她。路上时有艳遇，也是只留情不留宿。肯定有过叫那二动心的男人，她自己提醒自己，就是上个床的事儿，以后就没什么事儿了。何必。不爽那一下子又不会死人。

那二身边的人多数都具备这样的自我催眠精神，也都能够自得其乐。尽管每个人的着重点不同，却都能从中找到平衡点。人总不能凡事都那么较真，总有些地方得难得糊涂。这样比较容易快乐些。

Chapter 1
那二丢了家族的脸面

    那二和上海小男人打算结婚了。说他小，是年纪的小、眼光的小、气量的小、志向的小，没说他的生理构造。

    活了 31 年，从没结过婚还真新鲜。怪不得有人说恋爱是两个人的事，结婚是两个家族的事。两人确定正式关系还要见双方的父母以及七大姑八大姨。那二的家在北方，先见伍晓华家人就顺理成章。

    因那二大了伍晓华整整 4 岁，伍晓华的父亲听了死活不同意。那个事业单位的中层干部总感觉自己儿子被熟女迷了心窍。有什么好啊？她有什么好？家是外地的，不知根知底。一个杂志社的小编辑能有啥发展前途？以后失业怎么办？她有房产有存款吗？没有?! 那她大你这么多，你保证以后你们能不离婚吗？离婚的话咱们家的房子是要分给她一半的啊！你一定要找她是不是？好，这房子我是给你结婚用的，以后发生了这样的事情，你别来找我哭！

    小男人用了什么招儿那二没问，最后中层干部还是见了那二。那二应伍晓华的建议"打扮得漂亮点"，他爸喜欢漂亮女孩子。寒冬腊月，那二穿了黑色羊绒超短裙，外面一件黑色羊绒短大衣，踩一双黑色中筒高跟牛皮靴，黑色薄丝袜里的大腿若隐若现。她化了淡妆，把栗色卷曲长发披散下来，右侧别了一枚红樱桃形状的水钻发夹。

    她感觉上海人真另类，哪儿有见男方家长时这样要求未来儿媳妇这么打扮的？又不是跟他老爸相亲。伍晓华的生母在他初中时出车祸去世了，老爸后来续弦，他一直叫后妈阿姨。老爸虽然不做生意，但算是能

干的，50 岁时买了一套一百多平米的新公寓，当时也值一百多万，如今翻了近两番。他老爸就跟他阿姨住那公寓里去了，把那套 60 平米的老公寓留给伍晓华做婚房。那房子那二去过，格局不好，两室一厅除了公摊面积剩下一点地方哪儿哪儿都小。那二也没琢磨自己是否委屈，伍晓华除了长得好看，体贴细心，还真难挖掘出更多的优点。在他身上看不到传说中的奋斗拼搏，跟魔兽世界里的妖怪打架是他最大的爱好，还比那二小好几岁。那二可没感觉自己占便宜，也谈不上吃亏，就是怕自己发嗲的时候对方觉得怪。可不是嘛，有一次那二真情流露就发嗲了，伍晓华还不好意思，哟，发嗲嘞。如果不能发嗲算吃亏的话，那二还真感觉亏了。

上海的冬天通常潮湿阴冷，2008 年偏就冷得厉害。傍晚，从家里到出租车的那段路上那二感觉湿气都钻到骨头里了，伍晓华还说她，美丽冻人。那二没笑，那点笑等着留给中层干部看吧。

中层干部没那二想象的那么苛刻，甚至有些慈祥，后来证明表面的东西都是靠不住的。伍晓华他爸见过那二以后不置可否，他感觉如果不是那二家在外地，无论如何也不会找伍晓华。那二不光人上得了台面，思想见地也不平凡，视野之开阔要他儿子追逐数年才能企及。当然，是在那二不再进步的前提下。中层干部又琢磨了，凭什么呀？她就是想找个落脚点嘛。找个年纪轻的图新鲜，这样的女子生猛，说不定还轻佻。要是过几年她发达了翻脸不认人呢？我儿子这么老实如果被她欺负了呢？离婚又不是个小事儿。主要是房产，不是要分她一半嘛……

想了那么多，临近年关的时候伍晓华他爹地还是邀了那二来吃年夜饭。按上海风俗，新年来的准媳妇要给红包，那二也收到一个厚的。伍晓华年前早经过家里批准订购了飞往那二家的机票，大年初二的时候，两个人去了那二家。

那二肠子都悔青了，如果早见了伍晓华表姐那个上海女人，她的家族也不至蒙羞。那二怎么能够容忍有这样的亲戚，这样的男朋友，一切，都晚了不是？见到伍晓华的表姐，已经是那二和伍晓华从北方的家回来以后了。

那天，那二和伍晓华早早来到那家著名的私家菜馆，他们一起点了几道菜馆的招牌菜，等他嘴里常念叨的表姐。故事的版本是这样的：伍晓华和表姐从小在苏州河边的一个弄堂的一个院落里长大，伍晓华母亲去世后，大他三岁的表姐很当家地施予他母性关怀，对伍晓华很照顾。后来他能从电脑卖场维修电脑换至某知名企业做网络维护也是托这个表姐的福。这表姐在伍晓华眼里的地位非同小可。还有个重要事情没交代，这表姐上大学的时候有个相处甚好外形甚配的男朋友，后来表姐感觉男朋友没多大发展前途，决然分手，跟一个来自西北在上海开公司的男人结婚生子。那二正思忖着钱大爷在一个女人抉择时起的作用的时候，表姐来了。

表姐身材高挑，有点小魁梧，长相在上海来说属中上，脸盘较大，眼神挑剔，气质里的霸气扑面而来。伍晓华1米78的个子在比他矮的表姐面前感觉像缩水了，抽巴得厉害。他表姐比那二小一岁，按理那二也该跟着叫表姐。那二喊了声，表姐来了。表姐冷淡地看了看那二，哦了一声开始脱外套。那二心想来者不善，连点礼貌都没有，脸上那朵笑容却挂得灿烂。

菜馆上菜快，大盘的香辣基围虾。葱油膏蟹等在表姐坐定后都搬了上来。表姐并不急于吃，坐下来定定地看着那二，第一句话："你每个月挣多少钱？"

那二愣了一下，如实作答。

表姐第二句话："你以后养老怎么办？"

第三句话："以后家里开销谁负担？"

第四句话："我弟弟很花心，如果出现状况，你能保证不离婚吗？"

第五句话："……"

说实在的，那二已经忘记怎么回答的，只记得当晚失败得一塌糊涂。面对一个强悍且势利并有备而来的女人，那二自以为说得过去的口才一点派不上用场。那二找了找原因，她是没有防备能在这种场合碰见这类人，而这类人却是她男朋友的表姐。而那二的男朋友伍晓华同学，那时正把头深深地埋在菜肴里，用狂吃来掩盖他对表姐的恐惧，他都没敢往那二的碗里夹一根鸡毛菜。这就是那二不远千里带到北方家里的男人吗？这就是那二要托付终身的男人吗？这就是那二自认一眼能望到底的且未来都不嫌弃的男人吗？一顿晚餐，那二连筷子都没碰一下，就像在寒冬

被泼了冰水，从发梢一直凉到心脏。

如果能够重来，那二会这么回答伍晓华的表姐。

第一句："你每个月挣多少钱？"

那二："这是秘密。"

第二句："你以后养老怎么办？"

那二："该怎么办就怎么办。"

第三句："以后家里开销谁负担？"

那二："该谁负担就谁负担。"

第四句："我弟弟很花心，如果出现状况，你能保证不离婚吗？"

那二："能啊，我也很好色呢，正合适。"

可是，没有如果。这一家人伤害了那二，伤害了那二所有的亲人。伍晓华自认为遇到了他的真命公主，第一次萌生娶一个女人为妻的念头，他想要走进那二的生活，也想叫那二走进他的生活，他要娶她为妻。他自己拿主意跟着那二回了老家一趟，他以为自己能为自己的人生做主了。那二的父母也以为自己家的老大难就要脱手了，高高兴兴地塞给伍晓华一个比伍晓华父亲给那二那个还厚的红包。

回来后一切都变了。伍晓华的父亲在伍晓华和那二飞去北方的时候去了一趟亲戚家，亲戚们猜测着是一个大龄女青年用色相诱惑了不谙世事年近而立的伍晓华。表姐倒是很客观：那个那二如果真能跟晓华好好过一辈子，倒也是个宝。大家吵来吵去，无非还是年龄和家产。伍晓华的父亲决定叫伍晓华和那二分手。若说家庭是个大腿，伍晓华不过是个小指头。他的抗争都是小别扭式的，父亲打电话不接，接了又不敢吵，决绝也因说话声音小而显得苍白无力。

那二心里苍凉，怎么会这样？早点发生多好，这样的男人能扛起我的后半生吗？

若说到手的婚姻要泡汤是那二惋惜的，那么那二父母的期待才是那二最不敢正视的。那二的父母将要白高兴一场，还令所有的亲戚集体浪费了感情。那二虽然出生在一个中型城市，但是亲人们可都不俗气，整个家族成员都充满个性，在当地活得闪亮闪亮的。她被伍晓华这一家人搞得心惊胆战。如果他不要我了，我怎么跟家里交代？我这么个年纪还冲动，怎么就不再观察他一年半载再带回家里，耗了那么些年了再多耗一年算个 P。

后悔是来不及了。

伍晓华在一个更加阴冷的天气里说分手，窗外冬雨嘀嘀答答的，他的话是那二凭口型猜到的。伍晓华像被抽掉了精髓，费了力气在说那几个字，也没多大声响。

"还是分手吧。"

"什么？你再说一遍。"那二平静地说道。

伍晓华很听话，又说了一遍："还是分手吧。"

那二看着伍晓华俊美的脸蛋气得脑袋一片空白，虽然早有准备可是仍然无法接受。她铆足了劲儿，扬手给了伍晓华一巴掌，把伍晓华的表情都给打凝固了。在此之前，两个人从未吵过架、红过脸。这一巴掌来得太突然，把两个人都吓到了。伍晓华看那二时的眼神不是仇恨的，是被惊吓的还带着一些胆怯。那二觉得这种眼神可恨。

"是你要追我的，是你要去我家的，是你老子同意，然后你们又不同意了。为什么不早说？我一直是你们说怎么样就怎么样，然后你们全家人就欺负我是不是？你们要欺负我也就罢了，还欺负我们全家人。你要记住，我会诅咒你们。现在，你给我滚出去！"

伍晓华想滚，又没马上滚，继续用那眼神看着那二不说话。

那二厌倦了这种眼神，她把他从椅子上提起来，包括他的雨伞，全部从家里扔了出去。

那二失恋了，说准确点是被踹了。她有生以来少之又少的被踹经历竟然发生在伍晓华身上，如果以财富论英雄的话，伍晓华不是应该被那二踹的吗？那二是被伍晓华的家族给踹了，伍晓华的家族踹了那二和那二的家族。那二家族的脸面比那二的脸面更重要。这叫那二想起来半个月都无法成寐，如果隔壁的人经常在半夜听到一个女人蒙在被子里的号哭声，说不定就是那二的。

那二的经历说了半天，都没跟爱情沾上半点关系。因为，那二从未经历过纯正的爱情。

Chapter 2
袁嘉与杨旭那两口子的那点事儿

"吹了？吹了就吹了呗！那伍晓华本来就跟你不合适。脸长得好看又有啥用？不是卖笑的照样不值钱。再说，你遇到那么个自我感觉良好的上海家庭，嫁过去有你受的了。你就是主意正，这么些年下来，我说什么你总是不听。自己找对象能不能睁大点眼睛？向——钱——看！先得看有没有钱途，再看人品。你说那小子又没有钱途，人品也时有时无，你图啥？早跟你说了，一关灯啥男人都一样，别总是感觉、感觉的。感觉这东西，还不是个P，说有就有，说没就没影了。一晃你都三十大几了，又被一个不靠谱的人耽误一年。女人那点时间多金贵，这一年一年又一年，你马上就满脸沧桑啦！……"

那二被袁嘉又是一顿臭训。认识这么多年，袁嘉从来都是充当长辈和智者的角色，似乎按袁嘉的逻辑走，那二早应该过上锦衣玉食的日子了。可是那二"不听话"，总是叫袁嘉有恨铁不成钢之感。袁嘉爱说话、爱教育人，有当教师的潜质，那二在她面前话不自觉的少。

那个上海小男人袁嘉从来都没看上过，好看不经用，美得相当阴柔。那二年纪不小了，能找个人定下来也是她期望的。那二跟伍晓华的恋爱她本来就不看好，如今那二被那家人甩了，袁嘉只得安慰她。看着那二大病初愈的样子，袁嘉心疼。那二曾经那么漂亮过，眼睛漆黑漆黑，皮肤亮白亮白，特容易害羞，一害羞脸就红，笑起来流光溢彩，经常能把人看傻了。

在北京的时候，袁嘉跟那二同事过几个月，那几个月也是袁嘉此生最后的职业妇女生涯。袁嘉高中都没读完，在公司里做一个不咸不淡的职位，说是行政人员，跟内勤差不了多少，天天就是这儿缺稿纸那儿缺橡皮。自打离婚后，女儿扔给父母照看，自己出来多少混个饭钱。

袁嘉父母都是上海人，老牌硕士，来北京落户的高级工程师，家里人文环境相当好。也不知道袁嘉怎么就不成器，21 岁就跟人结婚生了孩子，孩子刚出生就离婚了。女儿袁妃是那次失败婚姻唯一的纪念品。袁妃从小便不及袁嘉好看，随了她那从未谋面的父亲，只是得了一个叫袁嘉欣慰的好皮肤。袁嘉皮肤焦黄，但挡不住她是个美人儿，肤质的因素还不使她显老。那二认识她的时候，她已经 28 周岁了，是个 8 岁孩子的母亲，可是从来没人怀疑袁嘉曾经结过婚。袁嘉大那二 6 岁，那二却总以为和她一般大小。一旦在处事方面，袁嘉就显示出成熟风范，那二永远都是跟在袁嘉的屁股后面捡经验的。袁嘉身上流着上海人的血，她的精明是与生俱来的，那二怎么都学习不好。

袁嘉一看那二就知道她是个单纯的孩子，眼睛里都是那种叫真诚的东西，被人一骗一个准儿。袁嘉就是袁嘉，阅人无数，道行不浅。

袁嘉小时候在上海奶奶家生活，10 岁以前穿梭在淮海路旁的一条弄堂。她身靠一个庞大的家族，爷爷奶奶和姑妈、叔叔两家人洋洋洒洒十几口人，曾经都住在半套分割后的老洋房里。老洋房的楼梯是木板的，不过巴掌宽窄，一只脚放上去还要露个脚后跟，所有人都习惯像大闸蟹一样横着下楼梯。

老洋房里没厕所，一家老小都在木马桶里方便。一到早晨，弄堂里的厕所旁就有人在哗啦哗啦地刷马桶。袁嘉家里有人帮着倒马桶，刷好了再放回到门前，她从小就很资本主义。

弄堂口有几个点心店，鳝糊面和蟹粉小笼是袁嘉的最爱。不过，在小袁嘉眼里蟹粉小笼蛮贵，吃客鲜肉小笼也勉强可以媲美。袁嘉就经常捏着奶奶给的一角钱，要客鲜肉小笼或者再换个口味，买一包话梅和一包鱼皮豆吃吃。

从弄堂口走出来，也就是三十几步远就到了盛名繁华的淮海路。奶奶说，这条路以前叫霞飞路，十里洋场上这就是最闹猛的马路之一。可是，袁嘉小时候是文革时期，淮海路上到处张贴着感叹号惊人的大字报，

偶尔能看见一群情绪激昂的愤青举着纸扎的小旗帜或者挥舞着拳头从淮海路穿过,乌乌泱泱的,然后整洁的淮海路就留下一些纸屑或者一两只不同款式的鞋。

10 岁时,奶奶老得照顾不了袁嘉了,袁嘉就跟随父母回到北京。每次一到北京她就烦恼地嘟囔:我不要来乡下,我不要来乡下……这话得小声点儿说,童言无忌,竟敢说首都是乡下。

若干年后,奶奶去世了。上海的亲戚里,袁嘉和姑妈一家最好,姑妈也只有一个女儿,袁嘉叫她大阿姐。大阿姐叫逸锦,那二也见过,第一次和袁嘉去上海玩儿就住大阿姐家。大阿姐那时候已经买屋置地,不再住淮海路的弄堂了,也不用便在木马桶里。她一挥灵秀的美手,神气地说:阿拉出生勒该上海最高贵额地方。那二起先感觉像吹牛,后来想想也是,淮海路尺土寸金,哪怕是旁边的小弄堂,也能搭得上。大阿姐就是一个纯正的上海女人,风情、妩媚、精明、矫情,但也爽气得不得了。跟她相处老老开心。

袁嘉从小就认为自己是上海人,虽然 10 岁以后的成长是在北京胡同里度过的,但感觉怎么也比不过上海,上海才是她的家乡。

那二认为哪儿都是她的家乡,她每到一个地方,就很快融入当地,像一滴雨水掉进大海里。她从离北京很近的城市来到北京就进了那家公司,就认识了袁嘉。她一下子觉得袁嘉很与众不同。袁嘉的裙子比别人的短,发型比别人的讲究,有很强的气场。

公司的张总总喜欢轻轻掐一下那二的脸蛋儿,那二害羞,只会把头转过去躲避却不好意思言声。袁嘉就用手拍一下张总的手臂,笑着说:张总呀,不带这样儿吃豆腐的,专拣嫩的掐,你不怕那二的男朋友知道了跟你拼命啊?张总就笑着打哈哈,给自己找个台阶走了。那二就很感激袁嘉,跟她不自觉地亲密起来。

袁嘉为了活动自由,两年前从二环内父母的那套三室一厅搬出来自己租房子住。那二后来索性跟她重新合租了一套两居室。袁嘉把那二当妹妹看,在生活上相当照顾,那二经常能享受到上海和北京特色混合的菜肴及甜点,她的任务最多就是刷碗。袁嘉甚至帮那二洗衣服、搓背,路过肯大爷和麦大叔的店还给她买薯条吃。那二总感觉袁嘉比她妈有过之而无不及，加上袁嘉喜欢说教，那二多数时候一边享用袁嘉做的美食，一边听袁嘉教导。除了教导，袁嘉还喜欢讲生活里的趣事，每次一开头就容易滔滔不绝眉飞色舞手舞足蹈。那二认真或者不认真地托着腮听，有意思的地方就附和一两句或者跟着傻笑，很少插话。

有时候那二也会跟袁嘉发生一点争执，比如，袁嘉说黄山的天都峰上有索道，那二说没有。袁嘉就跟那二打赌，赌两千块钱，那二说行。结果袁嘉输了，两千块钱没兑现。以后，袁嘉还是跟那二打赌，但是几乎每次都输，累计欠了那二好几万赌资，那二不当真只当好玩。再再后来，袁嘉才索性不赌了，因为那二打赌从来不输。

袁嘉喜欢那二自己设计的衣服，那二很有灵性，一件普通的衣服叫她拿来减一点加一点，重新整整弄弄就变得出众。两个人个子差不多，有时候衣服互相换着穿一下，能穿出不同的风格。

那是一个春寒料峭的某日，袁嘉披着那二改良过的披肩和那二在肯德基小坐。她们要了两杯红茶，坐在面对马路的座位上看行人百态、东拉西扯。肯德基里有空调，外面有阳光，晒得人浑身懒懒的、酥酥的。那二和袁嘉像喝醉了一样趴在窗前，眼睛被阳光刺得有些迷离……她们同时看见街对面有个男人拉着行李箱风尘仆仆地向她们走过来。哦，不是向她们，是向肯德基走过来。那是个带有落拓气质的帅男人不是吗？

那个帅男人叫杨旭，后来钻进袁嘉的被窝里了。

杨旭在那二和袁嘉所坐的长条桌旁坐了下来，和她们一样面朝马路，春暖花开。他叫了两份汉堡套餐，风卷残云几分钟内吃光，然后舒畅地喝起了可乐，中间还没防备地打了一个饱嗝。那二和袁嘉好奇地看了几眼杨旭，杨旭便热情地搭起话来。他说刚来出差，饿极了，还没来得及订宾馆。

杨旭长得真标致，普通话很标准，曾是一位妙手丹心的牙医，如今做牙科设备的销售。他比袁嘉小 3 岁，比那二大 3 岁。袁嘉和那二都不防备他，那人长得正气是由内而外的，没法儿叫人怀疑。

袁嘉和那二闲着也是闲着，帮一个帅哥何乐而不为，她们一起帮他订了宾馆，就在她们住的附近。那天晚上，那二出去和男朋友吃饭，回来的时候就发现袁嘉的被窝里多了一个人。

一个多月以后，袁嘉正在和麻将桌上为听二五八万还是三六九筒较

劲的时候，接到一个电话。

"喂？哪位？"

"是我，杨旭。"

"杨旭？杨……旭。"

"你忘记我啦？我石市的。上次，你和你朋友帮我订的宾馆……"

袁嘉扔出去一张牌："哦，你，你呀，在哪儿……"

对门推牌。糊了！

一阵哗啦哗啦的搓麻将声。

袁嘉有点恼火，心想这个倒霉孩子，一个电话输了我十块钱。

后来，杨旭住在宾馆里，却跑来给袁嘉做饭，那二进门的时候不小心又吓了一跳。杨旭做饭难吃死了，不过，那也是杨旭唯一的一次表现机会。

再后来，杨旭就不住宾馆了，把袁嘉这儿当宾馆，以后不管去哪里出差都回到袁嘉这边。因为，跟着袁嘉有肉吃。杨旭也不小气，经常留钱在袁嘉那里，两人出乎意料地过起了小日子。

后来的后来，袁嘉带着杨旭第一次上门见父母吃饭。刚一开门，一个8岁的小女孩跑了过来："妈妈，妈妈……"

杨旭疑问："这是谁呀？"

袁嘉："我闺女。"

杨旭愕然："你什么时候生过女儿？"

袁嘉："8年前。"

杨旭："你怎么没告诉我啊？"

袁嘉："你也没问我啊。"

噢，买糕的！（Oh. My god!）

杨旭回来了，把那二和他们的前尘往事给打断了。那二收起了悲戚戚的表情，一小口一小口地吃着袁嘉做的甜汤，那样乖巧又绵闷。袁嘉说那二的婚事又泡汤了。杨旭说，泡汤就泡汤呗，现在不散以后散更麻烦。

一句话，把那二的心结就给打开了。自己本来就明白的事情，非要别人告诉才能释怀，就像一部电影非得等到最后打出一个"剧终"的字幕。

Chapter 3
剩女裴苏苏的理想生活

那二因失恋，老大还给了一星期的休假，说是把年假提前预支了。那二说，资本家，你喝的是体重46公斤的一个为工作鞠躬尽瘁的最佳员工的血。老大就说，那行吧，给你打个五折，算用了三天年假，还有半天你帮我加个班不算加班工资。那二说，行啊行啊，加班订餐我要吃日本料理。老大说，我不是亏了吗？那二说，不许讨价还价。成交！

一星期以后上班，那二已经经历了从饱满到疲软的过程，她化了妆，仍叫老大歇歇了一阵。那二不好意思了，开始汤汤水水地滋补，天上飞的、地下跑的尽拣珍贵的吃，没事就去美容院叫人揉揉捏捏，用掉了许多银子。失恋也令她的才思暴涨，一天一个短篇的发稿速度，使得那些吃掉、用掉的银子，不久以后就重新回到她的银行卡里。

距离分手两个星期，那二又像脱水的鲜花沐浴到雨露，重新舒展开来。她是个给点阳光就灿烂、不给阳光也能找个电灯泡照亮的女人。她得找点乐子去，该吃就吃该喝就喝该玩儿就玩儿。如果亲人问起来伍晓华的事情，大不了说他死了。至于怎么死的，车祸、煤气中毒、走路掉沟里……有的是理由。

打电话约了裴苏苏，裴苏苏就袅袅娜娜地出来了。裴苏苏是那二刚来上海的时候就认识的同学。裴苏苏比那二大两个月，都属于剩斗士级别，可她们俩外貌上看来，却都比较年轻。加上两个人都跟着瑞丽时尚同步走，自己不用冒充八零后，别人都误以为是。

说到这里，还得插叙一下那二来上海的原因，跟袁嘉有着最直接的

关系。8 年前，袁嘉的父母离休，落叶归根想回上海养老，于是打算买房子。上海房价那时正便宜，老两口积蓄不薄，在虹口区说买就买了一套两室两厅的公寓。而杨旭已经不是刚认识那时提着一个旅行箱满街跑的杨旭了，他两年内就在北京买了一套 80 平方的二手房。袁嘉见父母走了，不能自己留北京吧，跟杨旭说想去上海。杨旭没加思索就把北京的房子卖了，而且就在袁嘉父母的楼上买了一套楼房，虽然贷了一小部分款，也算成为上海有房一族。买房的时候两人还没结婚，袁嘉就问房产写谁的名字，杨旭想想单写谁的都不合适，于是两个人就领了结婚证，在房产证上共同署名。他们去了上海，袁嘉想想把那二自己留北京也不合适，那二的男朋友那时也分手了。袁嘉半夜打电话给那二，说你赶紧过来吧，北京又没你什么人了，去哪儿不是生活。于是，那二拎着一个行李箱就到上海来了。

那二来上海以后，感觉自己除了穿衣打扮跟上海没隔膜，别的地方都有隔膜。上海的美眉业余时间都在提高自己，GRE、MBA、注册会计师、小语种、拉丁舞、化妆课……那二感到了危机。考试她是不想考了，当年三流大学的大专课程就有两门是补考通过的。她对袁嘉说，袁嘉，我想学日语。袁嘉说，学吧，反正你想法比方法多。

袁嘉比那二还了解那二。那二虽然做事容易三分热气，但她是一天一天看着那二进步的。

裴苏苏是江苏常州人，长得很有特点，不是十分的美人，也占了八分。她肤如凝脂，嘴唇丰厚，迷离的眼睛不经意间目光流盼，就叫人遐思一片。她在公众场合寡言少语，多数用眼光度人，给人的感觉像谜一样，但也有点装那啥。

起初，那二对裴苏苏说不上有太多好感，总是琢磨不透她想什么。像那二这种智商不如情商高的人，一般不会费劲去理会裴苏苏，可后来有件小事慢慢转变了那二的想法。

那二那天去晚了，一屁股坐在离门最近的位置，同桌就是裴苏苏。不经意间，那二看见裴苏苏的笔记很工整，字体娟秀又有力，学过的课本仔细做了标注。这习惯不是一天两天能养成的。那二就开始认真记自己的笔记。那二永远在跟比自己强的人学习。

后来，她发现裴苏苏的优点何止这点，裴苏苏的指甲油是经常跟着服装搭配换色的，脚指甲也是。最明显的是有一次她周末跟裴苏苏一起去泡酒吧。那二虽然刚来上海，但是已经习惯上海这边普通朋友 AA 制。其实这种感觉蛮好，不占别人便宜也不用为了面子多花钱。

两人各自喝的科罗娜各自买单，一个水果盘还一人掏一半钱。好在是那二先拿的，如果就在服务生面前分算账，那二会有些不好意思。科罗娜将近喝光的时候，有一个头顶微秃的中年男人在旁边坐了下来，他笑得有些暧昧。那二对秃顶男人的冒昧有些不快，问裴苏苏跳舞去吗，裴苏苏表示先歇一会儿。那二就兀自去了。等回来的时候，裴苏苏就跟旁边那男人凑得很近了。许是音乐声音吵闹，她伸着脖子贴在他耳边说话，手里抱着超级大一杯冰果汁。裴苏苏见那二回来了，像孩子一样可爱地凑得更近，对他说：先生，你帮我朋友也买一杯饮料吧，她的也喝光了。不一会儿，那二手里也捧了一杯超级大的冰果汁。那二感觉裴苏苏这点很好，她利用男人的时候至少能想到朋友，自己一分钱不花做个顺水人情。这样的女子聪明。跟聪明人做朋友，自己也能变得聪明一些。

裴苏苏来了，春风得意的样子，走路都有点得瑟，猫步。把 GUCCI 的小包看似无意地往桌上一放，等着那二夸她呢，那二却当做没看见一样。

裴苏苏说："那二，你不会又减肥了吧，看起来又苗条了。"

那二说："托您的福，我从来就没胖过好不好？"

裴苏苏："也是，你就是吃不胖。"

那二说："我矜持，满汉全席也就是吃个 8 分饱，你也是知道的。"

裴苏苏说："还成了我没话找话了，怎么了？看起来心情不爽。"

那二说："能高兴到哪儿去，叫伍晓华他们家人给端了。"

裴苏苏："还这事儿啊？你就不能这么想，他们配吗？如果你有钱有地位，你看他们不来巴结你。"

那二说："其实，不是烦这个。"

裴苏苏向服务生招了招手："那还有什么可烦的？"

那二忧愁地说："唉，到了晚上，一关灯就不知道干什么好了。"

那二有时候夸大其词，自己却一本正经，总是叫人忍俊不禁，裴苏苏差点把茶笑喷了。

裴苏苏又跟服务员点了一道口味虾，一道日式烤鳗，还要了瓶红酒。而那二已经点过两菜一汤了。

那二有点看不惯："你能吃掉吗？我点了水煮鱼，那么大一盆就够两个人吃，还点了一道蔬菜一个汤，营养又不丢份儿……"

裴苏苏把指头放在嘴唇上："嘘，小声点儿，别叫人听见。今天我来买单。"

那二笑："发横财了？哦，小日本儿又给你发饷了。"

裴苏苏一眨眼睛："算是。"

那二："你就堕落吧你，也不看看什么年纪了，还混、混、混。"

裴苏苏无法苟同："谁在混还不好说。你都三十大几了，一点不开窍。"

她拿起桌角放着的GUCCI手包晃了晃，这个，又用两只手指拎了下胸口的PRADA雪纺小衫，这个，随便哪一件都够你辛苦一个月。那二，你告诉我，你在混什么？

那二不以为然，七年前的相遇谁知道七年后还能坐一起吃水煮鱼、谈人生。那二总以为自己和裴苏苏个性不同，虽然两人在价值观上有分歧，但是并不妨碍两个人的交往。茫茫大上海，毕竟两人能彼此惦记到现在，也不容易。

有时候想起来，又感觉裴苏苏城府很深，她做事多数是用脑子的，做过了以后才说，或者做过了都不见得说。说的都是她所有不能说的事情里剩下的，所以，那二一直感觉跟裴苏苏的内心不够靠近。谁没有秘密，可是秘密太多，让人觉得这个人深不见底。有时，那二感觉不爽，却能够原谅。

裴苏苏与日本上司的风流韵事应该是那些秘密里剩下的，所以，那二了解一些。

裴苏苏和那二做过四年多的室友，半年前她突然要搬离共同租住的那套老公寓，叫那二有点意外。她们几乎每天都能打个照面，偶尔一起煮饭、逛街、看电影、互相换着戴一下装饰品、分享彼此的小秘密，批评一下烦人的上司……突然之间就要搬走，难免有点不舍。可那二感觉没必要那么多愁善感，裴苏苏要搬到日本上司给她租的豪华公寓去，人家过自己想要的日子去了。

那个小区那二曾经和裴苏苏坐巴士路过时，两人望着那幢醒目而稳重的豪华建筑，想想三万多一平方米的房价，无比憧憬。那二说：那幢楼十六层我都买了。裴苏苏说：好吧，我就让给你吧，反正其他的都是我的产权。跟裴苏苏的调侃比起来，那二觉得自己好没志向。

那二没有问裴苏苏具体原因，反正她想告诉早就告诉了。那二默默地帮裴苏苏整理行李包裹，来上海生活了好些年，七零八碎还真有不少东西。裴苏苏看那二不语，以为那二难过，从首饰盒子里拿出一条 K 金的比线粗不了多少的细项链送给那二，那二不要。裴苏苏又要把许多不再需要或者要替换的东西送给那二，那二为她收拾东西搞得灰头土脸，突然就生气了。

裴苏苏，你不要的东西请不要塞给我！我不是垃圾桶！

裴苏苏一直都觉得那二是个不识抬举的人，脑子被门挤过了，她也懒得和那二一般见识。有一次她的上司叫裴苏苏找个懂日文的女人陪日本总部的 boss 吃顿饭，顺带逛逛黄浦江。裴苏苏想了半天才叫那二去，她知道那不仅仅是一百美元小费的问题，而是能傍上真正的富人的机会。若别人有本事可以使，跟她没关系，可她绝对不能容忍自己身边的人踩着自己的肩膀上去。结果，那二说没空。后来，裴苏苏叫公司里一个不起眼的小出纳去陪大 boss，眼睁睁地看着 boss 顺手买了一只 LV 的拎包送她，裴苏苏心里就像着了火一样。回到家，看见那二坐在沙发上敷着面膜看 DVD，厨房里还放着吃剩下的小笼包子，裴苏苏很是来气。

那二对裴苏苏的那一套也很不感冒。有嘛了不起，不就是只 LV 嘛，那二买的是 ELLE 打折产品，六百多块钱呢，那二也感觉挺满足。

那个叫坂口真仓的日本上司那二见过一次。那时裴苏苏已经搬到豪华公寓两个月，那天过生日打电话叫那二去她家吃饭，之前那二已经拒绝过多次，这次过生日总也抹不开面子。那二心想，以前过生日都到外面吃饭，现在改家里了，明明是叫我看看她的"豪宅"，好让我心里不平衡一下，我就偏不。

真到了裴苏苏住的地方，那二还是小小地惊叹了一下。两室两厅将近一百平方的房子，装修得精美典雅，室内的家具和装饰也都十分考究，古典艺术和现代艺术结合得相得益彰。室内浮动着迷迭香精油的芬芳，桃木桌上的香水百合热烈绽放，也吐着幽幽迷醉的香气。酒柜里有存储的洋酒。书橱里有整齐的时尚杂志。这一切，昭示着这屋子里住着一位生活讲究有品位的女人。

厨房里，裴苏苏衣香鬓影系着围裙在厨房烧菜。那二见她自己在忙乎，也进去帮忙。主菜是清蒸鱼和咖喱牛肉，都做得差不多了。一个素菜西芹炒百合。凉菜是买的熟食，猪耳朵和四喜烤麸。裴苏苏安排那二再拍个黄瓜拌一拌。

那二调侃道："我还以为你从此过上了衣来伸手饭来张口的日子，原来是提前练习做家庭妇女了。"

裴苏苏笑："也好啊，跟谁练不是练。"

那二说："今天你那日本人不来吗？"

裴苏苏说："晚上来。今天星期三，他一般都是二、四、六来。日本人挺刻板，如果周四没空来，周五有空了，他也非到周六来。不过，这样也好，我心里倒有数了。"

那二笑："有什么数？难道你还有其他男人？"

裴苏苏说："就算没有，我也不能光靠坂口一个男人啊，我还等着嫁人呢。干吗把时间都耗他身上？"

那二笑道："是呀，趁年轻赶紧多攒点男人，等再老就晚了。"

裴苏苏说："你别光说不练，你倒是也积极点啊。"

"我……嗯……"

那二没啥好说的，懒得接了。她从现有的食材里找出来叫圣女果的小番茄和黄瓜、柠檬、芹菜叶儿，用刀子划划弄弄，不一会儿弄出几个摆盘的动物和花样来。

不多久，饭菜齐备，两人还开了瓶法国红酒。刚要吃饭，坂口真仓来了。没想到他会提前过来，这也许应该理解为给裴苏苏个"surprise"。那二终于见到传说中的坂口真仓，五十开外的年纪，头顶秃得发亮就像荷包蛋，个头勉强高过裴苏苏一点点。还是他送给裴苏苏的生日礼物要好看一些。

裴苏苏在坂口真仓面前像极了一个日本的贤妇，谦恭的样子叫那二心里不舒服。她假装听不懂日语，也的确是听不太懂，学了半年日语早还给老师了，除了一些礼节性的问候语，就只有 A 片里的一些常用语熟悉了。那二边吃饭边想象，裴苏苏在和坂口真仓那时候说"哈呀库"（用力点）、"以太"（好疼）、"可其莫"（好舒服）、"毛掏，兹幼库"（再用力）是什么样子的，连那二都觉得自己很邪恶。

　　那顿饭吃得有些别扭，坂口真仓没那么讨厌，也没多么叫人待见，那二没理由在别人家里一边吃饭一边对人家有意见。主要是那二感觉到隔膜，与陌生的坂口真仓在一起就餐，就连裴苏苏都似乎陌生了起来。那二兴致不那么高了，她望向窗外，不算很远处有一幢高层建筑非常眼熟。那不是袁嘉的大阿姐她们家吗？

Chapter3　剩女裴苏苏的理想生活

Chapter 4
我们没有 3P

　　那幢高层建筑的第十五层某室就是逸锦大阿姐家，那二时不时地跟着袁嘉过去吃饭或者玩儿牌。

　　来上海定居以后，袁嘉整日碌碌。这个碌碌可以解释为忙忙碌碌，也可以叫做碌碌无为。她没去工作，也可能是在人才济济的上海找不到什么好工作，她也懒得为那千儿八百去看人脸色，跟着杨旭已经过得很舒服了。房贷提前还完，又在普陀区买了一套三室两厅的期房，说是当地主的感觉内心很踏实。不过，期房的户主是袁嘉自己的名字。杨旭来上海注册了一个公司，地址就在他们家，业务涉及东欧西欧的几个国家。某天挪威某公司打电话来找杨总，那没结婚就当爹的杨总的女儿袁妃接了电话。少女的英文不错，就是有点奶声奶气：杨总不在家，请打他的手机。

　　逸锦大阿姐和先生一起做外贸公司，生意最好的时候在福建沿海有一家二百多人的工厂，因经济危机一夜之间便萎靡了。大阿姐连一个月一次的福建都不再去了，把上海公司的账目拿回家里做，先生在公司管接单，她在家管账目，两人搭档得琴瑟和鸣。大阿姐在家的日子愈发多了，往日的酒吧 K 房已经随着年纪增长而渐渐遗忘，打打小麻将就成了必不可少的休闲活动。

　　大阿姐的家跟袁嘉家有点距离，不过，这点距离对于两个除了食色大事再没其他大事的女人来说似乎不成问题。没买车以前，袁嘉一周至少三天打车去大阿姐家开麻将局子，买了车以后就是随时去。

　　大阿姐家经常三缺一，有时叫上袁嘉还是三缺一，袁嘉便喊来那二凑数。那二不喜欢玩儿麻将，但不是怕输钱。曾经有个时期经常"豪赌"，突然有一天感觉玩物丧志，在某个晚上把同桌麻友的口袋席卷一空以后，那二带着几万块赌金消失在赌坛。此后，那二隔三岔五请姐儿几个小搓一顿，花了小钱赚了名声，但凡带赌字的却决然不沾。那时，那二的钱多数来自入股了青春时期唯一的男朋友的公司所分的红利。

不过，对于那二的决绝袁嘉还是佩服的。曾经那场合，袁嘉可不敢上，输赢一百做底，往大里翻倍，几千块一局的事情常有。那二迷起来一天一夜不阖眼，屁股稳在软椅上不挪地方。也怪，那二总是赢多输少，那时年纪小小特沉得住气，如果大输特输照样能高高兴兴地去吃夜宵。可是没玩儿两个月，那二说不玩儿了，一夜之间就断了，别人怎地去喊去叫去求她都不来。

如今跟大阿姐玩儿的，对一般的工薪阶层来说不大也不小，十元做底，最背的时候一天输个几百上千块。那二如今挣工资了，却也不慌张，只当去了就赔几个姐姐逗乐，姐姐们知道那二在那杂志社薪水没几大毛，偶尔她来，便稍许玩儿小点。那二知道姐姐们让着她，也不表态，实在没事便来凑个热闹，若是没事也没心情便撒个谎推辞了。来的时候带点水果，花不了几个钱，不招人烦。可是，那二总还是赢多输少。

有时那二来了，还是三缺一，旁的邻居也因这事那事地临时走开了，快70岁的姑妈就顶上来。姑妈当年也是上海一淑媛，故事也很多，且先不表。反正姑妈是老了，她出牌时磨磨蹭蹭，好不容易快一次还打错了，相公是常事，最强悍的是有一次打牌打着打着竟然睡着了。

如果打牌风格还有隔代遗传的话，袁嘉应该算一个。袁嘉好玩儿一把，牌技可真不敢恭维。她总是一边说话一边玩儿，这也没什么稀奇，多数牌人都这范儿。可袁嘉也经常相公，别人因此就得仔细看她的和牌，十次总会有一两次抓着。袁嘉不是有意为之，这谁都清楚，相公除了不和牌，还得包和，其他人每人都能有个实惠。经典的不在此，有几次吧，袁嘉不顺着牌摸，从牌尾摸了一张。从牌尾摸牌也不算什么，还有一次她从牌跺中间摸，这也不算稀奇，人家洗好牌后码牌跺都是面儿朝下的，袁嘉码了一跺牌面儿全朝上。别人都在疑问袁嘉嘛意思的时候，她才恍然大悟：哦，搞错了。

逸锦大阿姐很好客，玩儿好牌，一般会在她家吃饭，钟点工做好荤素搭配的几道菜，餐餐都有汤。那二最欢喜喝家里煲好的汤，也就不十分的客气，每次吃饱喝好。大阿姐是海派仿贵族，讲究得狠，有一次那二喝汤

出了一点声音，大阿姐就乜斜着看了那二一眼。那二没抬头，就感觉到那一眼的分量，她下一口便把汤匙送进嘴里，轻轻地一抿再咽下，保证半点声音都没有。在此之前，她原本以为自己比家乡那些吃饭稀里哗啦的人不知道要好多少倍了。好在工作要经常和名人要人吃饭，已经见识个差不离，举止行为已经相当有修养，在大场合装个淑女还是小意思啦。喝汤事件以后，那二每次都在大阿姐家装淑女。可大阿姐又经常叫那二大跌眼镜。

那二在来上海前，跟袁嘉和杨旭在北京租房住了一年多以后，他们买了房子。虽然远，那二也不时地光临。袁嘉那时已经正式辞职，在家里做起了她喜欢的家庭妇女的工作。袁嘉习惯了跟那二生活，因为经常有人夸她的厨艺，还有人一丝不苟地当她的听众。她不常回父母家，跟那二倒是经常见面。杨旭经常祖国各地出差不在家，那二在杨旭出差的时候住袁嘉那里，她很享受袁嘉小妈一样无微不至的关怀。

袁嘉家有两间卧房，但那二平时跟袁嘉睡一个被窝，宽大的床宽大的被子，她把自己包成一个粽子，袁嘉那边还剩许多。那二睡觉前一般看书，袁嘉想说话的时候就把她的书扔到一边，给那二讲她亲戚朋友间的趣事。袁嘉是个有趣的人，连她周围发生的事情都很有趣，她讲话很有渲染力，那二也很乐意听。如果太困，她会听着听着就睡着了。

杨旭回来了，如果碰到那二在，也还是同睡一张床。通常杨旭睡中间，大家都没觉得有什么不妥。也很怪，宽大的被子好像还是那么宽大，一点都没因为多一个人而显得窄小。那二总觉得袁嘉家的被子很神奇。

现在想起来很不可思议，那二的身材错落有致，睡觉前总是穿着紧身吊带衫和小三角裤晃来晃去，谁都没感觉有什么不可以。如果关了灯，杨旭有时候会把胳膊放到那二的脖子下面当枕头。那二就说，袁嘉，杨旭的胳膊跑过来了。袁嘉就把杨旭的胳膊拽回去，你给我拿出来，不要吃那二豆腐。杨旭就很听话地拿回去了。

那二习惯在睡觉前看书，有时候还没关灯，袁嘉和杨旭就开始做爱，那二捧着书傻在那边不知道该走还是不走。那两个人根本就没把她当人啊，简直当空气。袁嘉似乎更来劲了，把被子呼扇呼扇得没一点热气，嘴里还呢喃着"宝贝儿，你越来越厉害了……""就这样，我喜欢……"……那二这时总是自觉地别过身去。开始有点害羞，紧张，刺激，渐渐就忘记旁边的事情了，她专注地在书里找着阅读的快感。等他们忙乎结束看看闹钟，已经过了半个多小时。

有时候，那二睡梦中被他们做爱的声音吵醒，她不自觉地背过身去，静静地等他们折腾完毕。有时，他们忙乎完了，袁嘉朝那二的屁股上踹一脚，去，帮我拿点卫生纸去，没纸了。那二迷迷糊糊地摸着黑，去卫生间找了一卷纸，在漆黑中朝房间大床的位置扔了过去……

就在这么一年多时间里，那二和袁嘉、杨旭时常这样生活，他们的关系并未因为在一个被窝里而产生变质。那二并未因此心理变态，她只是越来越冷静，越来越拒绝飞短流长，把一切都埋在记忆里。

某天，大阿姐不想打麻将了，袁嘉和那二跟着一起去逛街。在街头上，大阿姐问那二："那二，你和袁嘉、杨旭睡了那么久，怎么没3P啊？你和杨旭背后就没一腿吗？"

那二很有些尴尬，不知道怎么回答。心想，三八原来也是遗传的。

再一想，自己算个晚熟的，那时候年纪也不小了，没一点不自在，没一点羞耻感，真是二得宇宙无敌。

至于那二和杨旭，真感觉没什么好解释的，各自都比较好色，只是一个付诸于思想，一个付诸于行动。那二当然是思想的那个。杨旭的好色完全就是男人本色，也是好色而不淫，时常把出墙玩儿成感情之类的事情。当然，他还是跟那二扯不上半点关系。杨旭如何想的那二不得而知，那二是从来没想过啃那棵窝边草。

只是袁嘉，常常被精神折磨，过着简直不是人过的日子。你奶奶的跟别的女人鬼混，还他奶奶的告诉我，你他奶奶的想气死我？你给我滚！……于是，杨旭的行李箱、衣服、包裹叮叮咣咣从家里被扔了出来。过阵子，杨旭又偷偷把门打开溜了进去。杨旭到上海后的好几年就是这么度过的。

话说刚来上海时有那么一个插曲，杨旭的初恋女友到上海来出差，打电话联系杨旭，袁嘉这女人心眼儿宽，放狼入室。吃过袁嘉做的丰盛晚餐，三个人坐在床上斗地主。那晚的事情袁嘉是这么形容来着……

"你不知道吧，把杨旭那个浪的，还躺人家腿上。当时差点把我气晕了。"

"那你没骂她啊？"

"骂谁？骂人家干吗？是杨旭浪的，人家还不好意思。哎哟，把我那个晕的哦，我要不是这么坚强，你就得到医院看我去了。"

"你还真行，忍功练得不错。后来呢？"

"后来杨旭送人家回去，结果一送送了三个小时，回家都半夜一点了。我问他有没有'腌萝卜'（袁嘉口语，做爱的意思），杨旭站在那里挠着大腿，吭哧吭哧的半天，然后说，腌了……"袁嘉学杨旭吭哧吭哧的时候形象得很是好笑。

那二一阵疯笑。杨旭在一边儿玩儿着电脑也跟着偷笑，就像说某个不相干的人似的。

那二好奇杨旭初恋女人的模样，袁嘉就把嘴唇翘起来，露出两颗门牙，整成鼹鼠的样子。说，你看，是这样的，她还牙医出身呢，都没整好，可见底子是多么的差强人意。那二看了那女人的照片，还真是普通，普通到配不上杨旭。后来，所有与杨旭关系好的女人，袁嘉都给那二看过照片，还真没一个漂亮的。袁嘉总是欷歔，你要找也找个比我漂亮的啊！这算什么？是个坑就能种萝卜啊？如果我生气是因为我比不过人家我还平衡点，现在生气是因为你啥坑都要往进跳啊！太没追求了啊！

袁嘉那种恨铁不成钢的样子叫那二看了就想笑，这种令人气愤的事情都能被袁嘉当笑话讲，也真叫那二服了。

袁嘉成天没事做，研究杨旭电脑的密码就成了重要的事情，尽管杨旭一再改，但是仍旧被袁嘉破译。如果赶上上世纪三四十年代的旧上海，袁嘉很可能成为军统谍报一枝花。后来杨旭干脆放弃了，只叫袁嘉答应不把那些女人的照片流传出去。袁嘉虽然无聊，却还不至于那么无聊。只是，每每发现了问题，她都很受伤。

袁嘉同那二认真研究过杨旭的心理问题，认为杨旭是在她们身上找个平衡，谁叫袁嘉比杨旭年纪大，又没学历，还带了一个孩子找了一个那么优秀的男人。袁嘉漂亮，他就找丑的。袁嘉没学历，他就找有学历的。袁嘉有孩子，他就找没孩子的，余余。反正这一切种种，都是猜测。

一转眼，认识这两口子都10年了。每每想起这些的时候，总是那二和袁嘉坐在上海街头某个咖啡馆的临窗位置雕刻时光。那二看着对面的袁嘉，阳光在袁嘉焦黄的皮肤上再涂上一层蜜蜡，她的周身散发着幸福的光泽。这样被精神折磨都能像花儿一样微笑，她是一个像人民币一样坚挺的女人。

Chapter 5
不爽那一下又不会死人

家里终于还是问起了和伍晓华的婚事，他们原本约定在五一左右结婚，这都四月了也不见动静。那二最终没好意思说伍晓华死了，这么离奇的桥段只能在文艺作品里看到，她可不想总是为谎言去堵窟窿，累得慌。她原本跟家里撒谎说伍晓华去外地学习了，后来干脆老实交代了被伍晓华家庭给端了的事实。

那二妈妈的怒火差点顺着电话线传过来，大骂伍晓华那个兔崽子，白眼儿狼，缺德带冒烟儿，骂伍晓华他老子脑子有问题，不同意干吗来家里定亲。一个小市民的家庭，谁要巴结他们？！那二感觉她妈妈骂得好痛快，把她的心声都给骂出来了。

是呀，有些话那二都不好意思说，伍晓华买过机票，转乘火车的几十块火车票就不打算买了，在售票窗口退缩着不过去。把那二好个羞恼，猛然想起不知哪儿的一句话来：想了解一个人，就跟他出去旅游一次。

那二的父亲在当地最好的饭店订了一桌好吃好喝的，离他们家最近的二舅一家子也来了。席间，伍晓华不知好歹，竟然教在电视台当副台长的二舅如何吃螃蟹。当时让那二那个丢人，都想不认识伍晓华，他还真把她们家人当成乡下人了，真没眼力见儿。最不该的是，他收了八十多岁祖母的500块红包。叫一般人，不给钱也就算了，接过一个风烛残年的寡居老人给的红包，还心安理得地装进腰包里，这叫那二很瞧不起。

不好了，那二简直不能提那个人，提起来就想问候他十八代祖宗。

那二还真不是没人追的主，可就是不知道怎么的把自己越拖年纪越

大。想想就是那些追求者把那二给惯的，追求的猛烈程度才是那二的择偶标准。噢，那个一年内不间断送花请吃饭的才是最爱我的。她属于守株待兔超级被动型，觉得别人爱她就可以，她没想到爱与不爱随着时间都会变化，那二不得不承认，自己的想法很变态。

可现在怎么办呢？转眼单身三个多月，新鞋还没找到，就已经光着脚走路了。一年也就十二个月，算起来很快呢。忙碌之余，那二总是这么想。

杂志社因为杂志销量不太好，广告也上不去，基本处在微利状态。这对一个商人来说很没面子。老大一直在谋求其他生财之路，最近几个月跟一个海归校友联合起来打算投资影视项目。那二以及公司里的其他职员也义务为这项目做着一些辅助工作。这几个月加了许多班，当然，加班工资肯定没应得的那么多。

总编是个强干的已婚妇女，姓王。她的业务能力比写作能力优秀，杂志社的一大半广告业务都是她拉来的。被派往影视基地当监制的事情定为总编去担任，而代总编的职位暂时会由那二担当。周二老大宣布这个结果的时候，那二不动声色地高兴了一阵，总编的薪水不算业务提成是她的两倍，如果能再多拿自己一半薪水那二也很 happy 了。周三的时候老大又告诉那二，代总编的薪水不变，那二的兴致就减少了一半。周四又琢磨，反正是她代总编又不是张左或者小渔，她又虚荣了。周六的时候总编就该飞往浙江横店影视基地工作三个月。周五所有前期工作已经安排停妥，下午她们就集体提前休息，总算可以轻松一下。唉，灯红酒绿的生活又要开始了。

那二与同事间的来往不是十分密切，社里的几个编辑各有各的毛病，那二很有些欣赏不了。张左喜欢女人，她是拉拉。还做了一个情感版，经常写点酸不拉叽的情爱小文。那二也有些文人相轻，暗地耻笑张左，写的嘛玩意儿啊，那么没创意的爱情，如果不是自己杂志社的杂志，谁会要。小渔目空一切，认为世界上比她漂亮的没她聪明，比她聪明的没她漂亮。那二一点儿都不想打击她，办公室收到鲜花和礼物最多的人是那二，不是她小渔。樱桃超爱发嗲，嗲得太过分，每次那二听见就全身掉小米儿。翡冷翠的烟花神经质，常说她的左眼可以看见鬼，右眼可以看见神。那二已经够神经了，她可不想连业余时间都被这些神人折磨。

袁嘉已经生了第二胎，儿子杨辉时年 4 岁，是杨旭辛勤耕耘了 5 年后收获的果实。乍一听他们父子俩的名字，杨旭、杨辉，像兄弟俩。袁嘉除了麻将桌以及逛街几乎没有其他休闲活动，周末一般是跟家人共进晚餐。那二想问问裴苏苏周末有空吗，怕她那坂口真仓又光临寒舍蓬荜生辉。这时，却接到了裴苏苏的电话，说要一起去参加一个网友的 FB 活动，聚餐后 K 歌。那二本来没兴趣跟陌生人 AA 制，又不认识都不知道有没有甲乙丙肝等传染疾病，可一听说是个大龄青年的聚餐，那二一下子就来了精神。餐还是要聚的嘛，歌还是要 K 的嘛，对象还是要找的嘛。

裴苏苏也提早下了班，凭她和坂口真仓那层关系，也没人多管闲事。她来找那二一起过去。两人对着镜子涂涂抹抹，换衣服做头发。那二从裴苏苏口中得知坂口真仓回日本了，过几天才回来。裴苏苏一直没放弃结婚伴侣的寻找，坂口真仓也不过是个提款机。可那二也知道，坂口真仓可不是个大方的提款机，除了给裴苏苏租房子以及生活费，偶尔送点礼物外，也没多少实惠。女人终归还是要结婚的，男人不单能这个靠还能那个靠。

裴苏苏看不惯那二的白痴想法，她认为只要看上了男人才不能等着人去追，要主动出击，爱拼才会赢。

那二说："我没看上过男人，都是他们看上我。"

裴苏苏说："知道啦，自恋狂人。"

那二说："我看上的男人，身边总有无数个比我好的女人。"

裴苏苏笑："抢啊，啥年代了还守株待兔？"

那二说："我要等，等爱情把我撞晕。"

裴苏苏说："晕死你。啥年月了还爱情爱情的。"

那二认真地问："爱情是什么样子？"

裴苏苏夸张地说："不会吧，你 31 了，还不懂爱情？"

那二说："你小声点儿行吗？把我的秘密说出去了。"

裴苏苏说："31 不懂爱情不是秘密，是新闻。"

那二说："我说的是我的年龄。"

裴苏苏立马压低了声音："我不是也那么大吗？"

那二不再理她，看着街上景色后退，黄梅天细雨如针，玻璃窗上迟钝地滑下一两行雨水。华灯初上，夜上海开始绽放。

裴苏苏以为那二生气了，开始讨好她："爱情嘛，就是心动的感觉。

会为他心痛，是真的痛，不是形容词。"

那二努力地回忆自己有无那种感觉，也许有，是她健忘。是的哦，为谁痛过都忘记了。究竟谁值得心痛呢？

想着想着，那二回头问了一句："那你对牛文斌心痛过吗？"

裴苏苏说："心痛过啊，当然心痛过。不过，你不要再提他了好不好？"

那二随即闭嘴。牛文斌是裴苏苏曾经相恋 5 年的恋人，跟裴苏苏是同乡，在一家大公司做平面设计，也算一表人才，性格温柔又体贴。可裴苏苏感觉牛文斌混得再好也就那回事了，大不了再过几年凑钱买房付个首期，两个人要慢慢地还贷还到退休。

那二以前也参加过网友活动，确切点说是驴友活动，仗着娇小可人，每次徒步旅行都有男孩帮拎包，小零食也常有人送。那二挺不好意思，每次徒步驴友都背不少东西，所以她多数自己背包，帐篷叫人帮着拎。每次去，每次都有男的去追求那二。那二见得多了，知道驴友多数浪漫多情，那样的恋爱多数也会半路夭折。她冷静习惯了，跟那些对她好的驴友打情骂俏可以，却从未真正交往过。

近几年也许是忙得忘记了，也许是厌倦了，也许是心态老了，她很少跟陌生团体一起旅行。想去玩便自己背个包走了，没人需要记挂，也没人记挂她。路上时有艳遇，也是只留情不留宿。肯定有过叫那二动心的男人，她自己提醒自己，就是上个床的事儿，以后就没什么事儿了，何必。不爽那一下子又不会死人。

每次赴约晚几分钟是那二和裴苏苏常干的事，尤其是在人多的聚会，她们要的就是那种众人瞩目的时刻。女人自信也是件很可怕的事情。

到了包间门口那二突然有些紧张，多少年了哦，没再参加过陌生人的聚会，一念之间，裴苏苏先进去了。那二跟在后面，有一点怯生。进门一抬头便和一双目光纠结在一起。那是怎样的一双目光啊，似乎等了一千年才遇见。它们从一副眼镜后面以温润柔情的方式触摸进那二的心里，把那二的心一下给揉碎了，只觉得心脏煽情地扑扑跳动，她的脸瞬间红了。那目光一直和那二的目光纠结缠绵着，躲躲闪闪又勾勾连连，直到那二在邻桌坐下，她已经不敢再迎接那目光了。那二选择了侧对那目光的位置而坐，和裴苏苏正好相对。

包间里有两张大圆桌，大约有十七八个男女。在上海生活的许多女孩子不同程度地变得又嗲又爱显，那二安静地坐在一群叽叽喳喳的女孩中间，有条不紊地吃饭，像是什么都没发生。偶尔，她假意回头看别处，就发现那目光依然是看向她的，她就又一阵脸红。把那目光的主人放在心里，符合美学标准的脸型，五官清晰透着睿智和诚恳，不胖不瘦，穿一件休闲格子西装，举止相当有涵养，不大声喧哗。他朝那二微笑着点了点头，那二红着脸也轻轻点了下头回礼。旁人也许不注意，可这一切都叫裴苏苏看到了。

饭局接近尾声，大家已经张罗着结账，那二接到一个电话。如果旁边叽叽喳喳的女人再狂野点就好了，那二就不用听到那个电话，反正已经有 11 个未接来电。

"那二呀，干吗总是不接电话？我都打了 100 遍啦！"那二刚接起电话来，社长的声音就冲了出来。

"老大，嘛事儿啊？这么急。"那二非常不解。

社长说："当然有急事！你赶紧来社里一趟。开会！"

那二有点来气，大晚上的这是搞什么灰机。"现在开会？下午就放假了啊，您就放我一马吧，我今天有事儿。"

"这不行，你多重要啊，没你事情就办不成了。别耽误时间了，赶紧过来。"

"还有谁？小渔她们都去了吗？"

"没她们的事情，王总编在这儿也等着你呢。"

"啊？等我？为什么等我？"

"别问了，限你 30 分钟以内赶到，打车票拿来我给报销！"

老大口气铁如山，那二都要崩溃了。什么事情啊？天不是没塌嘛。怎么会有这种老大！

那二还是付过钱提前走了。她走的时候跟裴苏苏打了招呼，又意味深长地看了一眼他。他望着那二，往起欠了欠身子，想要说什么的样子，张了张嘴又没说。那二在他眼皮底下匆匆离去。

从饭店出来，如针的细雨也不见了，寒湿的潮气却扑面而来。那二冷不丁被潮气呛了一口，眼泪便倏地滑落下来。刚才心脏的部位真的痛了一阵子，莫非这就叫爱情？

Chapter 6

开始·结束·开始……

　　到了杂志社，看见社长老大的办公室灯亮着，门没关，先是看见总编坐在那里吃 PIZZA，然后又是社长。那二一进来，他们俩都热情地叫那二一起来吃。那二没好气地说吃过了，什么事情非要现在过来。王总编看了看社长，示意社长说。

　　社长把嘴里的一块儿鸡翅嚼巴嚼巴吞下去以后说："那二，是这样的，光荣而艰巨的任务要由你来完成了。王总编因为婆婆要回老家，儿子没人接送，浙江横店就由你去吧！"

　　那二眼睛直接瞪圆了："啊？不是明天上午就要走吗？你们也没提前告诉我呀，我都没心理准备……"

　　社长说："没什么好准备的，你乘明天早上 7 点半的车，会有人去你家接你。你也就带点衣服化妆品什么的，很快就收拾好了。"

　　那二不太乐意："不会吧，这么突然，你们也不问我愿意不愿意去……"

　　那二心里想，谁不会算账，前几天王总编还跟社长咋呼，说剧组里面没有休息天，就等于一个月都是工作日。他们私底下怎么协商的出差费用那二不清楚，但是按王总编那计算器一样的头脑来说，吃亏的事情她是不会干的。社里不是他们不想找人，是找不出比那二更合适的人。曾经那些难啃的采访任务多数都是那二拿下，平时没少锻炼，其他编辑都是等着那二出差错，做与不做谁都看得见。那二想着，还是不松口，坐在那里不出声。

社长见状又施压："那二，别多想了，反正除了你也没别人适合。去那边还有导演和两个主演要你采访，正好三期，一期一个人物。到那边工作也还是要做的，就是把'编读互动'和'真情小筑'分给张左和小渔了，你也只剩两个版，没那么大工作量了。再说，我每个月也会去几天，过去请你吃饭。"

那二感觉跟这种精明算计的资本家没什么好客气的，从牙缝挤出两个字："两千。"

王总编做出那二要求过分的样子："加两千？每个月？那二，算了，那么计较干什么啊？你这几个月的手机费也是社里给报销的。社里派你去横店你还不知道为什么吗？这是社长器重你，你说对勿啦？"

那二又不做声，脑子像 CPU 一样不停地运转。不是因为被老大看重，就得什么都依着他，连突然外派三个月这么大的事都是突然代她决定，也是总编不愿意做才轮到她的。莫不是总编怕那二在她出差这几个月锻炼好了代总编的职位，将来有一天取代她？王总编在家里有些霸道，接送孩子的事情不是公婆就是先生，什么时候又是她忙乎开了？人心复杂，谁知道在想什么。

到最后，社长和王总编被那二的沉默给打败了。社长答应每个月给那二加两千块出差补贴，把那二给打点好了。

那二也不过是赢得了自己的胜利，实际上社长给王总编每月加的是六千块出差补贴。王总编这都嫌少。三个月，中途大不了回来几天，家照顾不好，自己的广告业务也要耽误，这账是早就算好的。她早驳了社长的面子，那段时间相处别扭，难保他有意培养新人取代自己。好在那二是没心机的，除了做好工作，别的不多操心。可如果她在代总编的位置做好了，自然惦记那职位，自己何必多个竞争对手？只要这个杂志社存在，王总编是不会眼睁睁地叫属下爬到自己头上来的。

那二一走就走了三个月，中间没有回过上海。每天在片场走走看看，抽查一下账务，除了社里安排的采访人物，还顺便抽空采访了当地两位拥有濒临失传的手工工艺的艺人。将近一百天的时间里，自然也发生了不少事情。剧组本来也是个有意思的团体，常在荧幕上看见的人近在咫尺，在一起吃盒饭，讲笑话，住在同样的宾馆里。刚开始还挺新鲜，时

间长了觉得有些无聊。剧组里的成员素质高的很高，低的很低，拿到的劳务费也是天差地别。

三个月之内，听说剧组有两位工作人员与恋人分手，一位摄影师的妻子提出离婚。时间越长，那二越理解做剧组工作的人，他们玩儿的不是传说，是寂寞。做文艺的人，也许只有别人看得见的灿烂瞬间，背后却是长年累月的寂寞奋斗。

在三个月之内，那二跟一个三线演员赵某关系暧昧了。她偶然间听见两个群众演员议论赵某，"演谁谁的那个演员戏品真好。"那二认为戏品如人品，稍微留意了一下赵某，发现他的确还不错，不像某些人，一没事就去导演那边溜须拍马。赵某有女朋友，他知名度不够，不用担心有狗仔队跟踪。他们偶尔一起去逛横店那条不太长的商业街，一起去吃水煮鱼，每次都是那二请客赵某掏钱。在房间门口，他们礼貌地道别，赵某有时刮一下那二的鼻子，最近密的举动就是吻了一下她的额头。那二很感激，能在陌生的地方单身的时候，跟一个没有结果的帅男人暧昧却没失身。静下来的时候，那二会想念令她心痛的那双目光的主人。

那天，那二提前离开，裴苏苏看到了方若明眼睛里的失落。方若明就是那双目光的主人。再去 K 歌的时候，裴苏苏刻意跟方若明靠近，以裴苏苏的魅力叫方若明注意还是不成问题的。那天，其他几个比裴苏苏更年轻漂亮的女孩也因为裴苏苏太过抢风头而阴阳怪气郁郁寡欢。裴苏苏可不管，她的目的很明确，就是要拿下当天聚会里最出色的男人。

等到曲终人散，一群人在 KTV 门口等车，裴苏苏酒不醉人人自醉，睁着一双朦胧迷人的眼睛看着方若明："你住哪边，送我回家好吗？我家离这里不远。"

裴苏苏在众位嫉妒的目光中上了方若明的马六，她感觉那一刻自己若走得慢些，裙子就要被那几个女孩的目光烧焦了。这叫裴苏苏更笃定地要套牢方若明。她得知方若明在澳洲读硕士并留在那边工作过，刚回来半年，在一家外资咨询公司做事。在上海，普通居民有房子是件荣耀的事情，也不排除老房子拆迁等发笔小横财的人。但是一旦买车意义就不同了，房子是固定资产，放那里是要增值的，车是消耗品，越开越不值钱。上海车牌照也超贵，上个牌照还要拍卖，最高的时候要六万多块。

普通市民的工资也就几千块钱，大上海遍地是黄金，也要捡得起来。所以，如果有房又买车的家庭，经济基本就还不错了。

裴苏苏正在方若明车上施展她的魅力，这时方若明看似淡淡地问了她一句："跟你一起来的那个女孩怎么走得那么早?"

裴苏苏顿时有点语结："你说……哪个?"

方若明说："就是穿灰色风衣、长头发的那个。"

裴苏苏说："哦，那个啊。我不认识，在进饭店前才碰见。互相笑一笑，就容易熟悉了。"

方若明似乎有点失落地哦了一声。

裴苏苏试探地问道："要不，我帮你问问，或者碰见了告诉她一声?"

方若明笑了笑："谢谢，不用。我就是随口问问。"

裴苏苏才知道他不是随口问问的，她更不会告诉那二有这回事。有的可以让，有的不可以，比如未来。方若明是不是她的未来，她不清楚，只清楚自己要努力，谁挡在她的前面，她就叫谁当炮灰。同时，她还要考察方若明的人品，这一辈子的事情，她可不敢掉以轻心。于是，到了小区门口，她跟方若明说到家了，等待他后面的问话。方若明只道晚安，什么都没问，也没要求。裴苏苏有些失落，他甚至没问她的电话。她又有点羞恼，怀疑自己魅力不够，怀疑他太自傲。可是，下了车以后，方若明却马上喊住她：哎，给我留个电话吧……

一切，就从那个电话开始了。

Chapter 7
她和他的故事

　　每当阒寂无声的夜里，裴苏苏才聆听自己内心的声音。她，来自苏南的乡下，家境平庸，父母常常为了攒了一年的钱买台电视还是冰箱争吵不休，为了今年的庄稼收成多了还是少了而高兴或者烦忧。弟弟师范学院毕业，在小镇当了数学老师，娶了媳妇生了孩子。她的家也因城市扩张不用再种地了，父母做起了小生意，开了个杂货店。但这和她想要的生活还差了十万八千里。

　　她眨眼间就过了三十，数年前也清纯得一塌糊涂，把所有的爱情、激情都奉献给了前面两个男友。后来，她有了清晰的理想和目标，她不能坐在租来的房子里啃着馒头和一个穷小子谈爱情。她朝着自己的理想奔去。身边的男人换了一茬又一茬，却再难找到像牛文斌那样真心对她好的男人。牛文斌省下来钱给她买衣服穿；去咖啡馆给她买最贵的咖啡，而自己喝最便宜的；她来例假肚子疼，牛文斌半夜起来给她熬红糖姜水……比牛文斌有钱的男人很多，却再没碰见比牛文斌有情有义的男人，可她的离去义无反顾。这座城市缺乏温度，因为金钱得来不易，人人都把自己的钱包攥紧，对想分享它的人警惕万分。裴苏苏就在这不冷不热的温度之间游来荡去，始终找不到自己的位置。她恨自己，当初为何选择的是牛文斌而不是来自浙江的暴发户老板。一想起那个比自己差的女孩因和老板上了床，第二个月就开着宝马去上班她就两眼充血。爱情哦，在物质面前显得多么虚弱。

　　后来的几个男人，一个比一个猴精，大钱捞不着，婚也没结成。泡上坂口真仓，她只想捞上一大笔，最终的目的是把房子给她买下。可坂口真仓并不那么大方，每次从日本回来，带给裴苏苏的仅仅是一款最新出的笔记本电脑或者一个数码相机或者一套资生堂护肤品之类，最高也就万把块的礼物。她一直喜欢丰田的几款女士车型，侧面说了几次，坂口真仓就是装糊涂。这种分期付款一样的包养太消磨人，她可没多少时间可耗了。

可就在这时候，她遇见了方若明，她相信自己已经被方若明折服，他虽然不是款爷，可是比上不足比下有余，有房有车小有成绩，想开公司有资金，想要稳当坐班也有二十几万年薪。最主要的是能拿得出手，有型有款，人才一表，与他站在一起，比坂口真仓可要体面得多。坂口真仓的钞票再多，一时也搬不进自己的口袋，再说坂口真仓这么久以来也没表示给她买房子，这么耗下去也不是长久之计。这方若明，不是个钻石王老五，也是个黄金王老五，如今剩女熟女猛女骚女贱女干物女满大街都是，方若明单单地放在外面也不安全，还是放我这里吧。裴苏苏这么想。

于是，裴苏苏翻出了手机里的号码，拨了过去。

"喂，你还记得我吗？"

对方在猜测，"你是……"

裴苏苏立刻娇嗔地说："是我呀，昨天你送我回家的啊。"

方若明才恍然大悟地说："哦，裴苏苏对勿啦（上海方言的普通话，对吗）？你好啊，昨晚睡得好不好？"

裴苏苏说："好呀，我还梦到你了呢。"

方若明有点不好意思："是吗？梦到什么了？"

裴苏苏故弄玄虚地说："嘿嘿，不告诉你。哎，对了。你敢不敢吃辣？"

方若明说："可以啊，辣得不太过分我都能吃。"

裴苏苏说："那就好。我发现了一家湘菜馆，味道很不错，要不要去尝尝？"

方若明说："怎么？要请我吃饭？"

裴苏苏说："好啊，我请客，这有什么关系。"

方若明笑："那你请客我掏钱。"

　　放下电话裴苏苏满心欢喜，突然有种恋爱的感觉漾上心头，甜丝丝麻酥酥地醉人。她仔细地化着妆，一根一根地修整着眉毛，享受着爱情的味道。她要给方若明一个完美的自己，叫他迅速地爱上她。

　　这时，那二来电话了，把她从憧憬中揪到现实来。她是抢了闺中密友的梦中情人，难免有点心虚，然而心又一横，你那二又没告诉我你喜欢人家对不对？你那二又没和他谈恋爱。我也不过是捷足先登。都急着嫁呢，姐们儿我不能客气。然而，那二告诉她已经身在浙江横店了，上午忙忙叨叨都忘记跟她说一声。裴苏苏听了一阵高兴，简直是天助我也，我可是连内疚都免了，你那二去了浙江，我又不知道你心里所想，等你回来生米都能煮成八十回熟饭了。嘿嘿，人算不如天算。

　　若不是那一句话，跟方若明那顿饭吃得算很完美。裴苏苏体会到做女人的优越，车上有三种不同口味的饮料供她选择，会为她把座椅拉开他才落座，点菜都是裴苏苏爱吃的，饭桌上还能听到小笑话……可是，方若明说，昨晚那个穿风衣、长头发的女孩别人也不认识。很奇怪，她的网名叫什么，哪一个是她呢？裴苏苏便有点不高兴，她也不掩饰自己，索性嘟起了性感的嘴。是我不够好吗？你又在提她。方若明便笑着道歉，别不高兴啊，随口问问。此后，方若明果真没有谈起那个穿风衣、长头发的女孩。

　　裴苏苏和方若明在那顿饭以后，就开始约会，前几次都是裴苏苏在约方若明，后来，方若明渐渐地开始主动了。裴苏苏又担心坂口真仓知道，每次都是算着时间去约会。不能在一个人身上财色兼收，在两个人身上也可以，就是累了点儿，经常要编好多谎话。

　　约会几次，方若明该到家里看看了，裴苏苏便说房子是亲戚的，全家去了国外叫她看房子，房租是象征性地给。

　　方若明也不怀疑，他的确是被裴苏苏迷住了。裴苏苏那么温柔，可爱，聪明，风情……他喜欢裴苏苏做的好菜，每次都贴心地准备红酒、甜点。他更不好意思空手去，除了品种常新的鲜花，每次送的礼物也都是恰到好处轻重适宜，安娜苏的新款香水、MAC的粉底和腮红、白井的手套和带绢花的遮阳帽，甚至两三百块的超市购物券，送的时候不是很正式，总像顺手带来一样，叫人接受得除了高兴没有半点负担。方若明也常带她去饭店，裴苏苏可不笨，这个人将来是要做老公的，可不能狠狠地宰，她点菜很小心，不拣贵的点，只点好吃又实惠的。方若明挺欣赏裴苏苏这一点，会过日子，往往他又多加道海鲜之类。裴苏苏便娇嗲地用上海话夸方若明：侬老体贴，老会得叫拧开心哦。方若明也是人，被夸了心里也舒服，接下来咖啡馆泡泡、电影院看看，然后，趁着夜色微醺送裴苏苏回去。往往，在路上的时候，便抵挡不住裴苏苏由内而外的诱惑，两人路边停下车就是一顿狂吻。

上床是认识两个月以后的事情了。这样的节奏在两个剩男熟女的交往中，绝对不算快。裴苏苏不缺性，方若明能忍得住一年半载没有性。国外生活了十年，中间也仅仅有四五年里是有性的。交往了7年，通过他而留在澳洲工作的前女友，喜欢上一个危地马拉的中年商人并跟着跑了，致使他一度认为女人都是现实的妖精，只认钱不认人。有段时间他堕落过，半个月内和五个不同国籍的女人上床，其中一个是来自德州的妓女。

那天在汽车旅馆醒来，他看着镜子中的自己，仿佛刚刚认识。下巴上的胡茬杂乱，肤色暗黄，眼睛无神，还长出了黑眼圈。方若明被镜子里的人吓了一跳，他到浴室认真地洗了个澡，刮了胡子，在意式餐厅饱餐了一顿，精神抖擞地开车扬长而去，把最后的堕落全部扔在那里。

只是，他没想要很快得到裴苏苏，他认为如果有了性关系，他得为她负责。他还没有想好要不要跟她建立一个家庭，也没有了解透裴苏苏，以谈恋爱的理由去和一个想嫁给他的女人轻易上床，在他看来是不耻的。毛主席都说了，一切不以结婚为目的的恋爱都是耍流氓。

周六的时候坂口真仓来了，周日裴苏苏说要去进修，通常坂口在周日早晨吃过早点就离开了，这天便是好时机。裴苏苏也不是常叫方若明来家里，一来她怕来多了碰见坂口真仓，二来她感觉不公平，谈了两个月了，方若明还没有叫她来过他家里去。

原因是方若明跟父母住在一起，他家并不缺乏空间，住的是二百多平米复式结构的房子。另外还有一套房子在卢湾区，地段好，没人住就出租了个好价钱。离家时间太久，回国后父母不希望儿子住到外面。曾经在企业里做领导的父母对人也十分挑剔，感觉自己儿子就是世界上最帅气最优秀的儿子，没多少女人能配得起。如果这么快领一个女人回家，那么表示要定下来了，少不了父母的一些干扰，上海人喜欢求稳，这些

事情还得往后挨一挨。

相亲嘛，回来已经相过好些回了，如今好男人成了紧俏货，亲戚朋友随便一张罗就见了七八个。漂亮的家庭好的也有，就是太霸道，开的车比他的好，一身行头够他忙乎一个月。不用他养，人家老爸大手一挥，黄浦江边上三室两厅的江景房就当陪嫁了。这样的丫头惹不起，刚约会一次就要天天发短信，晚上要煲电话粥，稍有不从就用发嗲来嗲死你。方若明今年36岁了，看过金钱和女人了，他不过分贪婪，够用就行，何必搞得自己那么累。

初次身体赤裸交会，裴苏苏感觉到方若明对她是认真的，他那么敬业而小心翼翼，时刻照顾她的感受，叫她无比感动。她快乐得要飞起来了，刚开始还因恐惧而闪烁在脑海里的坂口真仓，后来渐渐被幸福的空白所替代。她真心实意地对方若明说我爱你。

床上大战以后，裴苏苏和方若明依偎着去附近的粤菜馆吃饭，两人你侬我侬，眼神都能流出蜜来。没想到在粤菜馆碰见了那二的朋友袁嘉、杨旭、杨辉一家三口和大阿姐逸锦一家人在吃饭。恰好碰了个正着，裴苏苏不得不上去打招呼，袁嘉他们就得知裴苏苏谈朋友了，对象还不错。

裴苏苏和方若明走后，大阿姐还说道，那是那二的朋友呀？长得也蛮灵的嘛，上次听那二说她就住御景华苑，她蛮有钞票嘛，那房子在格块地方租也要蛮贵的。她那男朋友看上去蛮不错，她还真是好运气。袁嘉叨叨，是呀，那二没眼光，挑男人不用脑子。她去横店有两个月了吧，还没回来呢，回来找她打麻将……

Chapter 8
电话打错了

那二回来之时，裴苏苏和方若明的故事已经结束了。那一切，神不知鬼不觉，不影响她和那二的友谊。那二不混俱乐部，没人知道她是谁，来自何方。私底下，方若明也问过别人，"那个穿灰色风衣、长头发的女孩"是谁？没人知道，谁都不认识。到后来，方若明都以为自己那天做了一场梦，跟一个影子电光火石神交入化。

裴苏苏和方若明的分手是在第二次上床的时候。

周日那天，坂口真仓破例吃过早点没有急着走，而是看起了中文报纸。这在裴苏苏看起来很蹊跷，坂口真仓的中文没好到看报纸不费劲的程度。裴苏苏当着坂口的面儿不敢发信息打电话告诉方若明，想叫坂口真仓赶紧滚蛋也不敢表示，她只好收拾东西，说自己要去上课。坂口真仓却又在裴苏苏身上摸索了起来。裴苏苏琢磨着跟方若明约在中午12点在港汇碰面，还有3个小时，坂口这边先安抚好，说不定哪天就一脚踹开了，现在对他好点，趁着能捞就捞一把。她这么想着，就把坂口的脑袋堵在自己胸口的两只肉包子间，凑在他的耳边说：唔，那就来一次我再去上课……

裴苏苏怕方若明碰到坂口，所以叫他到徐家汇接她，说她在徐家汇办事。可是，方若明都到了，她还没有赶去，一路上她催促着出租司机：师傅，您快点啦，我有急事的好哇？司机不理会她。急也没有用，闯一个红灯两百块，我拉你才挣多少钱？裴苏苏恨得咬牙切齿。

终于还是到了，裴苏苏从商场后门再绕到前面，刚才还慌慌张张赶

路，见到方若明马上变得气定神闲。哦哟，叫你久等了吧？我去做了个身体 SPA，比较浪费时间，呵呵。裴苏苏都觉得自己像演员。

两人午饭过后看了场电影，又逛街淘货。在一家外贸小店里淘到两件情侣衫，当时换上，甜蜜地牵着手走了出来。晚上又在外面吃好晚饭，两人才晃晃悠悠地回裴苏苏的家。

这两人干柴烈火，一进门就纠结在一起，手忙脚乱不知道先扒哪一件衣服才合适。从进门到浴室的路上，丢下了他的 T 恤，她的裙子，他的裤子，她的咪咪罩……方若明把裴苏苏从浴室扛出来，扔到床上，两人就像两滴水银一样溶进被子里。

方若明是个敬业的好同志，可就在方若明床上卖力的时候，却发现枕头边上有一根软软的皮鞭，那皮鞭既陌生又眼熟，似乎在 AV 片里时常出现……方若明望着那根来历不明的皮鞭，硬起来的家伙渐渐地软了下来。

裴苏苏看到情趣皮鞭也傻了眼。上午的时候，没想到坂口真仓性致高昂，调了两小时情才结束。在坂口真仓走了以后，裴苏苏匆忙地收拾了一番才出去。本以为清理好现场，可是……怎么会这样？

就这样，方若明从裴苏苏身上下来，他冷静地穿好衣服。裴苏苏也被皮鞭搞傻了眼，可马上认真地解释她也不知道这是什么，她从来就没见过，也许是她亲戚的。

方若明沉默许久以后才说：上次根本就是没有的。

如果说裴苏苏一直单身，还有没有来得及处理的性伙伴，他也许可以原谅，但是玩儿得这么疯，他就没法接受，他要娶个正统的女人做太太。裴苏苏撒谎脸不红心不跳，可方若明又不是二傻子，他面对裴苏苏的辩解，不再反驳，礼貌地告辞而去。

裴苏苏再次尝到失恋的滋味，原本欣欣向荣的恋爱这么快就结束了。她着实痛苦了几天，食不甘味，夜不成寐。坂口真仓似乎没发现她的情绪变化一样，该来的时候依旧来，来了依旧可着想象力折腾。有一阵子，裴苏苏总不能集中精神，总是把坂口真仓想象成方若明，一旦睁开眼，又是那颗荷包蛋一样的脑袋，她从心里感到作呕。

裴苏苏又想不起来自己究竟痛在哪里，方若明是她抢过来的，要说爱情也许有那么一些。她爱他沉稳健硕，她爱他儒雅浪漫，她爱他小有资产……如果没有这些，她能爱他吗？又想想，方若明也不是爱她个表面，刚两个多月能了解多少，这痛感又是从哪里来的？她睡不着，思来想去……也许，是一个可以结婚的最佳对象把她给放弃了，这才是关键。她想明白了。

那二回来了，给裴苏苏带了几包浙江小吃。裴苏苏笑纳。

果不其然，那二好像漫不经心地说起了三个月前聚会上的那个西装眼睛男，问裴苏苏有印象吗。裴苏苏茫然地摇着头，不知道你在说哪个。她撒谎不眨眼，然后说自己吃过饭就离开了。那二有点点失落，又很快调整过来。她跟裴苏苏谈横店的工作趣事，有时候说着说着自己就开心地笑了起来。裴苏苏心说，这那二，可真够二的，P大点好就能叫她笑成这样。

裴苏苏打断那二："那二，咱们相亲去吧！"

那二说："相亲？去哪儿？"

裴苏苏说："参加相亲活动呗。"

那二说："什么相亲活动？不是上次那种俱乐部聚会吧？"

裴苏苏说："当然不是。我看了一个婚恋网站，下周有个钻石王老五征婚专场，一万八千八百八十八一位，游轮夜游浦江……"

那二说："一万八千八百八十八一位？天哪，我还是在家看电视吧。"

裴苏苏白了她一眼："瞧你那点出息，等我说完行不行？"

那二抱歉地："行。"

裴苏苏："女士免费。不过，需要身高超过 160cm，专科以上学历，30 岁以内，年轻漂亮是关键，条件好的女士可以适当放宽要求。男士 30 位，女士限 60 位。"

那二说："啊？2 比 1 啊？整个一买方市场。"

裴苏苏说："那怎么啦？人家那么有钱还不叫人家挑挑。"

那二忧郁地看着裴苏苏："苏苏，我们的年纪都不占优势了……"

裴苏苏说："可我们漂亮，还有味道。"

那二说："那些有钱人不需要味道，他们就喜欢年轻漂亮。"

裴苏苏说："我们依然年轻漂亮，好不好？"

那二说："我们这 70 年代末期的女人，已经不新鲜啦！如今别说 80

后，90 后都粉墨登场了。年纪小的可以慢慢变得有味道，可我们的味道就要渐行渐远了……"

裴苏苏生气了："我到老也会有味道！就是你，能不能不这么自卑啊？有机会就要主动去争取，天上又不会掉宝哥哥。像你这么颓废，这么悲观，能嫁好才怪！"

那二也生气了："是啊，我自卑，我颓废，我悲观，我就压根没想嫁个有钱人。未来的他比我强一些我觉得自豪，比我强太多我觉得自卑。我从不希望通过嫁人来麻雀变凤凰，我不想那么累！"

裴苏苏说："又是你那可怜的自尊心在作怪！你就不能不那么清高嘛！"

那二说："废话，我靠自尊心活着，没有豪宅名车我不会死，没有自尊心我一天都活不下去！"

裴苏苏说："我没看出来自尊心给你带来什么好运。你就是笨，笨女人不适合在上海混！"

那二彻底被激怒了，她顿了一下，却平静地说："你到底要怎么样？想终结我们的友谊是吗？"

裴苏苏沉默了一会儿："好吧。我们今天不是要吵架的对吗？就当我没说好了。我今天情绪不太好。"

那二也觉得自己有些激动："嗯，算了，本来是谈相亲又扯远了。我是没自信。你去参加吧，你有优势，肯定会有机会。"

裴苏苏有些懊丧："我也不想去了。也许你说得对，现在 90 后都粉墨登场了。"

……

与裴苏苏的会面就在不快中结束了。

那二在回去的路上快快的。她穿过人民广场准备下地铁站时，看见一个卡哇伊型的小姑娘开着一辆保时捷从马路上穿过，年轻的面孔泛着鲜嫩的潮气，笑容里都闪着快乐的光。那二看着远去的保时捷有点发呆，一时不知道对错。难道自己错了，裴苏苏对了？也许本来就没有对错，追求不同，价值观不同，各有各的理想人生。

裴苏苏也快快的。她慢慢走回租来的豪华公寓，打开灯环视着并不属于她的一切。大理石地板不是她的，水晶吊灯不是她的，真皮沙发不是她的，2米×2米的水床不是她的，52寸LED液晶电视不是她的，桃木餐桌餐椅不是她的……她所拥有的也就是几只皮箱能带走的七零八碎。

裴苏苏越想越来气，一样的女人，凭什么人家就能有那个命？我也不就是想嫁个有钱人，为什么就那么不顺畅呢？她打开荷包蛋坂口真仓带来的红酒，像跟它有仇一样，一大口一大口地干掉它，直到两眼充满血丝直勾勾地发愣。她突然就笑起来，笑得花枝乱颤歇斯底里……然后，她又哭了，哭得惊天动地千回百转……她被红酒烧得晕头晕脑，哭泣中摸起手机哆嗦着拨了几个号码，手机刚一接通，她就迫不及待地说话。

"若明，我错啦，我坦白，我交代。那皮鞭不是我的，不是我的……（呜呜地哭）若明，我又错啦，那皮鞭是我的，是我的……你就当没看见行不行啊？你难道就这么容易说走就走吗？你不是说喜欢我的吗？你都忘啦？啊？你忘啦？……我没忘，我没忘。……（呜呜地哭）你不说话，我知道你在听。若明，我就想嫁个有钱人，这没有错吧？啊？没错吧？……遇见你，我不是要改了嘛，小富即安我也心甘情愿……可你，怎么说不要我就不要我呢？啊？……"

对方的电话突然断了。裴苏苏负气地把手机扔到墙上，手机从墙上又溅落在花瓶上，花瓶和手机一起掉在地上。花瓶碎了，玻璃碎片和鲜花以及养花水全都撒泼耍赖一般躺在大理石地板上，狼狈不堪。

裴苏苏血红的眼睛都睁不开了，像在眼皮上挂了两只秤砣，她浑身无力，头歪在沙发里，喃喃道：男人，都跟婊子一样无情无义……然后，她沉沉睡去。

坂口真仓手里捏着手机，他面无表情，眼睛里却闪过狼一样森冷的光芒。

裴苏苏的电话打错了。

Chapter 9

意料之外的相亲

　　出差三个月回到杂志社，突然感到有些生疏，每个人的笑都显得既假又陌生。那二说不上来那种感觉，总是怀疑自己有问题，在上海生活了这么多年，朋友少得可怜。阿庆嫂说的"人一走茶就凉"，在上海可真确切。可自己不是还没离开单位呢吗？仅仅是出差去了。

　　王总编的笑容就那样，是挤出来的，笑得不够真诚，那种不够真诚的笑，是能感觉到的。那二也就勉强接受了，草草地从总编室出来。可连张左、樱桃、小渔、翡冷翠的烟花都那样，热情一下子，然后瞬间冷却去忙自己的事情。社长老大去美国参加儿子的什么典礼，人还没回来。那二有些无趣，一边慢慢擦拭着桌椅、电脑，一边琢磨，自己究竟要什么样的生活或者人文氛围。

　　玻璃花瓶里的香槟玫瑰早就枯萎了，花苞枯黄发黑垂头丧气地耷拉下来。那二知道养花水已经发臭了，她端去洗手间把花扔掉，把花瓶刷得晶莹剔透。那花瓶是那二自己买的，法国货，那香槟玫瑰是别人送的。那二不喜欢香槟玫瑰，也不喜欢蓝色妖姬，也不喜欢红玫瑰。她喜欢那种白粉色的玫瑰，结实的花苞，层层叠叠等待绽放，干净、纯美，带着天真的初生般的娇嫩。

　　还未走进办公室，就听见樱桃她们在叽叽喳喳，那二有些好奇又有些恍惚，她小心翼翼地捧着法国玻璃花瓶进来。她看见一个朝气蓬勃的男孩子，正被小渔摸着头发，樱桃马上又把小渔的手拨拉开，翡冷翠的烟花像个花痴一样含情脉脉地盯着他，几个女人就像妖精遇见唐僧要把男孩子吃了一样。连王总编也笑容可掬地出来了，哟，许维，你回来啦？

那二从叫许维的男孩子身边穿过，默默地开始做事。许维说笑着转过身，突然看见那二，笑容定格了两秒钟。他说，她是那二吧。

叽叽喳喳的女孩子们有些不悦，似乎被那二煞了风景，声音逐渐弱了下去。

王总编说："那二，许维是新来的活动策划，来了快一个月了，你还没见过吧？"

那二浅淡地笑了一下："嗯，挺帅的。"

"那二，那二——，我在这边呢。"袁嘉坐在车里在马路对面朝那二大喊，车水马龙都没她的叫喊声出类拔萃。

那二看见袁嘉，朝她挥了挥手，等着红绿灯慢慢地走过去。她不好意思大声喊，很怕被人关注，可是跟袁嘉在一起，总避免不了这样的时刻。那二也从来不去说袁嘉，她知道袁嘉就那性格，如果改了，也没那么可爱了。袁嘉比那二强势，那二倒从不觉得被压抑，她喜欢那种处处有人替她争先的感觉。跟袁嘉没有利益纠葛，这种友谊长长久久。眨眼交往都十年了，容易嘛。

那二一屁股坐进车里，"你是不是不会调头？"

袁嘉哈哈一笑："哎呀，你可太了解我了。弄个车本，来来回回考了9趟。他奶奶的，要是这次上上下下都打点了，还是考不过。"

那二说："你真是个宝啊，说真的，你开车我还真不敢坐。想当年，你骑一摩托开20带着我，都能摔个鼻青脸肿，都不知道你怎么敢开车的。"

袁嘉又笑："我怎么不敢开啊？哦哟，我又想起来那次咱们俩摔在马路牙子上的事情了，两个人的腿上好几块蓝药水，整个夏天疤痕都没下去。哦哟，笑死我了。"

看到袁嘉笑得没心没肺，那二跟着开心起来，她等着袁嘉笑够了。

那二说："今天没带儿子出来？"

袁嘉说："没有，刚接好了，送家里去了。今天带你去吃饭。"

那二说："去哪儿？"

袁嘉说："淮海路上伊藤家。"

那二说："好奢侈哎，我只有别人请客的时候才去。"

袁嘉笑得眼睛眯缝起来:"今天有人买单。"

那二说:"谁呀?"

袁嘉说:"我网友,前阵子车友会群里认识的。"

那二惊诧:"袁嘉,连你都交网友了,你说这世界可怎么办啊?"

袁嘉不屑:"切,我干吗就不能交网友?杨旭那些女的不都是网络找来的吗?女的不贱男的怎么有机会?不过,到了我这儿,男的想占我便宜,哼哼,他就做梦去吧!"

那二说:"那你见网友干吗带着我啊?还叫我坐你的车,冒着这么大的生命危险。"

袁嘉说:"你个没良心的,我是替你约的。那小子条件不错,群里有人见过,挺老实本分的,适合做老公。"

那二又惊诧:"给我啊?你干吗不早说,我好捯饬捯饬。"

袁嘉说:"你好像哪天又不捯饬了。时间还早呢,我约了七点,咱们慢慢挪吧。"

袁嘉开始发动车子,那车被她开得像得了老年痴呆症,那二跟着一阵一阵揪心。快到下班的点了,车流开始密集。

这时,一个男人开着车赶了上来,伸出头来用沪语骂:有毛病哇?不会开车回去学啊!再后面一句是脏话。袁嘉愤怒了,想回嘴,可是后面有车鸣笛,她一时照顾不过来,自己边开车边骂那个人戆样子。可是,那车开前面去了,估计是没听见。袁嘉脸都气得发白,在一辆自己都驾驭不好的车里,却是手忙脚乱。

那二叫她别急,安心开车。前面正好有个红灯,那车停下了,袁嘉的车跟他两个车道,前面还有辆车停着。那二打开袁嘉车上的工具盒,拿出一把扳手掐在手里下了车,不顾袁嘉的呼喊朝那车走了过去。她啪啪一拍那男人的车门,恶狠狠盯着他。那人正要疑问,却见那二朝他伸出食指指了指,很快又把食指变成中指。几秒之后,她不紧不慢地走回车里。如果没猜错,那男人一定会骂"册那"。

那人如预期中的一样,没有从车里出来,绿灯一亮就飞快地跑了。袁嘉开心了,笑得把车开得更加哆嗦。那二系好安全带,叮嘱她注意安全,颇有点视死如归的感觉。

在地下车库停好车，时间也差不多了，两个人在车内涂抹了一阵子才慢慢走出来。袁嘉一路上只跟那二形容那男的多好多好，她连那男的有多少存款都问出来了。那男的网名叫大河之舞，袁嘉叫他大河。大河他父亲是烟台人，母亲是宁波人。他在上海出生，今年36岁，同济大学硕本连读建筑设计专业，现下年收入18万左右。自己挣钱买了三室两厅的房子，贷款后年就还完了。刚添了辆荣威，现有存款不足10万。谈过三次恋爱，有两次是被甩的。绝对是个经济适用男。

那二感觉袁嘉真神，脸皮真厚，啥都好意思问。自己跟她认识这么多年，就是没学会。她反问一句，这么优秀，那他怎么没找到另一半啊？

袁嘉看着她，很奇怪似的。你怎么不问问你自己？

那二便闭嘴了。

叫大河之舞的经济适用男已经等在那里了，坐在榻榻米上，有点日本人的模样，令那二一下子想到坂口真仓，但是大河之舞头发齐全。从那二进来的那刻起，大河之舞就在偷偷打量她，那目光仿佛是欣赏，又仿佛是挑剔，那二浑身不自在。一不自在，话又少了，对着料理使劲，斯斯文文，却又狠又准，一小口，一小口，一小口……

袁嘉似乎是那二的代言人，大河偶尔问个问题，袁嘉看着那二不说话，她就接了过去。那二不管准不准确都笑笑，很随和的姿态。

大河怕惊动了那二的沉默，但又想听她多说两句，每次都把话引到那二这边来。袁嘉忍不住了，用穿了丝袜的脚踹了她一下。

"喂，说句话啊，别埋头苦吃了行不行？"

那二不好意思了，抬起头来，嗯了一声。然后认真地看了大河几眼。

"你叫什么名字？"

大河认真地回答："我名字就叫大河，姓曹，曹大河，网名大河之舞就是从我名字延伸出来的。"

那二哦了一声。又不知道说啥。但她知道曹大河回答问题的长度也是今晚谈话中比较长的一段。

她仔细观察了曹大河的手，修长秀气，白净细腻，跟他的名字很不相称。他长得不胖不瘦，说不上好看，也不招人讨厌。戴无框眼镜，单眼皮，眼神很笃定，没有攻击性。说话不风趣，中规中矩，似乎也是言语不多之人，问题不太多，回答简要明了。那二想，这是一个比她闷骚

的男人，或者说是个白开水男人，食之无味，不可或缺。

"你叫那二，罗衣跟我说了。"

罗衣是那二给袁嘉取的网名，她喜欢《章华赋》里的那句："罗衣飘飘，组绮缤纷。"最初读的时候就感觉美得超然世外，罗衣应该是穿在柔若无骨柔情似水的仙女身上才合适。后来，袁嘉也喜欢了，她还买过一套丝绸的两件套月白睡衣应景，穿起来也是袅袅婷婷，皮肤就衬得更加咖啡色。那二笑说，就当个外国仙女吧。

那二点点头。

曹大河又说话，像是自语："那二，呵呵，真有意思的名字。"

那二一本正经地解释："北京土话，二就是傻的意思。可我妈妈给我取这名字的时候，还不知道有这么个解释，我们家离北京还有八百里，那时候信息不发达。原本是有个双胞胎姐姐或者妹妹，可在娘胎里就死了，谨以纪念。"

曹大河笑了，看着那二不温不火地说话，觉得有意思。袁嘉早就笑了，她感觉上海人总是慢半拍子。这时，她倒不觉得自己是上海人了，打小就被首都人民的幽默感给熏陶出来，上海的滑稽戏在她看来一点都不好玩。

饭毕，那二和曹大河没有互留电话，眼看都要溜之乎也，曹大河几次欲言又止的样子，叫那二心里好笑，上海还有这样老实的男人么。袁嘉试探一下曹大河，问他有空没有，送一下那二，曹大河马上说有。袁嘉笑眯眯地看了看那二，那我就不管了啊。你们俩走吧，我慢慢地往回挪我的车。那二还是不说什么，与曹大河一起送走袁嘉，她提醒袁嘉路上小心。然后，两个人默默地往回走。一路上，两个人话语也不多，令那二都觉得曹大河对自己没兴趣了，可又分明能感觉到对自己有好感。那二倒是无所谓的，大可不必把相亲看得那么认真，最后跟谁度过余生，那是老天说了算。

没想到，临分手的时候，曹大河鼓足勇气说："那二，我以后能继续约你吗？"

对于这场意外的相亲，那二没什么感觉，曹大河是中国千千万万家庭里最熟悉的那种丈夫，看到他仿佛就能看到他们的一辈子。办一场热闹又不奢华的婚礼，然后生个娃，然后油盐酱醋茶，然后偶尔开个精神或者肉体的小差，然后等着孩子长大，然后搀扶着去医院看病，然后……这不是那二意料之内的婚姻吗？不知道为何总感觉缺点啥。

Chapter 10
有关费列罗的童话

第二天大清早就被袁嘉的电话吵醒，袁嘉问那二感觉怎么样？留电话了吗？上家坐坐了吗？那二把手机开到免提接听，一边刷牙一边听她问，插空也回几句。袁嘉八卦习惯了，闲的没事，关注别人的私生活是她生活的一部分。

那二才没往家里带人的习惯呢，曾经也只有伍晓华来过几次，别的人很难得知那二具体住在哪儿。在超级大都市生活的很多人，都保有这样的习惯，宁愿在外请顿饭，也不愿意别人介入进自己的私有空间。那二早就不自觉入乡随俗了。这也跟那二虚荣有关系，租来的房子不太宽敞，也有些年限，采光不太好，房东也不是富足之家装修非常一般。这样的房子那二是看不上的，可自己家好又不能把房子搬到上海来。

袁嘉说："今晚要是那小子不约你，你就来我姐姐家吃饭吧。姐姐前几天还问你了呢。"

袁嘉喜欢把没老透的男人称为那小子，那二知道她说的是曹大河。那二才想起来，今天是周五。

那二说："我向来不重色轻友好不好？好久没见大阿姐了，先去大阿姐家，他要是想约叫他排队。"

袁嘉笑说："就是，真喜欢你，也不在乎这一天两天。这不还没约呢嘛，要是约，就叫他直接上大阿姐那边好了，反正今天吃海底捞，不在家吃饭。"

那二说："行，行，行，就这么定了。我下班直接去大阿姐还是去海底捞？"

袁嘉说:"要是早的话直接去大阿姐家。要不我去接你?"

那二说:"谢谢,您叫我多活两天吧。我弄好工作随时可以走。我看大概4点左右走吧,那时不堵车。"

袁嘉说行,然后就听见她儿子在电话里嚷嚷:妈妈,我要给我女朋友也带一个OP果奶。然后袁嘉就说,跟你那老子一个样,啥都不忘你那女朋友……

那二在横店的时候,手里一直没有停下处理杂志的投稿,回来以后并没有显得工作繁杂,还稍有点闲。社里的杂志有个官网,有些读者常来互动,那二隔三差五也去看看,解答一些问题或者处理些公务。刚看一个读者贴了一个需要帮助的老区失学儿童,她低调地捐了1000元钱。在社里的时候,要装作很敬业忙碌的样子,否则去社里就没意义。

翡冷翠的烟花就不是时常在办公室,有时候来了提着一个旅行袋,里面装的是健身用的衣服和鞋子等。却在仅有的办公室时间里,一会儿打业务电话,一会儿盯着电脑忙得聚精会神。那二有一次瞟了一眼翡冷翠的烟花的电脑,她开了几个窗口,其中一个是塔罗牌占卜。

其余的同事都喜欢上网偷菜,当然不排除有的也喜欢偷人。尽管小渔隐藏得很深,某天还是被一个生得很饱满的女人找上门来了。那天下午社里就三个人,社长、小渔、那二。很饱满的女人直奔小渔而去,耳光扇在小渔脸上响得脆生生,紧接着就是小渔的反击和很饱满的女人的还击,咆哮声和扭打声像钢锯一样把杂志社静谧的下午给划破了。社长瞪大眼睛张着嘴巴出来了,冲她们喊着停下,停下!……那二坐在那里没出声,等她们相继骂骂咧咧地离开办公室,她去收拾被打落在地上的书刊文件等。小渔后来给她打电话,告诉她不要对任何人讲这件事情。那二冷淡地说,我什么都不知道。但是,那二知道,小渔仍旧是防备着她的,虽然有时候故意讨好一下,去买便当的时候第一个问那二,或者把客户送的护肤品小样多送那二两个,这些无非是怕她说出去。后来,小渔发现那二什么都没说,渐渐自己也把这事给忘记了。

现在,办公室里的人来得好齐整,那二知道,都是因为那个叫许维的男孩子。那二也好色,但是无意跟她们去抢着献媚,她对这种阳光清新男不感兴趣。伍晓华当初不是追得紧，根本没他的戏，漂亮男人见多了，最不屑的就是漂亮男人，漂亮男人不过就是被女人多上几回，多搞上几次，有什么可值得骄傲的。

可许维的确是值得女孩子们疯狂的，他挣的是三千块的工资，开的是近30万的本田CRV。他来自人间天堂杭州，据说父亲是画家，母亲是企业家，难不保他挣钱都是为了体验生活，是个有文化的家庭出来的富二代。这个富二代还长得像韩庚。

许维真会讨人欢喜，他买了一大口袋好吃的给办公室里的女孩子们，当然，也有那二的。他把一小盒费列罗巧克力很快地塞给那二，给，这是你喜欢的。然后，又去给别人发东西。女孩子们高兴得叽叽喳喳。那二把那盒费列罗拿在手里，有点开心地摩挲着，心想，这小家伙，怎么知道我喜欢吃费列罗？这么会讨人欢喜，那些女孩不喜欢疯了才怪。

樱桃手里还抓着大果粒酸奶，看见那二的费列罗叫了起来："啊，我也要费列罗……许维你偏心，我也要费列罗……"

许维有些不好意思："下次给你买，不知道你爱吃。这里还有德芙……"

樱桃一把抓起德芙，嘴里还在嚷着："不行，不行，我就要费列罗……"

小渔和张左也开始起哄："我也要费列罗，我也要……"

翡冷翠的烟花扬起了手："还有我……"

王总编一边舀着大果粒酸奶吃一边看她们闹腾，笑着说："许维，你这样子可不行啊，韦小宝还要把七个老婆都搞掂哪，这就几个女同事就处理不好啦。"

许维打趣道："不纯洁，不纯洁，我的一片好心哪……行，下回买什么都买一样的，这样你们就不会吵啦。"

那二把那盒费列罗拆开，留下两颗，然后递给许维，"许维，给大家分了吧。"

这时，那二的手机响了，一个陌生的号码，那二突然感觉应该是曹大河的，她作秀一样笑着接了起来。果然是曹大河。曹大河问他晚上有没有空，一起去吃广东菜。那二笑说，明天约，今天要去大阿姐家吃饭，那口气糯得香甜，叫人一听跟对方关系就不一般。

办公室里的女孩子们便把矛头转方向了，也不刻意吃醋针对那二了。是呀，这明摆着就是要有主的人了，谁会吃这闲醋呢？

过阵子，那二的工作做完了，勤奋也装得差不多了，她收拾收拾跟同事们先告辞。

出了杂志社，看看时间才刚过了四点，太阳暴烈，那二感觉浑身无力，撑着伞慢悠悠地走在地面蒸腾的热浪中。裴苏苏的电话又来了，问她去不去和她的朋友吃饭然后泡吧。那二得知又是那几个做工厂的老板，是裴苏苏曾经的客户，现在成了偶尔吃吃喝喝玩玩乐乐的朋友。那二跟着去K过一次歌，唱的尽是怀旧金曲，特没劲。那二自然又推了。这时，一辆车停在她前方，许维从右窗探出头来。

"嗨！那二，上来，我载你一程。"

那二停下来看着许维，她的手往紧握了握阳伞，张了张嘴没说话。

许维催她："赶紧上来，等下叫她们看见不好。"

那二把阳伞收了起来，拉开已经被许维打开的车门，钻了进去。刚一上车，许维的车子就蹿了出去。那二紧张地呀了一声。许维有点抱歉，笑着回头看了看她，放慢了车速。

"你去哪里？"

"澳门路"

"我送你。"

"嗯。"

许维感觉那二问题太少，"你就不问我为什么送你？"

"你为什么送我？"那二满足了他的愿望。

"不知道。"

"以后别送我，不想叫樱桃和小渔她们针对我。"

"跟她们没关系。"

"跟我有关系。"

"你不喜欢我……送你？"许维也许是想补充一下，但他看那二的目光是挑衅的。

那二看懂了，但不理会他，淡淡地说："你多大了？"

"25"

"我31，再过几个月我就32了，比你大七岁。"

许维不依不饶："年龄不是问题。"

"我7岁的时候，你刚出生。我读大一，你小学刚毕业。"

许维步步紧逼："那又怎么样？"

那二有些不悦："许维，我已经过了瞎混的年龄。你把心思用在别人身上会更合适。"

许维不快："你怎么知道我是瞎混？你怎么就断定我是瞎混？你这么轻易就给我下结论。"

那二被他的追问搞得很无语。

许维一脸认真："你打开那个盒子。"

那二顺着他的目光看了看前面的工具盒，没动。

许维又强调了一下："打开啊。"

那二打开了盒子，看到一个锦缎包面笔记本。她疑惑地打开笔记本，看见里面有几篇她发表过的文章，还有她在杂志上的一小幅不起眼的头像照，竟然还有一张照片，是她和一个女陶艺家的合影。照片是六年前的，那二成熟得比较晚，那时她还很单纯，眼神干净得没一丝杂质，连微笑里都带着天真。那二一阵一阵地惊讶。

那二说："你怎么有我的照片？哪里来的？"

许维说："你和我姑妈的合影，拍照片的那个人就是我。"

那二一下子被回忆拽回到六年前……

那是她此生的第一次采访，当时她刚进一家小报社做记者。女陶艺家的家在郊外的别墅区，那幢别墅隐逸在一片竹林里，雅致而肃穆。那二的平底浅口软牛皮鞋踩在木地板上，轻微的笃笃声叫自己感到突兀。她脱掉鞋子把它拎在手上，跟在中年女仆人的后面，像个影子一样无声地行走。拐至楼梯口，一个俊美的小男生正从楼上下来，他好奇地打量着那二。那二便迅速低下头轻轻地从他身边穿了过去。

采访结束时，那个小男生进来了。他手里端着一个放了十几块不同巧克力的玻璃果盘，笑着递到那二面前，给你，吃个。那二不好意思，看了看女陶艺家。女陶艺家宽厚地笑着：吃吧，别客气哟。那二腼腆地笑着，从众多巧克力中挑了一只金色纸箔包装的费列罗，轻轻地捏在手里。然后对小男生说，帮我和许教授合个影吧……

"你都这么大了。"

许维沉默了一下，"你没认出我来。可我在这个社里已经等了你快一个月了。"

"为什么？"

"如果我知道答案，也许我就不来了……见到你的时候，是我大一的假期。从那时起，我每换一个女朋友，都是照着你的模样。"

那二意外又感动，"哦……为什么？"

"那天，你上楼，又黑又长的直发，手里还拎了一双鞋……"许维没回答她，在诉说中笑了笑。

那二听着心里五味杂陈，不知该如何接话，鼻尖却一酸。

许维接着说："也许这次来，我不要一个结果，却是了了我的心愿。你没想到有人这么惦记你，会从五花八门的杂志里翻找你的一点信息，你不写 BLOG，不混论坛，不玩开心网，没多少人知道你是谁。但是，我知道。我从六年前就把你刻在记忆里……"

那二终于忍不住了，眼泪不听话地从眼眶滑落，大滴的泪珠掉在胸前，飞溅碎裂成渺小的几瓣。

"你应该清楚，我不缺这份工作，却顺着你的信息一路找到这家名不见经传的杂志社。你别哭，我知道这挺令人感动的。"

那二又被许维逗笑了，她用手指抹了抹眼泪，"许维，谢谢你。"

"干吗谢我？"

"给我一个美好的童话故事。"

许维的笑容很温暖，"是哦，连我都觉得奇妙。"

远远地看见了大阿姐家住的楼盘。

那二说："往右拐，前面停下就好。"

许维有些不舍："你到了，可是我还不想和你分开。"

那二咬了下嘴唇，笑了笑："再好的童话故事，也会结束。感谢你送我。"

"你就这么走了么？"许维的眼睛真好看动人，像个陷阱。

那二不敢正视，躲闪着。她怕掉进去出不来，狠心地把他的目光扔在身后。太阳穿过阳伞炙烤她的肉体发肤，不容许不明就里的眼泪存在。

那二在心里对自己说：我也无奈，我怎么可以活在童话里。

她没有回头。

Chapter 11
谁的情欲在飞

来到大阿姐家里，袁嘉正跟大阿姐家人讨伐杨旭，她看来是真生气了，阴沉着个脸情绪激动。那二注意到杨旭没来，杨辉手里拿着遥控器在控制一辆坦克。大姐夫坐在一旁跟那二打了个招呼继续看股票，他很少参与女人的谈话，但是时常听。大阿姐看到那二挺高兴，招呼她喝茶吃美国奶油核桃，然后大家又被袁嘉吸引了。

"你说说吧，他走那天是 17 号，一直到 20 号都应该在广州呢吧？哎，那发票上是 19 号。上海格林豪泰！是上海呀。他提前一天就回来了，跟人开房去了呗。要不是我洗衣裳发现了，现在还蒙在鼓里，他奶奶的。"袁嘉看着那二又补充了一句，"知道不？他又犯病了。"

那二知道袁嘉在说杨旭，点了点头，"嗯。间歇性的。"

逸锦大阿姐为袁嘉难过，"唉，怎么碰到这种男人呀，老难得消停。你说怎么办呢？不忍受就得吵架。忍受嘛，又真是气不过。我讲呀，你看在钱的份上，跟伊算了，就当不知道么好嘞。"

袁嘉郁闷地说："我倒是想不知道，他要是会哄人也就算了，偏偏问两句就全招了。你说这种人吧，放打仗时期能叫他当卧底吗？别人抓住了还想法子逼供，什么老虎凳啊辣椒水啦烙铁烫啊，他就用两招就行，一、来个人，女人；二、随意来个什么人，问几句就说了。这我能不气吗？"

袁嘉这气话把大家逗得乐和，她自己还在那儿郁闷。

姑妈接过话来："要是人家外面总是瞒着你，反正是找过女人了，你

又怎么办？那样的男人更阴险。"

看股票的大姐夫插话："你不要生气嘞，这些年了，早该了解。生气对你身体没啥好处，想开点算了。"

袁嘉叹口气跟大姐夫讲沪语："唉，想不开又能咋办呢？本来打算一道来吃饭的嘛，一生气，我叫伊有多远滚多远，伊不肯走。我走的时候，伊还在家里上网。"

大姐夫说："那赶紧叫伊来啊，吃过饭一道回去么好嘞。"

逸锦大阿姐接过话来："是的呀，男人不能越推越远，得哄着。你不要学外面那些拉不回男人心的傻女人。"

袁嘉嘴上还硬，不过有个台阶就再打电话回去。结果，杨旭在五分钟前已经走了。又打杨旭的电话，说是去参加个驴友聚会。袁嘉气得咬牙切齿，杨旭还真无所谓，这边气还没消呢，人家该干嘛干嘛。不就是不来和你们聚会吗？和别人聚会也一样。杨旭十多年前就是驴友，一驴驴到现在。真是你有你的千条计，他有他的老主意。跟杨旭生气，也就是能把自己给气坏了。

这时，来了个快递。逸锦阿姐签收过来，原来是买的养颜护肤的玻尿酸胶囊。人们就此岔开话题，也怕总是谈不愉快的把袁嘉气得没心情吃饭。可大家也都知道袁嘉没心没肺，说过气过了也就算了。

就玻尿酸谈起了逸锦阿姐的保养皮肤之道，很早前说花粉养颜，她就买了上等的花粉，装成胶囊，每天当药喝。后来又听说蛇粉养颜，她又托人买了条乌梢蛇晒干磨成粉，又加了灵芝粉一起灌成胶囊来服用。什么胶原蛋白，珍珠银耳，胎盘鹿茸，维生素 ABCDEFG……她全都试了个遍。

裴苏苏的耳朵应该痒痒了，因为有人在谈她。大阿姐说看到裴苏苏谈的那个男朋友了，看起来斯斯文文还不错。那二还在奇怪，裴苏苏为何没跟她提起过。裴苏苏一直有取之不尽的秘密，那二奇怪了一下就习惯了。

周五不属于坂口真仓的二四六见面日，每到这天，裴苏苏就无比躁动，可以约别的朋友出去海皮。可她最近有些疲乏，坂口每次来都像喝了牛血，总要折腾个几小时。裴苏苏的快感逐渐减少，有时候甚至恐惧。

黑眼圈越来越重，从来不涂粉的她，竟然开始用粉底霜。上班的时间，也有些漫不经心，似乎把力气都在床上用光了。她的工作不多也不少，伺候好坂口真仓就行，同时再处理些不用坂口费心的文件。她在公司没朋友，也没明显的敌人，管她和理她的人都不多，落得个自在清闲。下午的时候，坂口真仓临时告诉他要回日本一周，要她帮忙订晚上的机票。裴苏苏表面上有些不舍，撅着小嘴表示哀伤，心里却高兴，快走几天吧，叫我歇歇。

裴苏苏实际上早就有人约好，以前认识的客户，现在都在联系。当然，关系也不那么清白。她就感觉好笑，为什么要那么清白，她又没结婚，难道还有必要为了一个并不十分大方的临时饭票守节吗？

想想曾经和方若明也算得上一夜夫妻百日恩，裴苏苏去赴约之前又打了他的电话，若是他还给她机会，那么她是愿意为他推掉约会的。方若明倒是没有不接，接了也很客气。人与人哪，这一客气就有距离了。裴苏苏的心又拔凉了一阵。上海男人这几年她琢磨出来了，在所谓拒绝的问题上，就算表面客客气气并不言辞俱厉，绝情程度从本质上来讲都是一个样的。这是否也能算作装波依的一种？

装波依成了这个城市的常态，谁不装波依谁就跟这城市有隔膜。裴苏苏乃至那二都越来越能装波依，不光说话偶尔蹦句英文或者日文，还特别喜欢在咖啡馆用笔记本，其实也就是聊天，在家不是也能聊吗？买衣服一定要带牌子，但很可能是打一折时候淘来的。装波依绝对是种病，而且许多人愿意病得不轻。

那二不来，裴苏苏没有伴儿。女同事她在 LV 事件以后再也不肯往出带了。她的朋友就是她的朋友，只有那二才不会背着她和她的朋友约会。她经常有这朋友那朋友请客吃饭，却总觉得世界上就她最寂寞，失落感是经常光临。有时候混点钱出来，就拼命往家里寄，生怕哪天不小心便宜了小白脸。

今天这个客户朋友叫王先生，许多南方人把他叫做黄先生，王先生的名片上叫王意坤。王意坤王先生不过四十开外，精瘦，两只眼睛炯炯有神，长在他瘦削的脸上分外醒目，他的一身排骨估计都能把人硌疼。就这把排骨，家里还有夫人一大一小，其中大的在美国带着两个女儿生

活，小的在上海给他刚生了个儿子。裴苏苏认识他的时候还在和牛文斌谈恋爱，有天晚上牛文斌加班，她本来跟王先生约好在外面开房，到走的时候牛文斌却来了，找了许多借口也没甩掉那个尾巴，只好快快爽约。不料，那天晚上王先生在别人子宫种下果实，如今果实的母亲住在闵行的某幢独栋别墅里，每天有三个仆人伺候月子。宝马自然不用说了，怀了孩子的时候就买了。没有婚礼，却有婚戒，2.5克拉，想想都闪发闪发晃人眼。裴苏苏每当想起这些时，就深呼一口气，真是人有天命啊……

夜色斑斓，上海是个不夜城。

从红房子西餐厅喝到外滩18号，早已经心照不宣。

王先生的意思很明显：晚上有没有空啊？

这不已经是晚上了嘛，这不已经空着了嘛。裴苏苏心说。可是，她却暧昧地笑，眼睛眯起来，朦胧得云里雾里。丰厚的嘴唇因抹了闪亮唇油而呼之欲出，仿佛要随时咬住别人的器官一样。

"你要怎么样？"这句话绝不是"今晚你要搞我吗？"的意思。裴苏苏的意思是你要怎么样和我相处？一夜情还是多夜情，或者一夜性或者多夜性。性和情总是连在一起出现，大概意思也接近吧，裴苏苏这么认为。

王先生人瘦，经验却很丰富，他怎么能听不出来裴苏苏的意思。认识也多年了，没必要绕这弯子，何必浪费没剩多少的青春。他直言，家有雌性老虎两枚，明的不行暗的来，长的不行短的来，反正闲着也是闲着。

裴苏苏索性豁出来了，你不要脸我也不要脸，跟你谈感情多么伤钱。她优雅地伸出一只手，徐徐从自己的耳垂一直摩挲到颈间，又从颈间沿着另一只手臂摩挲到手腕，又从手腕摩挲到手指。这一系列动作，是在挑逗也是在挑明。欲望和金钱总是相互关联。

她说："你来得真是时候，你看，我身上还缺了这么多能闪光的东西。"

王先生笑了，脂肪很少的脸上皱纹挤得很明显。他从怀里掏出一只蓝色丝绒首饰盒，放在桌上，轻轻推到她的面前。

"看一下，特意为你挑的，不知道你喜欢不喜欢。"

裴苏苏的眼睛瞬间放光。她慢慢打开首饰盒，小小地惊呼了一下：

呀，好漂亮的呀！她根本不想掩饰情绪，送礼物的人最想看到收礼物的人这种反应。

"王先生，你的眼光好好哦！这项链太漂亮了。"

裴苏苏把那根带一颗闪亮钻石坠子的铂金项链轻轻取出来，仔细地戴在白皙光洁的脖颈上，胸前那块皮肤被这一小点闪亮衬得有了身价。裴苏苏因为开心，肤色也发着微光，整个人被光芒笼罩着使她看上去非常夺目而漂亮。她端起杯中杰克丹尼与王先生碰杯，感谢他的慷慨。

王先生很满意钻石给女人带来的愉悦。女人的虚荣和俗气在他看来最正常不过。柔软的女人通常喜欢坚硬的物件，比如钻石、黄金、美玉……或者充血的那个东西。

接下来的事情，自然不必过多赘述。如果把感情抛在一边，身体的交集不过是闭上眼张开腿的事情。经过坂口真仓的洗礼，裴苏苏的心理素质和生理素质已经强悍无比。王先生一晚上忙乎了三次，加起来不过一刻钟。裴苏苏暗自发笑，一夜，等于几万块的钻石项链，很值。

只是，她有些累了，昨天还是坂口真仓，今天又是王先生，连着有些折腾不起，她抱着被子沉沉睡去。

Chapter11 谁的情欲在飞

Chapter 12
不俗是不对的

　　周六的早晨不愿意起床，那二躺在床上胡思乱想。平平静静的生活突然间冒出来许多许维。能被帅男如此惦记，她还是有些虚荣的。可她这小半生，遭遇的艳遇太多了，没多少叫她感觉靠谱，久而久之也产生了抵抗力。她仔细想想，自己要的那种爱情似乎还没来过。究竟什么样的爱情，她也说不清楚，大概就是那种生理反应的心痛之感。除了几个月前为西装眼镜男的那次，竟然再想不起来了。那二笑自己，那也能算爱情，不过是自己在幻想之中建立起来的意淫而已。

　　那二替自己总结了一下，她不过是这个城市的一个旁观者，并没有真正融入到这个城市里去。这个城市的日新月异、蓬勃朝气、时尚奢靡以及市井俗气，可以说都跟自己无关。她来这个城市的目的很简单，简单到别人听了可笑，她喜欢在阳光充沛的冬天光腿穿短裙加平底皮靴，这也是袁嘉一句话能吸引她过来的背后原因。可是她来了之后，发现上海的冬天依然很冷，而且多雨，潮气能顺着皮肤钻到骨头缝里去。她却无所顾忌，只等太阳大好，上身穿了厚厚的羽绒衣或者羊绒短大衣，然后穿条色泽低调的短裙，再配不同风格的平底皮靴。腿自然是光着，或者穿层薄丝袜，之前要给腿上抹一层橄榄油再加防晒霜。她不化浓妆，叫脸面素净，目光清澈，天生的时尚因子在上海找到了共鸣，却能让人分辨出她不是这个城市的人，因为她的目光里没有欲望。

　　没有欲望，这不是个好现象。

　　所以，就有些人配不上她，在她面前显得俗。那二知道，不俗是不对的，她得改。她得配合这个俗气的时代与环境，人人都俗，她就得俗，否则就是格格不入。她的不俗叫一些人耻笑又恐慌。她是个病态的，装那啥的。她又是一面镜子，照得某部分人瑕疵毕露。

那二却认为自己俗。她喜欢钱，钱可以买到许多好东西。她看到橱窗里最新款的 ARMANI 也会拔不动腿。她不去看价钱，反正她买不起。看看款式又不要钱，使劲看。靠工资来消费奢侈品，那简直是天方夜谭。就算写那些小稿件挣外快，写到累吐血，也还是买不起。再说，写字不是做计件工，写得好看耐看并不容易。她不糊弄读者，因为读者比她聪明。

那二也认为自己俗得不够。当她与富人面对面，除了陌生，并无尊卑之感。真正的富人才不是消费法拉利或买只游艇就觉得够档次，他们喜欢买座小岛或者买几幢古堡边玩儿边等升值。也参加过奢侈品峰会，她挎着相机捕捉媒体上炙手可热的影视明星和真正的贵族名流，人家身上的一件首饰可能她奋斗一辈子都挣不够。可她相当淡定，这跟她有什么关系，她要做的就是如实报道。就跟钞票印刷厂的职员一样，天天点那如山的钞票，内心如果不淡定，不是犯罪也会自我煎熬。何必。

那么俗气的钱可以买来高兴，可以福泽亲人朋友甚至需要帮助的任何人。钱这样有如此巨大能量的东西，她凭什么不喜欢？可她又笨又懒，她不会挣大钱。所以，她不埋怨自己，她更不埋怨别人。自己都觉得累的事情，为何要求别人去做。别人，不就是说未来的那个先生嘛。那二除了对金钱不太奢求，对其他方面却很挑剔……

思绪一旦神游万里就容易刹不住，再看窗帘的明亮度，估计至少也得 10 点多了。洗漱完毕后，在厨房里的冰箱翻出来一桶牛奶，倒出来微波了一下，顺手煎了个鸡蛋，一片面包抹了点芝麻酱后用生菜叶子一卷。简单营养，中西合璧，草草算把早餐打发了。那二突然想起手机没开，过去把手机打开后，一条短信跳了出来。

"你今天有空吗？咱们去看电影，看完电影去吃广东菜。好吗？"

是曹大河的。他的面孔一下子浮现在那二的脑海中，那种容易叫人忽略掉的，平常得恰到好处的面孔。

"好啊。几点碰面？"

那二的短信刚发回去，便进来电话。一看却是袁嘉的来电，一接起来袁嘉的声音就扑了过来。

"那二，怎么一直关机啊？我打了几十遍都打不通。你今天有事吗？跟我出去一趟。"

那二刚发完信息接受约会，可是得先问问袁嘉，"发生什么事了？"

袁嘉看来气急败坏，"哎哟，你说那个傻娘们儿吧，还真把自己当盘菜了。我他奶奶这边戴着绿帽子就算了，昨天晚上杨旭回家，她明知道他在家里还给他发手机短信，明明就是想叫我看见。你说那不要脸的恶心样吧？什么想念你的吻，想念你的拥抱，没有你我睡不着觉……他奶奶的，杨旭一个月28天不陪她也没看她死了去！我看她就是欠揍……"

那二知道袁嘉说起来没完，打断了她："那你说怎么办？"

"怎么办？一个电话号码就能查出她祖宗十八代，我有的是办法。那骚货离婚了，搬回娘家住了。我到她娘家找她去，我问问她父母怎么教育闺女的，一个生物老师怎么还喜欢偷人呢？这样的衣冠禽兽还能育人，啥世道哇……"

"连她娘家都找到啦？你还真是个搞私家侦探的料。"

"那有什么难的，现在是信息时代，想找一个人还不是分分秒秒的事。那个骚娘们儿，还跟我斗，不知道我是混大的吗？"

"我去了能干点什么？"那二问，不是担心打架，打架总归是不好看。人与人斗，打架肯定是低级方法。但是，袁嘉不消了气，肯定没完。

"你去了什么都不用干，站旁边给我压阵就行，我要是吵架或者打架，都不用你帮忙。记得把事态扩大，打110，打报社热线。我就要别人都知道这个骚货干的好事。"

"唉，你也不看看，这都什么时代了，出轨还是啥新鲜事么？人一贱就无敌，你骂她有啥用……"

"我生气啊！我总得出口气啊！噢，我这边睁一只眼闭一只眼，她他奶奶的挑战我的底线，我能让她这么尽情得瑟吗？你别废话，去还是不去？"袁嘉脾气上来，那二劝也没用。

那二说："好吧，走吧，几点了？"

"快十一点了，我半个小时后到你那儿，然后咱们一起过去。我也不开车了，打车去。正好赶上中午，那骚货家人都在吃饭，要气得他们吃不下去！……"

放下电话，那二看看果真差五分十一点。却又收到曹大河的信息，他说下午两点见。那二寻思了一下，直接问他愿不愿意来当个车夫。于是，半个多小时以后，曹大河的车就停在那二家的门口。

袁嘉随后也在五分钟内赶到了，她从的士上下来，把电烫拉直的油光水滑的直发甩得飘逸绝尘。那二记得前几天她还是卷发，还没多久又变化了。袁嘉总是把个头发弄卷了再拉直，拉直了再弄卷，今天是咖啡色明天就是酒红色，搞得像做发型 show。有一次看见她给鼻翼上穿了个孔带鼻钉，再次见又不戴了，那个孔自然又长愈合了。还有一次，她刻意地抬起脚给那二炫耀，原来在脚踝上纹了一只小海豚。每次见到她总是日新月异，哎呀，这个折腾。

曹大河和袁嘉、那二第二次见面，倒也不觉得陌生，只在前面笑容可掬地开车，听袁嘉跟那二在后面骂那小三。

"她连小三都不算！我们家杨旭怎么可能外面就她一个？早排到小四五六七八九以后了。"袁嘉不屑地说。

把那二和曹大河笑坏了。

那二说："你意思说你家杨旭是种牛。"

袁嘉郁闷地说："哎呀，他奶奶的，都到外面播种去了，我这块地可荒了很久了。"

那二笑了，又感觉不妥。这种事不能太当小事，一个男人自己家的女人没喂饱，到外面四处布施，仔细想想有些缺德。她为袁嘉感到哀伤起来。

袁嘉对着纸头上的地址顺畅地找到生物老师她们家。在楼下，那二和袁嘉建议曹大河就在下面等着。曹大河表示，女人间的斗争男人也不能跟着八卦，如果万一有打架之类的，他随时上去拉架。于是，那二跟在袁嘉屁股后面上楼去了。

袁嘉放着门铃不按，咚咚咚地砸门，那门砸得不像是寻仇，倒像刚进城来找不到方向的农民工。很快，出来一个颧骨很高、脸很方正的老妇人，老妇人一脸茫然一副苦大仇深的表情。

"干吗啦？干吗啦？侬啥人啊？砸什么门啦？"（这话是翻译过来的

沪普话，实际上发音应该是："组啥啦？组啥啦？侬啥拧啊？砸啥额门啊！"（为了广大兄弟姐妹读着畅快，下面还是把对白弄成沪普话，既有意思又好懂。）

袁嘉潇洒地拍了拍手上并不存在的尘土，用上海话笑着对老妇人说："这是胡老师家吧？她在不在？"

老妇人警觉地说："你谁啦？找胡老师有啥事情？"

袁嘉说："当然有事情，你想知道不？"

老妇人已然是吵架的模样了，"你说啊！啥事情？"

袁嘉满面笑意语调平静，如果不听她说什么，还以为她跟谁心平气和地拉家常。

"胡老师离婚啦，我也知道她闲得难受，但是也别瞄着别人老公啊。您也知道，现在啊，小三不好当，不是睡个觉就能扶正的呀。再说，我们家那个也没啥钞票，大钱全在我手里头，公司那点钱也全是我过账。一个女人要混，也要混个名堂，没名堂就少瞎耽误时间。别为了下面舒服，搞得别人不愉快……"

姓胡的生物老师从里面冲了出来，颧骨跟她妈有一拼的高，骨架比她妈大两圈，胸前一马平川，这身板儿随她爸。

"你不要瞎讲八讲好哇？妈，咱们回去，不理她！"说着，拉她妈进家，她妈倒是不依不饶了。

"咦，你这个女人，忒刁蛮了，你老公出轨跑我家做啥？问你老公去啊！是你自己没本事管住老公，关我女儿啥事情？"

那二站在上一层楼梯上不说话，用手机录着她们谈话玩儿。她一听胡老师她妈说话，心里想这家人家会护短，自己女儿做了丢人事，反倒埋怨别人有错，根本也没把勾搭成奸当个丢人事来看。毫无廉耻感的家庭，有何可争执，完全是重拳捶在棉花上。那二了解袁嘉，她可不是等闲之辈，只等她出了气再说。

袁嘉被气笑了，"哟，我就说呢，胡老师咋有这么个爱好这么个胆，敢情是您老人家支持啊！我没本事？哼，现在告诉你们，要是胡老师能叫我老公娶她，我给他们操办婚事。但是我就跟你说白了，你姓胡的，可不是我老公唯一的情人，你更别指望他能养活你，你自己犯贱愿意倒贴是你的事情。还有，再叫我看到你给他发那些恶心的信息，我直接找到你单位去！"

胡老师看来是有些害怕了，脸面上过不去却还在挣扎，"谁认识你啊，泼妇一样，怪不得没人要！"

有邻居出来了。胡老师她妈想早点结束这场战争，"以后不要到我家里来吵，管好你自己的老公！真是没教养！"又指着那二，"还有你，拍什么拍啦？我告你侵犯肖像权啊！"

"你们也配谈教养，笑死个人啦。"袁嘉发笑。她撇了撇嘴讥笑这娘儿俩："还肖像权，直接打110么好嘞。"

那二冷冷地看了胡老师她妈一眼没说话，拍得更认真了。

胡老师他妈急赤白脸地说："哦哟，这是从哪里跑出来这样的两个女人呀！简直有毛病嘛！我告诉你们哦，赶紧走哦！不要在这里无理取闹！"

袁嘉鄙夷地打量着她们家门面，"切，这是啥地方啦，不是你那骨头轻的闺女，你八抬大轿还请不来我呢！"

袁嘉的表情激怒胡老师她妈，她跳着脚嚷嚷："你有啥高贵？看你也是个乡下人，没本事看住自己老公，你活该！

"哦哟，真是不要面孔。还有这样替闺女争脸面的，你还不如给她贴个标签卖了呢。"袁嘉耻笑地说。

又有邻居下楼来，有点幸灾乐祸地张望着，看了看又不好意思地走下去了。

"你不要太泼妇啊！谁找你谁倒霉。"胡老师看着邻居出来，骂完袁嘉拉着她妈的胳膊往屋里拽："妈，走，回屋去，不要跟她说话！"

"你那张脸就是个倒霉相，还好意思说别人。哟，这时候嫌丢人啦？我话反正跟你讲过了，再犯贱别怪我没跟你提过醒儿！"袁嘉看人要进去，扯着脖子喊。

胡老师她妈也嫌丢人，不甘心地跟着女儿进屋。老妇人骂袁嘉的那句"贱女人"，也被门关进去了。

袁嘉冲着门喊："两个贱女人！死出来就等着找打！"

那二把袁嘉往楼下拽："行了，行了啊，出口气就得了。"

袁嘉和那二从楼里走了出去。袁嘉心情大好，有些得意，"他奶奶的，不出这口气，我饭都吃不下，现在可算舒坦了。走，咱们去吃湘菜，

我请客!"

　　曹大河挺有风度,吃湘菜最后他买的单,他哪儿好意思叫两个女人掏钱。他对那二和袁嘉很照顾和谦让,在他面前,女人就特别像个女人。因为他的随和,在花钱上又不太算计,那二和袁嘉对他的好印象又增加了几分。

　　袁嘉私下对那二说,就这个吧,别再找感觉了,你也积极点,赶紧把上海最后的好男人搞到手。那二浅浅地笑着不置可否。这事儿吧,随缘,随天意。她那诡谲的命运她从来都不知道会怎样。

Chapter 13
搞笑的非主流家庭

　　杨旭是个极度热爱生活的人，他非常擅于劳逸结合，总是在百忙之中为自己腾出时间来休闲活动。公司的业务量增大，有阵子他忙得没空出去玩儿，就想添些人手。在几个月前他租了个办公室，一个商住两用的超大套间很快填上了人口，没几天增加了四五个职员，放在偌大的空间里感觉稀稀拉拉。杨旭留了一间房做休息室，中午午休不用回家。这个地方利用的频率因为他和袁嘉的关系紧张程度越来越频繁起来。

　　每次袁嘉一折腾，他就赌气自己住到办公室里来，可是他发现每次自己前脚到，后面他的全部行李就有人帮他送了过来。袁嘉对他的臭脾气一贯不让，一个犯了错误的人，还有资本要性格。要走就走么好嘞，从这个家里出去，你前面35年都算你白混。房子是我的，票子是我的，儿子是我的，跟你没多大关系。儿子容许你见，好，一个星期看一眼，想死你。

　　杨旭最长在办公室住过一星期，开始着实高兴过几天，后来，就再也高兴不起来了。他想家里的可口饭菜（每一个帮佣都被袁嘉调教得不错），他想儿子，想袁嘉。他从来没想过离开袁嘉，可是袁嘉总要跟他离婚。离婚，离婚！离婚，离婚，离婚！他就偏不离。

　　杨旭才不是笨蛋，重新找一个，谁都容忍不了他。他要做的事情太多，没那么多时间去哄女人开心。他的感觉来得太快，保不准啥时候就越轨，别的女人也不能像袁嘉这么闹过了就完。他挣钱就是为了叫袁嘉和儿子过上好日子，把所有的钱都叫袁嘉掳了去他愿意。那么多年下来，

走过万水千山，也只有在袁嘉这里能找到家的感觉。他依赖她。

办公室的休息间里已经堆了杨旭许多生活用品，足可以叫他完完整整地生活起居了，可是越待越没劲。和别人约会几次后也不觉得特别有意思，回到办公室里该做的都做完了，杨旭开始一分钟一分钟地数时间。唉，怎么如此度日如年。他把东西一件一件收拾起来，搬到车上开始准备回家。

回到家，门竟然是从里面反锁着的。杨旭在门外喊。

"袁嘉，我回来啦！袁嘉，开门呀！"

袁嘉暗笑，不是走过八十回了吗？又回来做啥？她走过去打开保险门上的通风小门。

"你回来做啥？外面哪里好去哪里啊！切……"

杨旭很委屈的模样："家里好，我回家来了。"

儿子杨辉跑过来了，"爸爸，爸爸，你回来啦！"

杨旭像遇到救星一样："儿子，快，给爸爸开门。"

杨辉摇摇头："妈妈说了，爸爸回来不能开门，要你长个记性。"

杨旭失落地说："哦，那你不要爸爸啦？"

杨辉年纪虽小但是很大人："你是我爸我能不要吗？但我得听妈妈的话。"

袁嘉得意地笑："怎么样，你继续玩儿啊，到最后儿子都不向着你。这就是胡乱腌萝卜的下场。哼！"

杨旭嘟起嘴孩子一样地哀求："老婆，我错了，叫我进去吧，我想死你们啦。"

这话袁嘉听了几百回了，"你错了，你错了，错了你总不改，狗改不了吃屎。他奶奶的叫我生气！"

"老婆，放我进去吧，叫人看见多不好。原谅我吧……"

"不行！你现在怕人看见了，早干吗去了？出门容易进门难，你别以为我这里开酒店的，想来就来，想走就走。"杨旭绝没那么容易进门去。

杨旭从包里拿出个PSP，"儿子，爸爸又给你买了一个新的PSP，上星期你不是说那个坏了吗？你看，爸爸对你多好。"

杨辉看见PSP眼睛一亮，他乞求地看着袁嘉："妈妈，要不咱们放他一马吧！看在PSP的分儿上。"

袁嘉看了看杨旭那张谄媚的脸，知道也教训得差不多了，那人再说也就那回事，那啥改不了那啥。

"哎哟，儿子呀，一个PSP就把你收买了。好吧，如果你老子再犯错误，就叫他永远别回家。"

说完袁嘉走回客厅。杨辉高兴地把门打开，杨旭拎着大包小包就进去了。杨旭又回到往日的生活，他穿着大裤衩和儿子在屋里蹦来蹦去……

袁嘉和杨旭早习惯了这样的生活，虽然时有类似事件发生，但他们并不像平常的一些出轨家庭一样没事就抽风闹情绪。有时候袁嘉拿杨旭的艳情史调侃，杨旭也跟着瞎乐和。那两人完全就是珠联璧合，一对活宝，这样的家庭结构想打散了挺难。

袁嘉通知那二和曹大河，周六去森林公园野营烧烤，反正杨旭和曹大河也是一个车友群里的，大家在网上都认识，正好一起聚着乐乐。有人张罗着玩儿，那二也就笃定，周六不用自己在家看书发呆。

可是，周四的时候曹大河突然说要到长沙出差一周，特意来告诉那二一声。那二下班的时候曹大河来接她吃饭，上次本来约着去粤菜馆，结果陪着袁嘉去吵架，这次终于去了。

请那二去吃粤菜是有缘的，第一次见面的时候，那二闷头喝了两碗日本清汤。这被曹大河看在眼里，他心细，认定那二喜欢喝汤。

粤菜馆里煲的龙骨山药汤的确不同凡响，那二一见到靓汤眉开眼笑，结结实实喝了三大碗。喝到那二自己都有些不好意思，这么能喝，对面的人会不会怕养不起。她纯属自我调侃，所有的话都在心里自问自答。

曹大河话少，最多说的就是叫她多吃多喝，仿佛她饿了十几天刚被赈灾。两人看着是左搭一句、右搭一句，其实没什么实质性的内容。那二都不知道他为什么这么闷，这么下去她恐怕吃完饭就得拍屁股走人。这样会不会不厚道？那二想调剂一下气氛，给曹大河讲了一个笑话：

有两个好朋友，平时形影不离，吃穿用戴也要一模一样，以表示两人关系友好。有一天，两人来到饭馆吃饭，招待员端来两碗汤摆在他们面前。其中一碗里有只死苍蝇，一人感到很难为情，而另一人却对招待员喊道："怎么两碗汤不一样？我们要一模一样的。"

笑话讲完了。曹大河感到好笑，他一本正经地问那二："咦，他们怎么不去投诉啊？竟然再要只苍蝇过来，脑子有毛病的嘛。"

那二笑了，被曹大河逗笑的。

去森林公园露营烧烤的前一天，那二问袁嘉："带裴苏苏一起来玩儿行不行？她上周约我我没空见她。"

袁嘉说："不是你姐姐我小气，裴苏苏那姑娘见了几次，可不如你本分，那眼睛怎么看怎么都像在勾搭人。虽说我们家杨旭已经非常不清白了，可我也不能给他们制造这种机会。"

那二说："你以为你家杨旭是 super star 啊？像他这种没点实质性投入的主，人家裴苏苏还看不上呢。"

袁嘉说："反正行了啊，你过来就行，带个帅哥还能养养眼，带她来就算了。你周六又没事就来呗。我今天晚上就去超市买东西了，给你买五花肉，你不是喜欢学韩国人那么卷着生菜吃嘛。杨旭那个挪威客户上次送他瓶八百多的红酒还没喝，这次咱们把它干掉。"

袁嘉对那二有时是宠着的，那二知道。

周六那天，杨旭一家人开车去接那二。杨旭开车，女儿袁妃坐副驾驶座位，袁嘉和儿子杨辉坐后面，那二也坐到了后面。杨辉人小，站在两个前座中间看他爸爸开车玩儿。

袁嘉担心刹车，怕儿子冲到前面去磕碰到，叫他坐回来。

"杨辉，你坐好，等下爸爸一个急刹车，你就到西天去了。"

杨辉一板一眼地说："这么容易去西天，那唐僧还那么辛苦干什么，就站在我这个位置好了，爸爸你直接送他去。"

幽默基因也是遗传的。杨辉把大家逗得直乐。

接下来杨旭说了件事情："前天我去超市买东西，排队结账的时候，在我前面排了个老外，那老外个子又高腿又长。我就自言自语，哇，好长的腿呀。然后，你猜发生啥事了？那老外回过头来，用中文问我，你有多高？我当时就愣了一下，还没说话呢，老外又接着说，尺有所短，寸有所长。天哪，这老外简直是个中国通。一个老外能这么精通中国话已经不容易了，结果走的时候，他竟然用上海话对我说再会。哎哟，真叫我开眼界了。"

袁嘉笑过了以后也不服了，"嗨，我给你们讲一笑话吧，就发生在我们家杨旭身上的。"

杨旭笑着说："唉，怎么又拐到我身上来了？"

袁嘉不理杨旭继续说："我那儿子特好玩儿，有一天我在那屋睡觉呢，卧室门没关，我儿子跟杨旭在客厅玩儿遥控车。正玩儿着杨旭手机响了，我其实醒了，也没在意，就感觉杨旭没接给挂了。我就听杨辉问杨旭：爸爸，是谁打来的电话？你干吗不接啊？杨旭说：是一个阿姨。爸爸不想接。然后我儿子又问：那家里没人你接不接？杨旭大概是不好意思回答，就岔开话说：玩儿你的跑车。我儿子又来了句：别不好意思，你接吧，我不跟我妈妈说。哦哟，当时把我给笑的呀，还在那儿装睡觉。"

袁嘉说完，那二跟杨旭他们笑作一团。那二看到杨旭和袁嘉那个没心没肺样，想想好笑，这些事也只有在这个非主流家庭才会这么合理地存在。这一家人在一起，真是有搞不完的笑话。

Chapter 14

和许维的夜会

　　刚到森林公园找了个地方支好帐篷，那二便接到许维的电话。

　　她知道许维周六日一般会回杭州的家，平时住姑姑家郊区的别墅。一周之内只见了他两面，每次那二都像什么都没发生一样打个招呼就忙自己的事情。还听着几个女孩子围着许维叽叽喳喳，不过，看起来许维兴趣不大的样子。他从周三就开始请假，人是个鬼精灵，把王总编打点得特别好，连社长问起许维来，王总编都在替他说话。最近编辑们都在忙着约稿子催稿子，杂志社的活动不太多，樱桃和小渔就抢着替许维把那点事情做了。那二不知道这孩子什么时候能成熟，心里对他是长辈的姿态，情感尽可能安置得纯洁些。只是，有时候看到许维的座位上空空，也会生出些淡淡的怅惘。

　　许维的声音是带着阳光的，"那二，那二，你在哪里？我想你啦！"

　　那二一时不知该如何回答，这个孩子从来都不按常理出牌，想干吗就干吗，想说啥就说啥。她支支吾吾地说："我在森林公园，和朋友家人一起BBQ。"

　　"哇，BBQ啊，我喜欢，我过去找你好不好？要我带点什么？"许维那莽撞的快乐真叫人不知如何拒绝。

　　那二不知道如何回答他，跟这个帅男孩无冤无仇还有点小故事，叫那二怎么都狠不起来。

　　"唉，不行啊，不是我办的BBQ，是我朋友。……"

　　袁嘉在旁边听见了，问："谁呀？"

那二不顾许维在那边叫嚷，回头为难地说："是我同事。"

许维还那边说着呢，"你就跟你朋友说说呗，一个帅哥去玩儿，主要我是去和你玩儿。我不会叫他们讨厌的……"

袁嘉在旁边说："没事，想来就来呗，平时也没见你和她们一起玩儿。"

那二有些尴尬，小声地说："新来的，是个男的。"

袁嘉笑："那更无所谓了。男女又怎么样，不嫌远就过来热闹一下。"

"我听见你朋友说可以了！替我谢谢那个姐姐。我过去给你们带好吃的……"许维听见袁嘉说话，自己那边嚷嚷着先卖乖了。

那二见袁嘉批准，她也松了口气，不那么为难了，"好吧，那你过来吧，我姐姐喜欢啃久久丫鸭脖子，微辣的带两斤过来，到了森林公园你再打我电话。"

许维自然是高兴地答应了。那二放下电话有点不好意思。

袁嘉笑嘻嘻地问她："你们杂志社什么时候来男的了？不是听你说都女的吗？那个是不是对你有意思？"

那二尴尬地说："什么对我有意思嘛，刚来的一个小男生，才二十几岁。拜托你别乱想好不好？"

袁嘉笑得眼睛又眯缝起来，她斜睨了那二一眼，口气很不屑："你——？哼，上一个不就小4岁嘛，你不就喜欢啃嫩草嘛。"

那二巨汗："姐姐，你少八卦点好不好呀？我要是对他有意思，早和你说不就完了嘛。刚才他猛地一说要来，我还怕你不高兴。"

"那有什么不高兴？我不叫裴苏苏来，是感觉跟她有点不对路。我啥时候小气过，想当年咱们不是还睡过一个被窝……"

后面那句话是袁嘉压低声音说的，两个孩子在那边忙着准备烧烤用具，根本也没注意他们的妈妈犯十三。杨旭却听见了，又自己偷着乐。那二哭笑不得，尴尬地埋头把水果一样一样地装盘。

一个半小时之后，许维来了。除了袁嘉爱吃的鸭脖子，还买了一打进口果酒和十几盅台湾某家餐厅里的布丁。那二曾经为那家台湾餐厅写过一篇文章，特意提到了他们做的布丁，有芒果、草莓、巧克力、洋桃、酸奶等八九种口味，味道很不错。许维每样都买到了。没想到许维年纪小小，却很细心周到，那二心里叹服起这个孩子，真是会来事。钱是个

好东西，也要花的是地方。

果然，袁嘉、杨旭以及两个孩子对许维的印象都很好。也许，他带来的美食也起了一定的作用。两个孩子粘在许维的身边，跑来跑去跟他逗着玩儿。一向腼腆的袁妃也开朗起来，哥哥，哥哥地叫许维，还给他烤了两大片很漂亮的牛肉吃。

许维跟杨旭年纪相差10岁，但是很谈得来，两人就着流行元素海阔天空地瞎侃。这时，更发现杨旭的与时俱进，所有流行的电子产品、时尚车型，有争议的电影，甚至网络语言，他都非常精通。跟许维比起来，多了些成熟稳重，但是同样有活力。看着他依然非常英俊标致的面孔，整齐完美的牙齿在阳光里闪闪发亮，那二的确有点替袁嘉担心。

但是，袁嘉却在夸许维。哎呀，现在的小孩，真的了不起，会来事，会做人。

那二为此也挺开心，毕竟自己带过来的人能叫朋友们喜欢，她也就跟着乐和。许维这样的男孩，是个不错的玩伴。

晚上，考虑到露营问题，袁嘉去的时候准备了三个帐篷、五只睡袋，因为多了许维就少了一只睡袋。

许维说："现在还不到10点，应该有地方买的。我去附近买一只就好了。"

那二反对："算了，也没多远，我看你还是回去吧。"

许维见那二叫她走，小孩子脾气又发作了，"哎呀，我不想走嘛。你们都在这里玩儿，就叫我一个人回去。"

"你就叫他留下呗，撵人家走干吗？本来就是来玩儿的嘛，还不叫人家玩儿高兴。"袁嘉说那二。

杨旭说："是呀，想露营就留下呗。现在估计门口的户外用品还没关门，赶紧去买睡袋吧，等下没地方买了。"

"你看，你朋友都叫我留下。我去买睡袋了啊！"许维见有人撑腰高兴了，他跃跃欲试打算开车门出去买睡袋。

那二喊住了他："唉，别去了。我都想回去，好几年没睡过帐篷，现在都不太习惯。"

许维哀求："多好玩儿啊！就满足我的愿望吧。"

袁嘉问那二："你回去干什么？好不容易出来了，不就是叫你玩儿玩儿浪漫嘛。"

许维说："就是啊，你看这满天的繁星，四周此起彼伏的虫鸣，多美啊。干吗要回去啊？"

那二说："那怎么睡啊？许维和谁睡一个帐篷？我算了算怎么搭配都不合适。"

袁嘉一听，笑着说："咳，真矫情，当然是跟你睡了。总不能跟我睡吧？我闺女需要我，儿子跟他爸睡一个帐篷。你俩挺合适的。"

那二白了袁嘉一眼："别犯病。我不跟他睡一个帐篷。"

许维急切表白："那二姐姐，我保证不越雷池半寸，真的！"

袁嘉对许维说："我们是在为你担心，别叫她揩了油。熟女生猛，多加小心。"

袁嘉说完，把几个人笑坏了。那二羞了，她一脸尴尬。

"哎呀，不跟你们说了。我真的回去睡了，明天可以睡个懒觉。你们一家子好好玩儿吧。"

袁嘉说："真要回去啊？两个人睡一个帐篷又没什么，没人说你。"

那二解释："不是这个问题，想回去了。"

许维插话："那我送你回去。"

那二说："好吧，你也顺便回去吧。下次准备好再来，反正他们经常有活动。"

袁嘉以为那二有啥想法，跟那二挤眉弄眼，"哦，哦——你们俩一道回去吧？那就不拦着你们了。周末愉快啊！"

"唉，袁嘉，你太不纯洁了。"那二故作惋惜状，惹得人发笑。

许维和那二跟袁嘉一家人道别后，趁着夜色离开了森林公园。

又有过大半天时间的轻松相处，在回去的路上，那二对许维的态度就放松多了。她给许维爆了一点出差时候的笑料，那二讲故事很会卖关子，把许维给逗得乐坏了。许维发现得重新认识一下那二，那二原来挺有意思的。

快到那二家的时候，还没到 23 点。许维又玩儿起了孩子脾气，一定要去酒吧待会儿。那二拗不过他，态度也不够坚定，只好随他的车子转

向，去了 BABY FACE。

这个时间 BABY FACE 里人气鼎盛，两人的座位已经找不到。许维眼尖看见还有一桌开放式包间，快速地拉那二坐了进去。那二担心许维等下要开车，建议他和她一起喝女士啤酒，而且限量一瓶。许维却不听那二的建议，叫过来服务生要了一瓶芝华士，又点了只果盘和一些干果。那二看到许维轻车熟路，觉得他小小年纪太老练，便不再理会他如何。

酒吧像只炖煮沸腾的汤锅，潮男潮女拥挤在舞池里，随着音乐节奏晃荡着卖弄风情。许维拉那二起来跳舞，那二跟比自己小那么多的许维在一起有心理障碍，她摇头表示不去。许维不强求她，在包厢边沿上跳了起来。也许是因为他的阳光帅气，有两个女孩朝这边瞄来瞄去。那二感觉好笑。

包间的台儿是米色大理石和玻璃的混搭设计，灯光从大理石板下穿过，明亮度刚好。台儿中间的格挡放着几个骰盅，许维拿出两只要与那二玩骰子赌酒。音乐太吵说话不方便，玩点直观的比较实际。头三把许维赢，后来就几乎都是那二在赢。

许维感觉太凑巧，大声嚷嚷："不会吧，你为什么总赢？"

那二笑着大声说："洋酒挺贵，想叫你多喝点！"

许维对那二的回答不满意："切——，这是凑巧吧！继续玩儿你肯定输！"

那二笑着不语，再玩儿她又赢了。许维喊着不服。

几把之后那二输了，她喝了一大口酒。

许维雀跃地说："还是啊，怎么会叫你运气一直好。"

那二笑着不说话。其实，她赌运一直很好，只是，这运气不包括择偶方面。

许维自认为会几下花式骰盅，他想讨得那二高兴，在她面前现。他技巧不够纯熟，玩儿了几种花式，骰子掉在地上几次。那二伸出大拇指赞他。正在许维得意的时候，那二却笑眯眯地摆弄起骰盅。那二一出手就相当不凡，她将桌上六只骰子快速地一一扣进骰盅，那六只骰子像粘在骰盅里一样，被她上下左右翻飞玩儿得漂亮。接着又几组花样下来，把许维看得目瞪口呆。后来看那二，是近乎崇拜的眼神。

"哇，哇，哇……那二姐姐，我太崇拜你了。你怎么玩儿得这么好？

当初不会是夜场混过的吧?"

那二白了他一眼,"嗯,但不是你想的混生活。我是去了挥霍生活。"

许维:"哎?好有故事哎。讲讲,讲讲。"

那二:"有什么好讲?反正我没干坏事。"

许维:"那你怎么练得这么好?很专业哎。"

那二轻描淡写:"这没什么难,比写作容易,只需技巧,不需灵感。"

许维听得似懂非懂,"写作?为什么跟写作比啊?"

那二没回答,大大地喝了一口威士忌。

午夜时分,酒吧内还在沸腾。这时有两名穿衣很省布料的女子上舞台跳艳舞,酒吧掀起又一阵高潮。那二无意间回头,看到斜对面有个女子也爬上台儿大跳艳舞。不是喝高了就是玩儿疯了,她正在把身上的吊带小衫矫情地扭着扭着脱掉,不顾上身只剩下一件咪咪罩。她的狂放吸引了旁边的陌生酒客,他们看笑话一样笑着欣赏,有的吹起了口哨。女子把吊带衫随着音乐甩了几下,然后扔到坐在下面的男士头上。男士把吊带衫拿下来,很配合地做饥渴状闻了闻。那二觉得男士眼熟,却有些想不起来。等那女子甩头过来,那二看仔细了,原来是裴苏苏。她因这意外惊奇地张大了嘴巴。

许维顺着那二的目光看过去,感觉那二的脸色不对,以为她太保守而看不惯,喊着问她:"有什么大惊小怪的?这在酒吧很常见!"

那二喊着:"不是啊,那个是我的朋友!"

许维喊着:"你朋友?是不是移情别恋了?"

那二不知道该如何回答,点了点头,又摇了摇头。

许维却很江湖地说:"不要紧,我来帮你气他!"

说着他也跳上台儿,发春的公猫一样骚情地扭动,跳起了男版艳舞。刚才关注他的几个女孩首先开心地起哄,紧接着更多的人朝这边观望。许维跳得来劲,不时地朝那二抛媚献飞吻,还时常撩起 T 恤衫欲脱不脱地挑逗人。一个四十几岁的肥姐不知何时凑到跟前来,那欢喜的眼神就像几只小手在许维身上乱摸。她抬头仰望着许维,把 100 块钱塞到他的屁股口袋里,尖叫声和口哨声顿时四起。

那二巨汗,示意许维下来,许维却偏不。望过来的人越来越多,那

二又尴尬又好笑，只好坐那里傻看。许维是个人来疯，他表演得投入，也把 T 恤衫脱下，深情地亲吻了一口抛向那二，尖叫声和口哨声更猛烈了。那二被许维逗乐了，她望着许维直笑。

许维闹腾够了，跳了下来。他向那二喊："嘿，怎么样？替你出气了吧？你那男朋友不过找了个女人，你却找了个年轻帅气的猛男！"说着喝了一大口威士忌解渴。

那二把衣服扔给他，大声喊："你理解错啦！我说那个女的是我朋友！"

许维把嘴里的酒喷了出来："啊!?"

Chapter 15
道德没法庭

已经过了十天，坂口真仓还没从日本回来。裴苏苏手头已经积累了尺把高的文件，她顺手翻了翻，却发现公司的业务量在下滑，有的客户甚至直接消失了。坂口还不回来，她倒有些担心，怕他知道晚了耽误事情。本来打算报告给他，又想销售部早应该通报，这么重要的事情，他不可能不知道。年初开始全球经济危机，没想到终于波及自己所在的公司了。眼下看来，公司里的运作还是有条不紊，没多少变动。她又放心了，瘦死的骆驼比马大，一个有规模的公司哪那么容易倒，就是倒了，坂口也会给她一个安排，好歹自己也算他的人。

坂口真仓不在的日子，她还真有点闲，好在有个王先生周末补仓，还能打发下日子。不过，王先生家的雌老虎不好惹，早晨起来，一打开电话，短信叮叮咚咚往外钻。裴苏苏佯装懊恼，心里却说，赶紧走吧，该干的都干完了，还磨磨蹭蹭做什么？

她有点耻笑那二，总是装纯情，约她出来她没空，不碰到她和小男人泡吧瞎混，还真不确定她好这口。看来，曾经跟小她四岁的伍晓华谈朋友并不是偶然。唉，女人呀，别装。好色就好色，贪财就贪财，何必搞得自己跟个圣女一样。就说自己吧，就是好色了，就是贪财了，怎么样吧？不违天理，不犯法，道德没法庭，不用被判刑。

前阵子刚看到网络上有个统计，说在上海女性平均结婚年龄 31.2 岁。自己呢，也刚好到这个年纪，就说明还算正常。可又一想，这仅是平均，说明年纪大的未婚女多了去了，都是没人可嫁呢，自己的对手可

真是数众。怪不得每次参加交友活动，女的都比男的多。只恨自己当初太笨太不开化，又没啥好命碰个金龟婿。这时间了，想找一个合适的可真难。一想起这，她总是想到方若明，他可真是个合适做老公的人选。她想着想着，就有些不甘心，想到聚会时那些女的看方若明的眼神，内心就一阵阵地纠结。

她不时关注一下论坛，看看方若明的动态，却难得再见方若明在论坛出现。MSN 上方若明就没在线过，她很怀疑他把她给拉黑名单或者屏蔽了。她私下问了论坛里的另一个网友疯马，疯马说上周末他们还一起在上师大打羽毛球了。裴苏苏想起来那天晚上自己刚好在酒吧，她情绪黯然。疯马又说，今天晚上他们打比赛，还在上师大呢，你愿意来就一起来吧。裴苏苏犹豫了一下说去，又叮嘱他先别告诉方若明。

裴苏苏不喜欢打羽毛球，买了一只 Wilson 球拍仅仅用过两次，她本想借打球去找个健康型男，后来发现机会不大，众多羽毛球男都不是她要的款。看来，这次又要派上用场了。

裴苏苏刚下车就看到了方若明，他背着球拍和休闲挎包，儒雅又帅气，朝球馆门口走来。她开心地打招呼。

"嘿!"

方若明有点意外，"嘿!"

这时，从后面走出来一个运动短打的女子，快速地走向方若明。

"若明，好了，走吧。"

方若明有些尴尬，向裴苏苏点了点头，跟着那女子进去了。

裴苏苏蔫耷耷地走在后面，望着他们俩的背影极度不快。那女子大概二十八九岁模样，长得也算不错，虽然穿着运动衣，但是掩盖不住强干白领的气息。她没我身材好，没我有女人味。她不自觉地跟那女子比了起来。

裴苏苏一下子就掉进了醋缸里，她表面不露声色，眼神已经流露出杀气。方若明在与疯马他们打比赛的时候，裴苏苏和白领女在旁边的场地对打，也许是用力太猛，裴苏苏的 Wilson 球拍竟然脱手而出，直接飞到场地对面。顿时把白领女惊得目瞪口呆，这球拍，再往前几米就要砸在她身上了，这可要多么大的力气。旁边打比赛的人显然也被这小插曲给惊了一下，但是其中有几个人知晓内情，竟然没有人说话。方若明看了裴苏苏一眼并未表态，仍旧继续应战。

裴苏苏赔着笑脸一边跑过去一边说："哎呀，不好意思，不好意思。看我，水平不行。吓着你了吧？"

白领女有点不悦，但是马上缓过劲儿来："没事，不要紧。"

白领女帮裴苏苏把球拍捡起来。

裴苏苏说："谢谢你啊，要不咱们歇会儿再继续打？"

白领女没意见　两人走到一旁去喝水。

裴苏苏咽下一口脉动，问白领女："你经常来打球吗？"

白领女说："是啊，但这里第一次来。"

裴苏苏说："哦，我说呢，看你好像是在外企做事的吧？"

白领女说："是呀，你怎么知道？"

裴苏苏夸奖她："猜的啊。你浑身透着精明能干，气质又好。"

白领女被夸了很开心："谢谢啊，你也很漂亮。你是做什么工作的？"

裴苏苏说："类似于董事长助理那种，其实也就是处理些杂事。你呢？"

白领女说："不错啊，其实也很有挑战性的，给大头做助理很费心。我是做 HR 的。"

裴苏苏刻意瞎套近乎："太好了，等我失业了，找你估计能帮上。"

白领女笑："你怎么会失业啊，就算失业，你也不会找不到工作。"

是个会说话的女人，不得了。裴苏苏笑了笑，继续喝水。白领女说话时眼睛一直看着方若明，裴苏苏不去看方若明，却观察着她的举动。

恰在这时，方若明那边中场休息，白领女拿了瓶水小跑过去送给方若明，还给他擦了一下头上的汗水。裴苏苏的眼睛简直要冒火了。

那二的电话就在这时打了进来，她说刚去健好身想去宵夜，问裴苏苏在哪里一起去。裴苏苏正在气头上，也没多想，直接告诉她在上师大打羽毛球。那二说她在万体馆附近，离得不远去找她，说罢挂了电话。放下电话，裴苏苏想起来方若明在这里，不能叫那二看见。可这时论坛里的一个朋友却过来了，邀请她打一局。她想，反正那二要是到了也会先来电话，不见得就跟方若明能碰上，先去打一局球再说。

不多时，那二到了。她果然先给裴苏苏打电话，裴苏苏怕她进来，就跟同来的朋友打招呼告辞。再四周环顾一下，发现方若明不在球场，

刚才打球激烈，竟然没注意他去哪里了。白领女倒是在场上战斗着。裴苏苏一边想着事一边往出走，看见那二傻乎乎地在门口站着，也背着一个运动包。

球馆外不够明亮，门口的灯光就很突出。方若明从车里取水下来，看见站在门口的那二，他感觉那个侧影很是面熟。那二面朝大门，笑着向人挥手，出来的人却是裴苏苏。方若明闪进阴影里，看着两个人说笑着走出去……

"你还说跟他没关系，鬼才信。"裴苏苏问那二。她嘴里嚼着烤肉串儿，嚼动的频率很快，一点都不淑女。她总这样儿，没男人在场的时候就原形毕露。

"真的没有啊，那天完全是凑巧。"那二说。

"凑巧，不凑巧还看不见他给你跳艳舞呢。那小子长得挺帅的，好像还是个富二代？"

"关我什么事。"那二不想回答裴苏苏的问题。她用纸巾擦了下嘴角的油渍，继续吃烤肉串儿。

"什么关你什么事，能不能不这么拽啊？"裴苏苏听着那二的话就来气。

"不能。"那二不理会她的脾气。

"切！你们泡过吧去哪儿了？肯定是开房间去了。"裴苏苏继续刨根问底。

"你都替我回答了，我还能说什么。"

那二的回答叫裴苏苏立刻来了精神。她暧昧地笑着："哎，年轻力壮的小男生，功夫不错吧？"

那二绷不住了："去你的，成天瞎琢磨。"

"又装，又装，再装也成不了处女，有什么不好意思的。"裴苏苏撇了撇嘴说。

"我干吗要装啊，我说什么你又不信。倒是你，怎么跟那王先生又好上了，那个日本荷包蛋要是知道了能有你的好下场？你就成天瞎折腾，又没酒量，喝上几口就要酒疯，还站在台子上跳脱衣舞……你可算豁出去了，怎么骚怎么来，生怕耽误了好青春。也不把心思放在正路上，都不知道怎么说你。"

"好了啊，我最讨厌别人说教。什么叫心思不在正路上？告诉你，上星期王先生送了我一条带钻石坠子的铂金项链，我后来特意到珠宝店叫人家估了下价，至少要 3 万多才买得来。你说，就你和我这样的收入，会舍得花半年的工资去买一条项链戴吗？做嘛事，总要衡量个值与不值。收益大于投资无数倍的事情，为什么不做？你呀，榆木疙瘩啊，什么时候能变聪明。"裴苏苏一副那二死狗扶不上墙的痛心样子。

那二也不示弱，笑着说她："你啥时候能要脸皮不要钱财啊？"

裴苏苏认真地说："啥时候用脸皮能换来钱财我就要。"

这话说完，两人都笑了。那二对裴苏苏这无遮拦的特点，有时候是蛮欣赏的。朋友之间，还得互相包容。

周六那天晚上的后来，裴苏苏和王先生看见了许维和那二。那二跟自己不熟悉也没共同语言的人很难坐在一起，浑身觉得别扭，话基本是没有了。他们四个人坐了一会儿，那二便叫着许维先离开。

有一点裴苏苏猜对了，那二的确跟许维去开房间了，她想撒个谎来着，可是底气不足，只好岔开了话题拐到裴苏苏身上去。

似乎能找到的理由都比较虚弱，那二也不是那么想为自己开脱。那二平时不喝酒，酒量却不小，许维自认为能喝几杯，却还是喝得有点多。他并没有神志不清，酒劲退却后只剩兴奋。他拉着那二的手在凌晨两点的马路上一边走一边唱歌。半小时的辰光，会唱的歌也大约唱完了，看到一家格林豪泰。他说，那二，我们进去吧，我走累了。

路灯的光影里，许维的面孔棱角分明，酒精渐渐退却，有淡淡的红晕，动人的眼睛睫毛扑簌，睫毛的暗影忽闪忽闪地投在脸颊上。他望着那二，眼神是孩子一样的哀求。那二想起六年前的费列罗。

"好吧。"她说。

许维把钱包拍在柜台上，另只手依旧牵着那二的手，眼睛一刻不离地望着她，怕她随时像空气一样消失。那二用另一只手抽出许维的身份证办理好入住手续。通往房间的路上，那二说："许维，你要听话，你要乖。"

许维问："Why？"

"嘘——你要乖。"

"Why？"

"不乖我不理你了。"

"Why？Why？Why？"

……

打开门，那二把充满了 Why 的许维拖了进来。许维一转身就把那二顶在门上，这样亲密的状态叫人窒息，许维身上的酒味和属于青春的荷尔蒙要把那二搞晕厥。许维定定地看着奋力推动他的那二，目光里没有燃烧的欲望，而是带着一些小的虔诚。他觉得这个小小的大女子像颗会跳跃的太妃糖，他想吃掉她。他闭起眼睛凑近她的唇，想象她的甘美，该是如何润泽、香滑……

那二在许维距离她的唇三厘米的时候伸出手挡在他的嘴巴上。许维被那二的举动打断了，他睁开眼睛，看见那二抿紧嘴唇，坚定地摇着头。那二趁他迟疑的空当从他的臂弯里钻了出来。

"不要。"她说。

"Why？"许维失落地靠在墙上，费解地看着那二。

那二不去回答许维的 Why，上前帮他把 T 恤衫脱掉，三下两下解开他牛仔裤的皮带……许维伸出手去摸她的头发，那二打开他的手说："别动！你先进去洗澡。"

许维眼睛一下亮了起来："好吧，要不你陪我？"

"No way！"那二说着把他推进洗手间，又把门关上。

许维在洗手间里失望地 Why 了一声，然后就听见他嘘嘘的哗哗声。

那二捡起许维的衣服抖落了几下，舒展地挂进衣橱，而后，轻轻地打开门离去。在关上门的那个瞬间，她心里宽慰自己：小女子，好色而不能淫也……

裴苏苏意外地接到方若明的电话，她有些惊喜，"若明，你好呀，怎么想起给我打电话？"

方若明顿了一下："苏苏，我问你个事情。"

裴苏苏："说啊，什么事？"

"我昨晚看见你和那女孩一起走了……"

裴苏苏被戳穿了谎言，她少许有点尴尬："……你说哪个？"

"苏苏，你还要继续骗我吗？你明明认识她的。为什么不告诉我？"

既然看见了，裴苏苏也不想再演下去。

"你说为什么？还不是因为我喜欢你嘛，在爱情面前难道还要我让吗？这不算卑劣吧？"

"可是，她好像是你的朋友……"方若明突然觉得裴苏苏说得有道理。

"你难道是什么好男人吗？跟我分手才多久，就有了新欢。"

"那个女的我昨天才第一次见好不好？那是我亲戚给介绍的，我厌倦正儿八经的相亲，刚好打球，就叫她一起来了。唉，我跟你说这些干什么。"方若明急于解释，可又觉得没必要。

裴苏苏突然间低声下气起来："若明，不管曾经发生过什么，你难道就不能原谅我吗？或者，那本来就是个误会。"

"……苏苏，那些事情都过去了。可我觉得，我们还是做朋友比较合适。"

"我们可以重新再来，我会只对你好的。相信我……"

方若明沉默了一会儿，"苏苏，我知道这样挺为难你，可你能告诉我那个女孩的电话号码吗？"

这个不进油盐的方若明叫裴苏苏无比愤恨，她冲着电话喊："方若明，你就别想了！你不是我的，我也不能叫她得到！我不会叫你们用幸福来刺伤我的！"

裴苏苏挂了电话，气得胸脯一起一伏，眼睛里的泪花儿闪闪。

Chapter 16

爱情是毒品， 越爱越上瘾

曹大河要是再不回来，那二恐怕就要把他忘记了。她想了想，自己在一个星期内愣是没想起他来。那二早知道自己是个没人性的。这不是许维的缘故，那二向毛主席保证，她谁都没想过，这才是她觉得悲哀的地方。

可是，曹大河问她："那二，你想我了吗？"

"想了。"说完这话，那二想起了裴苏苏，裴苏苏就经常这么撒谎。

曹大河笑着嗔怪："那你从来没给我主动发个信息、打个电话。"

"我……还不习惯，而且又不知道你什么时候有空。"那二在习惯撒谎。

"哦，呵呵，没有怨你。我只有白天会工作，晚上一般都闲着。"

"嗯，那我知道了。"那二笑着眨了眨眼。

"女孩子不主动很正常。但是，如果你主动联系我，我会很高兴的。"

那二感觉不好辜负曹大河的期待，"好吧，我可以试试看。"

曹大河从包里拿出一只小方首饰盒，打开是条茶色水晶项链和一对耳坠。"出去也想不好给你买点什么礼物，我叫同事帮我挑的，施华洛世奇的水晶，不贵。你夏天可以配着衣服戴戴。"

那二心内有了起伏，她看着面前的水晶饰品突然觉得自己应该认真点，对面的这个人缺乏幽默感，但是不缺乏真心。

曹大河见她不说话，以为她不喜欢，"是不是不喜欢？我本来是想给你个惊喜……我不知道你喜欢什么……"

那二急忙解释："哦，不，喜欢。只是，我没什么东西好送你。这样收你的礼物，似乎……"

"哦，这样啊，你不要多想，应该的嘛。这又不是什么值钱东西，只要你喜欢就行，不要放在心上。"

"不是啊，我们还没有很熟悉，这样收你的礼物不太好吧？"

"说了不要多想嘛。难道你不喜欢我，不愿意接受我的礼物啊？"

"没有，没有，不要这么说。那么好吧，谢谢你啦。"

那二被曹大河将了一下，半推半就地收下礼物。她有点心神不宁，这么认真的人自己千万不要辜负人家。要谈就认真地谈，不谈得早点抽身，否则吊着别人不厚道。她内心在自问自答：到底喜欢不喜欢曹大河？自己喜欢不喜欢他不重要，重要的是曹大河喜欢她。

在 PIZZA 店吃过饭，曹大河提出到他的家看看。那二疑惑，难道曹大河也急于和她上床？

曹大河看出了那二的疑虑，马上解释："哦，不，不，你别误会。我是想叫你到我家看看，就是看看，绝对没有坏心思。我保证！"

曹大河不会开玩笑，他发誓的样子很郑重，叫那二想笑，可又忍住了。既然人家叫去看看，那就去看看，虽然刚见面第四回，有点早。

曹大河的房子在莲花路，小区很幽静，绿化较好，社区配套设施都挺完备。曹大河边走边作介绍，他说自己在刚参与这个小区设计的时候，就想买这里的房子，那几年这边还不是很贵，当然也不是很繁华，可是上海发展神速，他料想这里的房价升值肯定很快。他那时还没那么多钱，家里给了一部分，他出了一部分，为了少还点贷款，他们交了60%，现在贷款很快就还完了。果然，这房子还没开盘，每平方米就涨了3000，在原价上已经翻了三倍。然后，他又补充了一下，升值快对他来说也没用，就一套房子留着住，不是投资房，不管它涨了三倍还是五倍，都是一样的。

进入曹大河16层的三室两厅两卫，感觉屋内结构很规整，设计得非常适合生活起居。装修虽然不属于豪华，但是用材也很考究，家具及装饰物看得出都是宜家买回来的，风格简约时尚比较符合年轻人的口味。

那二四处看着，忍不住夸了一下曹大河。

"大河，你很有品位，很能干。"

曹大河高兴起来："那二，你第一次叫我大河。"

"哦……"那二有些不好意思。

曹大河给那二沏了杯龙井，放在那二面前。他含情脉脉地看着那二，"喝吧，今年的新茶。"

那二被曹大河温润的目光看得有些赧然，她嗯了一声，想打破这气氛，开始四处观望。她的目光路遇玻璃橱里的一支玫瑰紫丝绒戒指首饰盒，在那儿停顿了两秒钟。

曹大河觉察了，他站起来把那只首饰盒取了过来。

"哦，这个啊，是我前年到香港受训的时候，偶然间走进一家珠宝店，看见了这只钻戒，一冲动就买了下来。我想，送给最适合戴它的人做我的新娘。"他打开首饰盒，一枚精巧的钻戒在灯光下灼灼闪着光。"你要看看吗?"曹大河把盒子递到她的面前。

那二并没有接过来，她看着那只戒指说："很漂亮。"

曹大河并没有看到那二高兴地接过去试戴，或者仔细看看，他有些失望。

"你不喜欢吗?"

那二抱歉地摇着头："不，不是。我是感觉太郑重了，如果我冒失地试戴，假如那个新娘最后不是我，那会不太好。"

曹大河理解地合上首饰盒，"你说得对。不过，那二，虽然我们见了仅仅四次面，可是我对你印象很好。不知道你对我呢?"

"你挺好的，很有能力，感觉也很会生活。"那二说。

"我想我也会是个好丈夫。我平时没很多时间，但是周六日喜欢自己烧菜，休闲的时候最多打打篮球看看碟片。你也知道，我不爱抽烟，不会喝酒。要说缺点，就是不会哄女孩子开心，也许以后会发生这样的事，我们吵架以后可能我不会主动道歉，因为不肯承认自己做错。你看，我已经意识到这缺点了，我也会注意的。"

从进入曹大河家小区以后，他说话一直不少，这段话非常重要。那二听着心里有些感动，她反倒不知道该如何回答，望着曹大河期待的眼神，又感觉不说不行。

"我，其实也不好，你也看到了，我就这么个样子。我学习不好，特别怕考试，所以，也不想再考更高的学历……"

"没关系，你不差，这不要紧。我又不想要个太太回来跟我搞学术辩论。"

"可我，也没什么上进心，都没想过挣大钱。我也没多少存款，无法给你等价的资产用于婚姻，这样对你是不是不公平？……"

那二完全是被伍晓华家人给搞糊涂了，什么时候女人结婚非要和男人资产平等？上海人绝对不是都像伍晓华家人那样思考问题。可那二在提到关于钱的问题上非常没底气，她不太习惯坐享其成。

果然，曹大河摇着头："哦，不，不，不。那二，你听我说，你说的问题不存在，在上海多少家庭就像我们这样生活，男人是家庭挣钱的主力，而你们女人，挣钱自己买买衣服、逛逛街，愿意为家庭负担，交个水电煤的费用我们就很领情了。我们上海男人，你应该是知道的，结婚以后，我挣来的钱，都是交给你的。做上海人的太太，是最幸福的。你明白吗？"

那二的确是被感动了，她望着曹大河的眼睛，看得到他的真诚，那张普通的脸顿时成了可靠的象征。

那二说："大河，我想，我会努力去尝试一下与你好好地相处，争取早日来试戴这枚戒指。"

直到被曹大河送回住所楼下，那二都处在意外的幸福感当中，是被接纳、被需要的幸福感。这也来得太快了，仅仅见面第四次，还没咂摸出恋爱的味道，就谈到婚姻。剩男剩女难道不需要冗长的恋爱？

在一条老街采访过后，那二顺手在路边买了一束粉白色的玫瑰。她的心情好，她知道没有爱情，但那是个可靠的好男人。她有时候感觉自己有些笨，为什么不多问曹大河一下，你谈过多少女朋友？为什么会选择我？

前者其实是个蠢问题，谈过多少女朋友都是过去式，即便问了，也不见得能推算出往后的结果。李开复的太太是他的初恋女友，这样的从一而终是何等浪漫的事情，许多人对他们的婚姻长此稳固也都深信不疑。人靠谱，就可以把变数改为恒数。第二个问题也大可不必问，因为这时候遇见，不早不晚刚刚好。若不是自己，是任意一个合适的人，也会是

这样的结果。

　　但是，许多女人还是爱问一些知道答案的问题：你爱我吗？为什么爱我？爱我什么？抑或你为什么不爱我了？我哪里不好了？你以前不是说爱我的么？其实，每一个人，爱的时候都是真的爱，不爱的时候是真的不爱。爱了，并非没理由，所谓爱你不需要理由都是胡扯。不爱，又何须那么多借口和理由。若不再爱何必苦苦追究，跟别人过不去也跟自己过不去。唯一能做的，只是自己要过得好，比对方要好，那才是对自己负责。

　　往往在爱情上，许多人是想不明白的，就算想得明白也不一定做得到。若能真的看透，也不至于有诸多烦恼与悲剧，或许，果真那样世界也不太可爱了。爱情是毒品，越爱越上瘾。那二却不懂，真的不懂。每一次分手都毫不留恋，如果伤心，仅仅是因为被甩，而不是惦记他的好。他的好，再好也不是她的，过去了就当放个 P，时间长了连味道都没了，还惦记他做什么？正所谓，旧的不去新的不来，以前的不出去，新的怎么进来？总是恋旧，对新交也会造成伤害。

　　那二原本就是空白的，只等那个合适的人来，她是用崭新崭新的心去迎接他的。曹大河也许是那个合适的人，那二就等着他自投罗网后，自己也就作茧自缚。爱情与婚姻，仔细想来不都是一种包围？

　　捧着一束沁着淡淡花香的粉白色玫瑰花苞进到杂志社，远远地就看见自己的玻璃花瓶里已经放了一束红得发紫发狠的玫瑰。那二稳稳地朝那束扎眼的玫瑰走去，小渔和樱桃半是妒忌半是诡异地看着那二，声调也阴阳怪气。

　　"那二，又有粉丝送花了啊！你可真有魔力。"小渔说。

　　那二没表情："哦，是哪位？"她心里却想，会不会是许维？却见许维也坐在那里，似乎有个秘密呼之欲出。

　　"是我！……"许维抢先说，然后后面跟了一句话，"帮你放花瓶里的。"

　　小渔说："不知道，看上去土了吧唧的，听说是咱们杂志的读者，早就膜拜你了。等了你一小会儿，后来，我们说大概你明天来，他就走了。"

樱桃插嘴："那人要不戴眼镜，看上去很猥琐。"说完她吐了下舌头。

那二疑虑："哦……"

"那二，人家是个诗人，还给你写了首诗呢，那信笺里就是。"许维抢说，他在调侃。

那二已经打开便条一样的信笺，看到几行没发育好的字，仔细辨认才得以认出。

女神
你是风
是电
是光
是流年最美的梦
若能等到你
我愿
把三生石坐穿

那二眉头微蹙，把信笺用力一抓团成团，扔到纸篓里。那束红得发紫发狠的玫瑰被她从花瓶里拽了出来，看都不看扔进垃圾桶。然后，轻盈地把自己买来的粉白玫瑰插进花瓶，仔细地摆出看似不经意的造型。

从来不感冒什么诗人，一看见有人泛酸那二就想抽他。顾城疯了，海子疯了，食指也疯了，剩下的诗人该疯的也都疯了，不该疯的还是疯了。那二都不肯承认自己是个文人，一个小编辑也算个文人，她自己都笑倒了。如果她是个诗人，估计她先把自己给解决了。她知道自己得虚伪，在任意场合不要冒犯了诗人。因为这话说出去，诗人会用眼皮夹死她，用诗歌淹死她……

许维凑了过来，说："那二，咱们晚上 K 歌去吧。"

那二似乎在忙自己的东西，头也没抬地说："不去了，刚采访完的稿子还要写呢。"

樱桃撇了撇嘴："许维，人家忙就算了，工作要紧。"

许维有点不快："那好吧。"说着回座位去了。

"那二，你就那么不给面子啊？刚才你没来许维就说叫着你一块儿去

了。"小渔的话里有酸味。

那二笑了笑："真没法儿去，除了今天的采访稿，我还要审十几篇来稿呢，手里的活儿没弄踏实我玩儿不到心上去。"

许维说话夹着冰："人家那二成天被人追、被人捧，都成公主了，哪儿有空陪我们玩儿。"

小渔和樱桃窃笑。

那二冷淡地看了一眼许维，许维像没事人一样自顾自地翻杂志，那二便不再理会他了。

Chapter 17

海上阿叔·《兄弟》·发骚的蝴蝶

坂口真仓回来了，很破例地没有提前通知裴苏苏。虽然他平时表情也不太多，但是现在他的嘴唇抿得稍许有些紧，仔细观察还是与平常有些不一样。

裴苏苏在坂口进来时，早早地快步走过去，接过坂口的公文包，满面笑意低下头问候他，"您回来了，一路辛苦。"

坂口露出一丝笑意，边说边走进办公室："临时决定。"

坂口真仓进入办公室以后，裴苏苏帮他倒了一杯绿茶，之后把厚厚一摞文件搬到他的办公室里。坂口真仓把自己关在办公室里，直到下班以后才出来。裴苏苏隐约听见他在办公室里打了很多电话，不知道发生了什么事情，她猜想应该是那摞文件的问题。快下班前，坂口在 MSN 上发了条信息过来，晚上去海上阿叔吃饭。裴苏苏想，还是没忘记回来跟我吃顿饭，看来心情也并不太糟糕。

裴苏苏提前十分钟约好司机，她提前离开公司，坐在车里等坂口真仓。虽说她与坂口相好是众人皆知的事情，但她还是遵守规矩不去张扬。坂口真仓从大楼里出来，他神情笃定，走得精神抖擞，旅途劳顿并没有叫他精神萎靡。裴苏苏在车里远远地望着越走越近的坂口真仓，熟悉又陌生。

海上阿叔是坂口真仓喜欢来的地方，他曾说过，这个饭店的名字他喜欢，他喜欢 20 世纪 30 年代的上海。裴苏苏感觉有意思，日本人也喜欢那时候的上海。日本人又有什么时候不喜欢上海呢？坂口对老上海的

了解比裴苏苏还要多些，他甚至在海伦路上淘来过旧上海的妇女用过的西洋镜和脂粉盒，后来那些东西估计辗转去了日本。

这天，坂口真仓要了瓶五粮液，他很少喝中国白酒，这次倒是意外。看坂口兴致高，裴苏苏也陪着喝了两小杯。坂口用中日文夹杂的语言谈起了他的故事，从少年时期的初恋跳到婚后第一次嫖妓，然后又跳到父亲的生鲜店，还说了自己初始创业遇到的贵人。坂口说得缓慢，亦是娓娓道来，有些词中文实在找不出对应的，裴苏苏就补充一下，虽然她只能听懂60%。坂口很少说这么多话。裴苏苏想起了她刚和坂口真仓相好的时候，那时坂口也这么说过话，那次他们是在虹桥区的一家日本人开的料理店里，喝的是清酒。时间过得真快，转眼大半年过去了。

回来这天周五，坂口真仓竟然没有如以前那么刻板，竟回到裴苏苏那边住了。裴苏苏怕王先生来电话，偷偷把手机关机。

那二终于第一次给曹大河发了条手机短信：工作很累吧，注意身体。那二。

曹大河就很开心，他的真诚攻势看来有效用，那二也不是看起来那么冷傲，还是比较好追的。曹大河其实不想用冷傲形容那二，是实在找不出更合适的词。冷漠？孤傲？或者拽？都不准确。那二在他看来是散淡的、冷静的，有些矫情，却不做作，美，不是拒人千里之外的，亦不是唾手可得的，不说话却好像有很多尚未表达，说话却没有敞开心扉，她似乎对人总有保留，却不是心思缜密而是怕被伤害。他感觉自己有些了解那二了，见过几次面，似乎她是在慢慢解冻，才看到她在一点一点地舒缓过来。

那二前几天忍不住和袁嘉说了曹大河对她有求婚暗示的事情。袁嘉挺为那二高兴，说她别再那么不积极，要主动给曹大河发发信息，问候一下关心一下。这么适合结婚的主不多见，再不抓紧就被别的女的抢去了，车友群里现在还有女人瞄着他呢。那二想想自己的确不积极，好像是曹大河独自在谈恋爱一样，而自己就是个旁观者。她的热情哪里去了，她自己都说不清楚。曾经，也许她不够积极，但她足够热情。如今，她的确也得为自己积极一下了，她不为自己也得为家人积极一下，于是，她发了那个信息。

这周社里的工作挺多，连许维也在忙，月底时分要举办广告客户的一个答谢晚会，他得充分表现一下，肯定自己有做好事情的能力。每天在眼皮底下晃悠，那二对许维也并没有情绪波动，他不是她的菜，她根本就懒得跟他做游戏。许维看上去也不再理会她，却有时候给她抽屉里放个小玩意儿或者一包进口的小吃。那二每次发现都很惊喜也很领情，偷偷地藏起来吃或者用，她是怕同事知道了嫉妒或者说闲话。

这天，那二发现她的抽屉里多了张话剧票，昨天说了句想去看余华小说改编的《兄弟》，今天就得到了票，那二心里有些感动也有些不安。去和许维看话剧前，那二请许维在港汇上面吃饭。饭后她固执地付钱，急于还清的行为叫许维不爽。

"你非要这样算这么清楚吗？你比我大这么多，难道怕我打你主意？就算打你主意，我也是吃亏的那个，你说是不是？"许维笑谑。

那二说："我就是不想叫你吃亏啊，所以不想打你的主意。你总是给我糖衣炮弹，我意志可不太坚定。所以，一定得叫我平衡一下。否则，哼哼……"

许维期待地说："否则怎么样？"

"否则……忘啦。"

许维假装生气，不理那二了，孩子一样撅起嘴走在前面。

那二追了出去，跑他前面逗他笑，她可不是个没情致的姐姐，谁对她好她还是分辨得出的。刚好露过购物中心里的乐器展示区，看到有台展示钢琴摆在那里没人管理，那二突然来了兴致。

"许维，你会弹钢琴不？"

"会一点儿。你别考我，我早忘了。"

那二笑得很幼稚："我会弹《我有一只小毛驴》，咱们来个双人弹好不好？"

许维也很幼稚地笑："哎，我会，我也会！"

于是，两人就跑过去，挤在一张琴凳上，把一首《我有一只小毛驴》弹得快乐又热闹。

那二跟许维在一起比较快乐，但那快乐是极为单纯的。她会控制好尺度，不给许维半点暧昧暗示，以及不能叫曹大河知道，男人很忌讳这些。

那二去采访的时候，那个戴眼镜的诗人又来了一次，这次他没带玫瑰花。他一来，社里的人都装作若无其事地聚了出来，连王总编都出来了。她们互相挤眉弄眼，等着看热闹。诗人跟社里的编辑要那二的电话号码，被许维给堵回了。

"不好意思，那二不喜欢陌生人冒失地打电话给她。如果我们给了你电话，她会埋怨我们的。"

诗人不甘，他从随身的挎包里掏出一张折叠的纸，估计又是诗歌。他双手捏着那诗歌，郑重地把它放在前台上，"那把这个放这里，帮我交给她行吗？"

许维又说："那二最不喜欢写诗的，更不喜欢读诗，你最好别让她反感。"

戴眼镜的诗人很不服气："你凭什么说她不喜欢诗歌？诗歌是世界上最美妙的语言。"

许维说："拜托，人家的确不喜欢，不信你问我的其他同事。"

王总编、小渔、樱桃、翡冷翠的烟花以及张左她们顺势点了点头。

诗人盯着许维看了几眼，他的眼神有些不屑，甚至挑衅。

许维却根本就不看他，他对他的不屑和挑衅都不屑理会。他悠然地看着电脑，手里的鼠标点来点去。戴眼镜的诗人把前台上的诗歌又收了起来，一言不发地走了。

整个办公室的女人都在吃那二的醋，真醋，假醋，反正都酸溜溜的。

"许维，你好像对那二很好的嘛。"

"许维，如果有人找我，你会不会这样赶他走哇……"

"许维，你这样我们可吃醋了啊……"

许维笑着站起来打趣："各位亲爱的姐姐妹妹，再八卦以后不跟你们好了啊！那二姐姐就从来不八卦……"

他的话被她们的反驳给打断了，"看看，还是你那二姐姐好哇……"

那二却不太清楚背后的故事，除了许维没人跟她说。有时候那二很怀疑自己的交际能力，在社里时间不短了，竟然没个贴心的同事朋友。人和人之间都是客客气气，没有亲疏远近，她总认为是自己不够热情。可别人也都不热情，有事说事，没事就各顾各的，真是各人自扫门前雪，哪管他人瓦上霜。许维也仅仅保留地简单说了一下诗人的事情，别人都不提。那二对许维除了感谢，还送上采访健身会所时赠送的三个月健身券。

曹大河来接那二吃饭，那二接好电话后收拾东西，她在许维若有若无的关注下离去。车子刚开出几百米，那二正和他在聊最近如何之类的话时，突然看见旁边并行的车里坐着樱桃，再一看樱桃的旁边是许维在开车。樱桃开心地跟那二摆了摆手打招呼，许维却面无表情不向这边看。那二觉得许维也许跟自己斗气，又觉得似乎没必要。她笑着朝樱桃挥了挥手作回应。曹大河知道是那二同事，也礼貌地和樱桃打了个招呼。然后，就看着许维的本田 SUV 猛地加足马力开过去了。

杨旭出去的时候，袁嘉又充当了谍报一枝花。她在杨旭的 QQ 聊天记录上第 N 次发现了敌情。一个叫"追梦的蝴蝶"的女的跟网名叫"泰迪熊"的杨旭对话非常有看点。

追梦的蝴蝶 23：31：41

熊，熊，你在干吗？

泰迪熊 23：31：47

我在想你啊。

追梦的蝴蝶 23：33：24

真的吗？我也在想你耶～

泰迪熊 23：33：59

是呀，这还能有假？想你想得我想睡觉。

追梦的蝴蝶 23：34：04

嘿嘿，你个骚男人。希望能再有机会一起出去玩儿。

泰迪熊 23：34：14

会有机会的。下个月 8 号不是还有一次赣南行嘛，你去不去？

追梦的蝴蝶 23：34：49

我不知道啊，这次好像走十天呢，我不一定有那么多时间，扔下儿子那么长时间不行。

泰迪熊 23：35：24

你老公和公婆不管吗?

追梦的蝴蝶 23：35：32

公婆年纪大了带不了，老公自己也管不过来啊。

泰迪熊 23：36：09

呵呵，女人是比较辛苦。我儿子也成天由他妈妈带。

追梦的蝴蝶 23：36：24

是呀，你是挺幸福的，生意照做，玩儿也不耽误。

泰迪熊 23：36：28

呵呵，是。

泰迪熊 23：36：36

你哪儿想我了?

追梦的蝴蝶 23：37：06

你这个坏家伙，你说呢?

泰迪熊 23：37：09

还不好意思。

追梦的蝴蝶 23：37：38

宝贝，我好喜欢那天你在大海里吻我，我头一次在大海里

ML，非常新鲜～～嘻嘻

泰迪熊 23：37：45

你个妖精，就喜欢你这骚样儿。

……

　　看完这些，袁嘉的肺又气炸了一回。他奶奶的，这又是哪个骚得冒烟的蝴蝶，明显的不是那个生物老师，还有孩子有老公。真是女的不犯贱男的没机会，这世道可怎么整。袁嘉又抓狂了，把杨旭的东西从橱子里翻出来，一件一件砸得铿锵作响。楼下她的老爸老妈望望楼顶，无奈地摇着头说，又闹矛盾了。

　　待杨旭没事人一样回来，门口又给他放好了几大包行李。他另一只脚还没跨进门，便被袁嘉扔出来的行李砸出门外。你滚! 你给我滚——! 我可一天都不想受你这气了，我他奶奶的都可以开绿帽子店了! 你去跟人家到大海里腌萝卜去吧! 你给我滚出去，永远不要回这个家门!

砰！防盗门关上了，袁嘉又从里面上好保险。袁嘉打电话叫楼下的老爸接一下孩子，然后从酒柜里取出一瓶伏特加，就着一根黄瓜猛灌。没多久大半瓶下去，她摇摇晃晃地栽进卧室里。

　　醒来，天还是亮着，袁嘉头痛欲裂，看看时间，已经是第二天中午。她敲打着脑袋先去打开门看看，却什么都没有。嘴里嘀咕着：他奶奶的，永远别回来。

Chapter17　海上阿叔 · 《兄弟》 · 发骚的蝴蝶

Chapter 18

叫那二害怕的影子

最近，那二总感觉有个影子在跟随她，大白天的脖子上的汗毛就忽地竖了起来。忽而回头，又不见是谁，身后都是平凡得不容多留意的脸。

还有两个星期参加社里举办的客户答谢会，这在公司来说是件大事，每年要租别墅或者四星级酒店的宴会厅举办。那二喜欢这样的活动，因为这天可以穿讲究的晚礼服。有时她庆幸自己在上海工作，全中国似乎只有这块土壤礼服穿得最频繁。

因为礼服很难一次买合适，总要根据身材修修改改，社长准假，叫社里几个女人出去选礼服。社长在国外生活过，也比较在意宴会上的着装，上次记得他穿过一件黑色燕尾服，很是有腔调。他除了爱才，还喜欢漂亮的员工，所以，除了王总编，后面进来的女孩子相貌都属中上。张左虽然不算美女，但是因为她的性取向特别，潇洒俊秀，属于个性派。来了个许维更是不必说了，早就形容过很是有看头。

小渔、樱桃以及翡冷翠的烟花要蹭许维的车，一齐拉着他去逛礼服店，许维本想带着那二一起去，可是那二不理会他投过来的目光。许维明白那二在避嫌。刚好张左叫那二陪着买衣服，那二欣然答应，可没想到两队人马还是在同一家礼服店碰见。

小渔是上海本土人，却没来自江西的樱桃会打扮。小渔在试一件紫色的紧身低胸晚礼服，她天生发育不良，身材平板儿随她爸。她在懊恼的同时，也在用售货小姐递过来的胸垫儿一只一只往怀里塞，几只胸垫垫进去以后，还果真挤出来一点沟的痕迹。

樱桃先是试了件粉色的短礼服，款式比较 LOLY，穿起来很适合她，但是显得过于娇嫩。后来又换了件宝蓝色的大 V 领小鱼尾短款礼服，胸前春色欲盖弥彰，也正好压住了性格和年纪露出的不稳重。

翡冷翠的烟花看上了一件蕾丝花边的银灰色礼服裙，她不去试穿，而是先站在那边跟店主讲价。

许维在旁边当陪客，看几个女人折腾，帮她们看看东西，参谋参谋衣服效果。每个女孩试好衣服，他就特意往旁边一站，照着镜子摆 pose。怎么样？配不配啊？

张左不穿裙子，那二给她配了一条西式马裤，一件白色胸前带褶皱的衬衫，外面罩一件中性的小马甲，看起来非常帅气。张左很欣赏那二的眼光。

那二自己却挑来拣去，很难得看上一件礼服，对模特身上的一件黑色厚丝缎礼服产生了兴趣，可是标价让她的手缩了回去。

许维自打那二进来就有点心不在焉，眼睛不时跟着那二跑。他知道那二心思，就说：“喜欢就试试嘛，试试又不要钱。”

张左她们也看出来了，在一旁劝。

“考虑什么呢？不就是试试嘛，有这么难吗？”

翡冷翠的烟花说：“刚刚我已经谈好了，我们可以一起打 7.5 折。我这件算下来才 1560 块。你那件贵嘛，打好折也就五千多块。一年就买一次，老划算。”

那二望着那件礼服，咬着嘴唇想了半天，还是没动弹。

许维说：“是不是嫌贵呢？大不了我送你。”

还没等那二反驳，别人就叫了起来。

樱桃说：“不行，你送她就得送我！”

小渔说：“我的你也埋单，反正只有 1900 块。”

翡冷翠的烟花说：“我的更便宜，许维，毛毛雨啦。”

张左故意调侃：“如果方便，帮我也买了吧。”

那二笑着说许维：“你什么意思啊？看我买不起你就调侃我啊？拿你老子的钱装门面穷大方。”

许维知道那二给台阶，呵呵地笑着不接话了。

售货小姐看他们围在这件礼服旁，就把那件黑色礼服从模特身上脱

了下来。那二经不住别人的劝说，也经不住黑色礼服的诱惑，终于带着它走进试衣间。

再从试衣间出来，便是晃眼的惊艳。礼服剪裁很贴合，将要露至腰际的大露背设计很性感洋气。那二的雪白皮肤在黑色丝缎礼服的映衬下如凝玉般润泽，即刻相互辉映出优雅娇贵的气息。她把头发随手绾成一个蓬松的发髻，顿时在那贵气上添了些时尚和浪漫之感。她身材比例很好，肩平，有锁骨，非常的架衣服。许维和张左"哇"了出来，小渔和樱桃却酸溜溜地看了许久才说，真的很漂亮耶。那二站在镜子前轻轻转动，她看着镜子里的自己，眼睛随之发亮，是哦，好漂亮。

许维赞叹地看着，"买吧，穿起来这么漂亮，钱花得也值。"

那二却欣赏够了，她说："唉，我不是很喜欢，太成熟。"又指了指旁边一件正红色的厚缎修身小礼服，"来，帮我拿这件下来，我感觉这件会不错。"

服务小姐走过去边摘礼服边说："小姐眼光的确不错，这件衣服很挑人，一般人穿了出不来效果，估计你可以。它放那里很久了，总是遇不到合适穿它的人，现在正好特价。你先试一下。"

这时，那二在镜子里看见一个人影，她回过头去，人影又不见了。她的汗毛又忽地竖了起来。

裴苏苏又回到往常的日子，坂口真仓照旧来，来了照旧该干嘛干嘛。她不知道这样的日子什么时候是个头，真到头了，她又该怎么办。活在这个躺着坐着立着行着分分秒秒都在消耗银子的都市，她的危机感无时不在。找个经济条件好的男人嫁了，这就是她最想要做的事。周日早上，坂口离开之后，裴苏苏去参加了一个高端交友派对，这次她没叫那二。裴苏苏在生那二的气，好不容易喜欢个男人，偏偏还是惦记她。

裴苏苏自然次次都不会落空，又引得几位男士的注意，也留了联系方式。只是她注意到的男士，已经在注意比她条件更好的女人了。她突然有点索然无味，成天把嫁人当做事业，还久久不得善果，像她这么勤奋的女人，竟然也会落单。这是啥运道？

反正也是闲着，她和在派对上认识的男人去吃饭。对方一看就是一个特能装的男人，不时地透露出他有多少资产，去过多少国家。裴苏苏是谁，又不是没见过有钱人，真有钱的人根本不屑于显摆，都知道人外有人山外有山。

裴苏苏听那显摆的男人狂吹，自己也懒得较真，这样的人恐怕是握不住，握住了也未必是真的好。她点了几道爱吃又巨贵的好菜，一边狠吃一边往死里夸他："您可真优秀，像您这样讲究生活品位，又广闻博见，还儒雅绅士的男人真不多见，都不知道后面有多少女人哭着喊着想要嫁您呢。"

那男人才有点不好意思，他摆了摆手："唉，哪里啊，感情这个事，要看缘分的。"

是哦，世间万物的相遇都讲个缘分，擦身而过就是有缘无分。斜对角有桌20岁刚出头的男女在吃饭，两个人大概是在热恋中，他们坐在同一边，互相喂食，亲昵得叫旁人眼热又讨厌。裴苏苏想起曾经和牛文斌在一起的辰光，她病了，牛文斌就喂她吃饭，连喝酸奶他都用手托着奶瓶，直等她用吸管喝完。那感觉，是受宠公主式的，从此不再有了。

裴苏苏的情绪有些低落，直到对面的男人付账的时候她才缓过劲来。790元，随便吃餐饭也要花个790元，跟牛文斌能这么过吗？

钱在两个人的关系上起了作用，裴苏苏没想跟他继续，也没想跟他不继续。这样一个人留着也没什么坏处，趁着年轻多攒点男人没什么不好。可是，那男人在临走的时候接了个电话，他说，回去跟你说好吗？然后挂了电话。那语气不像是跟长辈在说话。裴苏苏暗自淡淡地笑了笑。没什么吧，跟自己也没什么关系。唉，这世上还有可嫁的好男人吗？她渐渐地越来越看透，亦越来越苍凉，越来越麻木，不由得想起了那二写在MSN签名档上的一句话：成年已久的爱情，犹如盗世者的谎言，荒诞而虔诚。

那二，那个她永远无法理解的女人，看上去简单又愚笨，却总是有她探不到的地方。她也明白，那二是特别的，无论把她扔在任何环境，她都是最容易叫人记住的那个。但是，她会吃亏的。裴苏苏想。

跟曹大河越来越相熟了，每周固定约着碰两次面，很按部就班地谈恋爱。那二仿佛已经看到未来，那样循规蹈矩的生活，不过，她相信是稳妥的。这种稳妥是来自人的踏实与稳定，曹大河就是上海仅存为数不

多的大龄未婚好男人。若时间再久一些，见面次数再多一些，那二恐怕自己要投降了。每次，她都是这么恋爱的。

吃过晚饭以后，看了场电影。曹大河是个好男人，他体贴入微，没问那二就帮她买了桶奶油爆米花儿。有时候玫瑰花还不如爆米花儿有杀伤力。那二很享受爆米花儿的体贴。

看完电影大概晚间10点多，曹大河把那二送到楼下，待那二要离开车里的时候，曹大河拉住她的手。那二有些不好意思，也没打算把手抽出来，认识挺久了，他们还从未拉过手，再继续纯情下去，这两个人似乎都有些不正常了。曹大河含情脉脉地看着那二，稍微松了松手。

"那二，你不请我上去坐坐吗？"

那二迟疑了下："有些晚了，要不，改天早点来，你看行不行？"

曹大河感觉那二误会他了，赶紧解释："别误会，我没那个意思，别这么防备。"

那二也赶紧解释："哦，我也没多想，就是，我这里还没什么人来过。我还没心理准备……"

曹大河接过话来："没事，没事。我知道你对人是有防备的，这样好。那，我可以吻你一下吗？"

那二有些羞赧，又迟疑了一下："那，吻一下脸吧。"说着，她把脸支了过去。

曹大河在她脸上轻轻啄了一下，然后，他问："能问你个问题吗？你是不是还没和男的那什么过？不过，这似乎不太可能……"

那二笑着抽出来手："这是个问题嘛，我感觉你就没必要问。凡事水到渠成，别刻意。先和你通报一下，我生理正常，不缺乏情趣。剩下的，就看我们如何走下去。你说呢？"

曹大河有点尴尬："是的呀。我们是冲着结婚的目的，你这样做也对。不过，我希望我早一天踏入你家的门里，只是想更多地了解你。"

"当然，如果你不介意再多了解一下。毕竟，我们都要的是对方的一生，漫长的一生，也不必对这点时间操之过急。"那二说罢，她怕曹大河尴尬又及时补充，"其实，我是想跟你稳当地走下去。"

曹大河除了同意没别的意见。那二觉得自己对曹大河有些小气，便在下车的时候趁他不备，吻了他的脸一下。曹大河喜欢这顽皮的一吻，在夜色里由衷地开心起来。

那二住的公寓，楼道里的感应灯不够灵敏，她出了电梯趁着外面模糊的灯光去寻自己家的门，却被地上一堆黑影吓了一跳，她啊了一声，感应灯亮了。那个黑影现成一个戴眼镜的男人，他盘腿坐在地上，然后从地上慢慢地站了起来……

那二的心立即揪紧了，这一幕，跟许多年前那么相似……

一个脸色惨白的中年男人出现在她的眼前。

那二手脚冰凉，轻微地打起哆嗦。

那戴眼镜的男的说："那二，别害怕，我是诗人野山，去你们社找过你好几次。"

那二定了定神，她想起来连日里身后的人影。这对她来说，已经足以气愤，他竟然跟踪她。

"你为什么在这里？你凭什么跟踪我？"

野山有点惶惑："别生气，我只是崇拜你，没有恶意。跟踪你是不敢接近你……"

"不敢接近我，为什么还要跟踪我？你什么意思？"

"我就是，就是非常喜欢你的文字，也非常喜欢你的人品，……"在那二的直视逼问下，野山说话没了底气。

"喜欢我就跟踪我到家里来？谁给了你这个权利？"气愤中，那二根本不给他留半分情面。

野山嗫嚅着："不是，我从外地过来的，在朋友家住了好几天，就是为了能见上你一面。如果叫你不高兴了，我真的很抱歉……"

"你有那么多次机会跟我接触，为什么不早说，为什么找到我家里来？你知不知道这样很不礼貌？"那二虽然依旧在责备他，但是口气已经软下来了。

"我也没想这样，是每次我想跟你接触时，都被错过去了。我过几天就离开上海了，不见见你，我感觉很遗憾。"野山似乎很快就调整过来，他说话声音正常了。

那二不喜欢看野山那张脸，他戴着眼镜，灯光的反射叫她看不清他的眼睛。其他的五官仅算是长对了地方，因为皮肤颜色深，好像用高粱面捏成的一个脏脏的不规则的大团，这是张不叫那二待见的脸。

103

Chapter18 叫那二害怕的影子

　　野山再想说什么，她也没耐心听下去了，用眼神下着逐客令，"现在见到了，我看你也回吧，这么晚了，待在我家门口邻居也会说闲话。"

　　那二担心野山会侵犯她，手里握紧手机随时准备扔过去或者打110。可是，野山却道别后离开了。那二看着他下了电梯，才有点轻微地哆嗦着把门打开……

Chapter 19
影子梦魇

那二进门以后迅速把门上好保险，一下子瘫坐在沙发上，9 月天手脚冰凉。她一时又感觉冷得暖和不过来，双腿酥软地走进卧室上床，用毛巾被把自己裹紧。这可不是那二，那二何时会被人吓成这样，真是闻所未闻。

她闭紧双眼，飞进时间隧道。

18 岁的那二，鲜嫩饱满得像个肉粉团儿，她的眼眸漆黑看不懂世界。那天，那二从排球场上下来，跟着两个女同学去校门外的面馆儿吃手工面。她饿了，顾不得跟同学们说笑，粉红小嘴轻轻吹着面条的热气，然后不紧不慢地往嘴里送。头上的细汗浸湿了几缕头发，又顺着泛着粉红的白嫩皮肤滑下来，少女那二不时用手背擦一下脸上的汗水。她吃得专注，不晓得面馆儿一隅有个男人在幽幽地看着她。

他坐在背光的角落里，悠然地吸着一根烟，面前是吃剩还未收掉的手工面汤。他有一张惨白的脸，很突出地穿过烟雾和暗影，神情泛着中年人的疲倦，眼睛里有故事，藏着坚不可摧的世故和欲念。他穿着灰色西服，里面的格子衬衫没有打领带，跟面馆儿里的其他顾客很容易区别开来。他隔着两张桌子和来回穿梭的人，眯着眼睛望向斜对角的少女那二，像是在欣赏一幅画，一个活动的艺术品。

少女那二吃完手工面跟着同学出去了，那脸色惨白的男人也跟了出来，眼睛追随着她走进学校。

此后，少女那二时常能看到那双眼睛，那张惨白的脸不时地出现在

她的视线里。她开始了人生的第一种不安体验，每当走出家门或者教室，总有如芒刺背之感。那张脸来得毫无征兆，离去得也悄无声息，令少女那二也怀疑自己也许多虑了。

某天晚自习放学，少女那二在分岔路与同学分别，要独自走完离家还有300米的小路，那张脸又出现在她的视线里。幽暗的光影里，那张脸都惨白得那么醒目，少女那二感觉他在注意她，低着头想要穿过去。可是，他挡在她的面前，望着少女那二深沉地笑着，那笑容充满了欲望和危险。那二紧张得五脏六腑都拧到一起。他说，我经常见到你。少女那二不语，被黑暗里这张带着笑意的惨白的脸给吓到了。她想要绕过去，那男人却一把抓住她的胳膊，把她拥入怀中，她无论如何挣扎都像生了根。少女那二想要大喊，嘴巴却被他的嘴巴猛然堵住，一块舌头霸道地塞了进来。而另一只手，已经钻进衣服里，在她饱满的乳房上揉捏着。少女那二急了，抽出一只手臂，用手指猛地戳向他的眼睛。那男人号叫着松开了少女那二，少女那二飞快地向家的方向跑去，沉重的书包被她跟跟跄跄地拖在地上磨出了一个大洞。看到了家的灯光，她稍一松弛，恶心感便涌了上来，在路边一阵狂吐。

当晚，她发起了高烧，昏昏沉沉睡了三天。父母对她的病痛有点埋怨，还有半年高考，还有时间生病。

再醒来，去学校便成了少女那二的心病。那张惨白的脸消失了一阵子，又频繁地出现，他的眼皮上多了两小块疤痕。他把冰激凌伸到她的面前，少女那二一把打翻在地，人跑得又快又远。他突然地出现在少女那二的面前，把她逼到墙角，用手捏住她的下巴，阴阴地笑。你，是我的，你跑不掉。少女那二开始出现焦虑和幻觉，她经常大汗淋漓从梦中惊醒。她最后真的病了，习惯性呕吐，全身没力气，盯着复习资料一天一天发呆，人也逐渐消瘦了下去。父母带她看了好几家医院，一直不得其详。

勉强参加了高考，考试结束第二天，少女那二便收拾了一只小小的行李箱。她给父母留了字条：爸爸妈妈，我肯定考不上大学，先出去工作一阵子，调养过来再做打算。落款，儿，那二。

少女那二从城南到了城北的一家书店打工，几乎与外界隔绝，每天工作之余就是阅读，阅读给了她力量。她沉浸在文字的绝妙组合里，腾不出时间来忧郁，她相信自己的创伤会因此而渐渐愈合。

半年后，平常的一天。少女那二如往常一样来到书店上班，却发现一张惨白的脸停在书店里。那个熟悉又陌生的男人靠在书架上状似翻书，却阴笑着盯着她。少女那二的脑袋立刻呈现大片空白，她不知道他要在书店里做什么，吓得浑身发抖，只好在他的暗示下忐忑不安地跟他走出书店。他得意，半年，我找了你半年，你以为你藏起来我就找不到你了吗？少女那二欲哭无泪。她不知道如何应对这个处心积虑的男人，她的嘴巴紧闭，神色肃穆。那男人说，你跟我走吧，如果不走，我就叫你父母都知道，你单位也知道，说你跟我好。少女那二不说话，不哭也不跑。她知道这个男人不会放过她。

在一间小旅馆里，少女那二双手捂紧自己的嘴巴，任他撕扯自己的衣服。不知道最后做了些什么，他轻声号叫着背过身去，颤抖着从下身挤出几喷白色的东西。少女那二冷冷地穿起衣服，一言不发地离去。

当天晚上，少女那二离开了生活了十八年的故乡，又给父母写了一张便条：爸爸妈妈，我想出去走走看看，也许外面的生活适合我。儿，那二。

于是，一走走了十几年，到如今还在外面漂着。如果不是那个人，也许那二的生活根本不是现在这个模样。这些年里，她不愿意想起这段晦涩的往事，并刻意地去遗忘它，仅仅是偶尔在梦里会重现此景，竟然还会大汗淋漓地从梦中惊醒。当她纯净如一袭白绢，便被粗暴地染上杂色，她的惊惧，她因年少而生的胆怯和荣辱观，是悲剧发生的根本因素。多年里，她的冷漠，小小的变态，她的戒备，她的自卑，她的许多后遗症统统跟少女时期那张惨白的脸有关系。这就像块从未痊愈的伤疤，你要揭它，那二不光会疼，她还要条件反射地回到那段往事里重复崩溃。

那二猜测自己在那天失身了，只是有些不明白，自己与初恋男友的初夜，床单上竟然绽放了一枚鲜红的花朵。也许，那个人是仁慈的。只是，她此后从未再接过吻，无论是谁都无法得到她的吻。她连想都不能多想，一想起来有陌生的舌头堵塞在口腔里，她就狂吐不止。

那个跟踪她的诗人突然叫那二想起那张惨白的脸，又是影子一样，只是从白影子到了黑影子，但都是鬼影子，带给那二梦魇。

Chapter 20
不止一个人在崩溃

每个周一都很相似，上班时刻的地铁里人挤人，甚至有荤笑话传闻：挤怀了孕。够恶俗，也够形象，这时候陌生男女彼此挤挨依偎全跟感情无关。有时候肩并肩，有时候面对面，有时候背靠背，有时候背靠面，有时候面靠背。完全是恋人的紧密度，难免有些人想入非非，咸猪手偶尔也会碰到。每次地铁极度拥挤时，裴苏苏就会想，应该有辆车。

裴苏苏不是没钱买车，她的钱都给父母那边存着，想必买辆稍好点的车都够了。可她特喜欢貔貅，因为它没屁眼儿，只吃不拉。对于钱，她也是这个态度，只进不出。坂口真仓曾经答应过她的，会买辆车给她。她早看上了一款丰田女用车，拿了资料，刻意放在床边。可坂口真仓似乎并未注意到，也不排除装傻的可能。跟他厮混也小半年了，这时跟他提提，哄他开心买也就买下了。这每个月给个万把块，吃吃用用花花，到头来也不剩多少。她在地铁里一路上被陌生人挤来蹭去，皱着眉头盘算着。

笃笃定定到了公司，大门竟然锁着。裴苏苏以为来早了，她看看手机上的时间，不早了啊，马上就 9 点钟了。这是为何？一种不祥的感觉涌上来，她即刻打电话给公司的前台朱小姐，问她为何还不来上班。朱小姐讶异地说：裴小姐，周六的时候公司就宣布倒闭了呀，连补偿金都发好了。你难道不晓得？

裴苏苏的头皮一阵发麻，公司倒闭了?! 自己为什么不知道?! 她是坂口真仓的身边人哪，她怎么可以不知道?! 坂口真仓，你在搞什么?!

裴苏苏全身无力，歪倒在墙上，哆嗦着拨出了坂口真仓的手机号码。拨通了，听到的是"您所拨叫的用户已关机"。她已经乱了方寸，接着拨打其他几个日本高层的电话，除了关机就是不接。然后她又拨打其他同事的电话，得到的回答也是周六的时候被公司请去结算工资。跟她陪过日本董事的女会计说，裴苏苏的补发工资坂口吩咐过，已经打到她的工资卡上了。

自认为聪明的裴苏苏根本不会想到，坂口真仓早就觉察出来她的不忠，想当初那根凭空出现的皮鞭就是他刻意留下的。如果裴苏苏果真忠诚，他自然不会绝情决意，怎么也要给她一个好点的交代。一辆车算什么，本来就是打算要送给她的，这早在坂口的计划之内。可是，做游戏要讲规则，不讲规则就该得到惩罚。有谁能说得清楚在这种关系之下，这算不算流氓条款？

裴苏苏彻底瘫软，她滑落在地板上半天起不来。过了半晌，她从地上爬了起来，去找物业把公司门打开。办公室里一片败落景象，因办公家具和设备几乎都被搬空，空间显得出奇的大。她的物品被整理在一个纸箱里搁在地上，似乎刻意遗落在这里等着来奚落她。裴苏苏不能相信眼前的事实，仅仅是休息了两天，怎么就发生了这么大的事情。周六坂口真仓不是还在她家吗？她一点没看出来他隐藏了这么大的事情。真是缺德，手段残忍。她愣怔地站在那里，盯着自己的那箱东西眼睛发直。物业部的人看出来不对劲，像是安慰一样的絮叨：经济危机啊，这大楼三个月内已有七八家公司倒闭了……

后来，裴苏苏都忘记了怎么回的家。她宛若一具抽去精髓的行尸走肉，恍惚记得自己出了大楼，上了一辆出租车，下车的时候找零都忘记要。进了家门便瘫软在地上，连站起来的力量都不再有。她在冰凉的大理石地板上爬啊，爬啊，爬到地毯上，又爬到床上，蒙在被窝里，过了好久才号了出来。

妈呀……你个该死的荷包蛋，你害人不浅啊……你人面兽心，不是个玩意儿啊……日本鬼子，我跟你有仇啊……

裴苏苏哭着号着睡着了，一觉醒来天黑了。她继续哭，继续号，然后又睡着了，一觉醒来天又亮了。她现在就怕醒着，一醒来就好像有各种缴费单劈头盖脸向她飞来，房租该缴了，物业费该缴了，电费该缴了，

水费、煤气费、交通费、手机费、保险费……她出现了幻觉，被幻觉吓得头晕眼花。

杨旭不知道滚到哪里去了，最近果真没回家，听员工说他似乎也不是每天都住在办公室里。连儿子杨辉都在问，爸爸怎么还不带着行李回来。袁嘉有些沉不住气了，她找了个理由去了趟杨旭的公司。

杨旭不在，听员工说下午可能过来。袁嘉进杨旭的休息室里看了看，被子没有叠，看不出来他是否住在这里，但他的少量生活用品和衣服却不见了。袁嘉逐渐被自己的发现气坏了，她知道杨旭并未出差，他究竟住在哪里？她想了想，用办公室的电话拨通了杨旭的手机。

很快传来了杨旭的声音："喂……"

"杨旭，你在哪里呢？"袁嘉一边用座机说话，一边翻找着手机里的电话簿。

杨旭迟疑了一下："哦，我在外面出差。"

"什么地方啊？我怎么听他们说你下午就回来。去哪里出差走一晚上就能回来啊？"

"哦，你不是不要我了嘛，何必又管我？"杨旭显得有底气了，这和从前是不一样的，照理来说，这么多天过去了，袁嘉给个台阶他早就顺着下来了。

"离婚证还没领呢，我为什么不能管你？"袁嘉翻到电话存储名为"胡萝卜"的生物胡老师的电话拨了过去。"快说，你在哪里？"

"外面呢，我等下就到公司了。"杨旭说话间，电话里传出来另外一部手机铃声。自然是袁嘉打给胡老师的。事实就这么发生了，袁嘉想象得到他们两个人的意外表情。

袁嘉更生气了："好呀，你现在学会骗人了嘛，这里没离婚你就敢到外面跟别人住了。我警告你们一声，跟我玩儿这些，只有三败俱伤，谁也别想好！"

谁想到杨旭也硬气了，看来是胡老师在给他撑腰。他说："袁嘉，你别吓唬人了，你爱怎么样就怎么样吧！别以后动不动就撵我走，我现在无所谓了！"说完把电话挂了。

袁嘉气急，把电话咣地砸在座机上。反天了，反天了！都和那个不要脸的住到一起了！这可怎么好?!他们究竟住哪里了呢？那胡老师不是和家人住在一起吗？这么快就趁火打劫把杨旭给拐跑了。袁嘉气得脸部肌肉都抽搐起来，脑子迅速旋转着，寻思怎么应对这两个贱人。

袁嘉午饭没吃，坐在杨旭的休息室里发呆，一直等到他下午回来。杨旭并不主动理袁嘉，自顾自忙着，袁嘉早就沉不住气，忍不住发火。

"你到底什么意思？你要过就过，不过你就痛快点。背着我去跟别人同居，你这算什么?"

杨旭慢条斯理地说："是你不要我的，是你把我赶出来的，你又来问我干吗?"

"你还有脸说？如果你老老实实过日子，我会没事找事赶你出去？跟了你十年，儿子也快五岁了，中间你跟过多少女人，越过多少次轨？不是我袁嘉抵抗力强，我看换成是谁都要变成神经病。"

"你总是赶我走，那我就干脆不回去了，别人也可以伺候我，也给我洗衣做饭。再说，性生活你认为不重要嘛！我现在就是不想跟你在一起，看见你肚皮上的妊娠纹我就没兴趣。"杨旭索性无所谓了，他在电脑前兀自工作，轻易地把这话说了出来。

这可是伤到袁嘉的心了，为了一个男人延续下一代，到头来却成了罪孽。这种借口，这种念头，真是侮辱人。她袁嘉何时又成了让男人不待见的女人，如今不是当了全职太太，她也不至于没个男人喜欢。当初别说身边围着她转的那一群男人，他杨旭也不是巴巴地追着她来，她那时又没把他当回事。就算今日，袁嘉也不见得有多衰老，天生的肤质叫她看起来比同龄人至少年轻七八岁。如今，自信完全被自己的老公给打垮了。他不愿意跟她做爱了，因为他反感为他生过孩子的妊娠纹。

袁嘉把该骂的话都骂了，她感觉杨旭彻底没救了，是要活活把她气死。吵到最后，为了要面子，袁嘉嘴还是硬着。

"你要是真不愿意过了，那我们就办离婚手续吧。这样我也眼不见心不烦。"

"行啊，离就离，这种日子，我也不想过了。天天吵得心都烦。"这些话，杨旭和袁嘉都不知道重复多少次了，这次却意味不同。

袁嘉不示弱："我早就烦了。你放心，我不会让你高高兴兴出门的，我只会叫你干干净净出门!"

"无所谓。钱没了可以挣。"

"你是无所谓，姓胡的可有所谓，我不相信她能跟你重新去挣套房子钱。现在上海房子这么贵，以你现在的挣钱速度，至少要两年才能付个首付，然后就等着慢慢还吧。"

"我以后的生活还要你安排吗？你管好自己就行了。"

"呵，好啊，有思想。那我等着，你尽快在离婚协议上签字。"

"没问题。"杨旭回答得一本正经。

这次袁嘉败了，她从杨旭的公司走出来，深一脚浅一脚，她能感觉到杨旭这次是来真格的了，如果不是姓胡的，他不会那么有底气。杨旭从小家庭就动荡，有人收留他，有个温暖的家，他就会停靠在那里。他依恋袁嘉，是因为袁嘉能给他想要的温暖和体贴。如果有人也能给他呢？如果真闹翻了，袁嘉他能不要，儿子他能舍弃吗？可现在怎么办？果真离婚吗？袁嘉心里乱糟糟的。

这次她想到一个问题：她还爱他吗？那么多年里，每次都是纠缠在财产上，从来不提还爱不爱。时而吵吵闹闹，却不见真的分开。杨旭除了必要的资金周转，其他的储蓄一直在袁嘉手里，似乎每一刻，杨旭都是在为这个家奋斗，在经济上并无三心二意。杨旭的性格袁嘉也摸得门儿清，他就算有小金库也不会太多，给别的女人花钱杨旭向来很吝啬。看一个男人真心与否，只要看花钱的态度就能明白。由此看来，杨旭是爱她的。她是个语言上的糙人，不喜欢说爱，她只知道过日子，为他的停靠行一切方便。这难道不是爱吗？爱，却这样三天两头地吵闹，总是为一些蹦出来的鸟事费神。的确，很累。

袁嘉情绪黯然，她没有眼泪，她是个爱笑不爱哭的女人。

Chapter 21
第三次错过

早晨，那二出门上班，发现门口放着一只红玫瑰，玫瑰下面压着一张大概是写着诗歌的稿纸。那二不由得来了火儿，谁要他来献殷勤，想起那张脸就够她闹心的。她烦躁地三脚两脚把红玫瑰踩了个稀烂，然后朝着地上那玫瑰的尸体又踹了一脚，下面的稿纸被紫红色的花汁浸染得无比惨烈。那二泄了火儿，又感觉自己情绪不稳定像是更年期提前。她复又回去拿了扫把和簸箕出来，把玫瑰的尸体和残疾的诗稿扫起来，扔进垃圾箱。

她完全可以忽略这个人的，这些年里，追求她的人多了去了，多数也不是受不了她的冷漠和决绝才离去的么？可是，那二冷漠吗？显然不是的。有心有力的时候悄悄资助一下失学儿童的事偶有，她不是个常情的捐助者，每碰到手边，却总是忍不住不管。她热爱大自然，每次出去野外郊游，都准备一个大垃圾袋，抽出时间来捡拾野外难以分解的垃圾。她甚至去黄河边种过树，跟着一队人马走了两天，回来晒得脸上脱皮又曝斑。她总是担忧，地球再升温，以后怎么办？

那二究竟是个什么样的女人，只有个别的男人知道。她认为没必要叫每个跟她有过密关系的男人都了解。有些男人就是个男人，无法成为爱人。她是个性情中人，也被深深地伤害过，她惧怕那种万念俱灰的感觉。伍晓华，已然是后面的事情了，一个时运的产物，什么爱不爱的，顺着发展随风飘荡，那二的任务就是对他好，对任意一个值得守候的人好，这是那二的任务。那二的任务完成得很漂亮，所以，每一次分手，每一个人都回头找她，念她的好，那二却不稀罕了。那二不稀罕的事物，硬塞给她，她也是漫不经心毫不

在意。于是，挺招人恨。那二才无所谓，恨去呗，跟我有什么关系。可是，那二还是太好了，好到没人因为恨而去记恨她，哪怕若干年后，总能想法子找到她，哪怕只是问一声：那二，你还好吗？

穿梭在都市的街头，身边千千万万个陌生的面孔来来往往，那二总在想，我要的那个人，你是谁？你在哪里？我攒了好多好多爱情，等着给你。

采访时途经一个汽车保养店，那二走了进去，为曹大河买了一瓶车载香水，又买了两只车用小靠枕，叫店员打了个包装快递给曹大河。那二是个做得比说得好的人，她若接受了一个人，就会用心去经营感情。

人倒霉的时候喝凉水都得塞牙缝，裴苏苏在最低落的时候打电话给王先生，接电话的却是他的女人。

"王先生没空接你电话，麻烦你以后别有事没事跟有妇之夫瞎勾搭。"估计是王先生的国内太太，也不就是个小三，连小三都张牙舞爪捍卫自己的地位，裴苏苏可真没空钻了。

巨大的无助笼罩着裴苏苏，此时她不知道对谁倾诉能解她烦忧。她两天没出房门，靠冰箱里的水果酸奶度日，焦躁得跟头困兽无异。以为认识很多人，翻翻电话本倒没一个合适说话的。那二不是她第一个想找的，她怕那二笑话她，当初她走得那么轻松，奔往理想福地的样子趾高气扬。如今一下子就跌到谷底，怎么能叫那二不看着笑？可是，那二笑话也好，总还是向着她的，总能为她分担些。

电话里没有说原委，那二就说吃好晚饭过来，她晚上去跟曹大河到粤菜馆喝汤。那二问裴苏苏要不要带点过来，裴苏苏说要，太要了。

裴苏苏有了吃饭的欲望，她忍不住给方若明打电话，她这两天已经想了无数遍方若明。于是，她撒谎病了，希望方若明能来看她。她了解方若明，若她真的有事，方若明不会不管的。

方若明果然来了，他知道裴苏苏没吃饭，礼貌地带了几客小菜和点心。他在电话里听裴苏苏的说话声，感觉不像谎话，见到她也看得出她的憔悴。他不禁也心疼了一下，毕竟也交往了两个多月，若不是插曲，能走到哪里他也说不定。他详细问了裴苏苏的病情，听她说仅仅是因为失业而引起了情绪狂躁症又牵连出胃病，他便放了心。至于裴苏苏隐瞒她朋友的事情，他后来也想明白了，仅仅是出自一个女人欣赏他想要得到他的私心。两人都避免再谈及过往，只是询问最近的状况。裴苏苏又问起上次遇见的外企 HR 小姐，方若明说因为工作忙，最近联系不多。

这还用问，明显是没结果，工作忙不是理由，真是恋人就算工作再忙，也会见缝插针联系一下。当初和方若明热恋的时候，两人连工作间隙上厕所的时间都要通个电话。裴苏苏明知这已经不在她关心的范围之内了，但听了照旧还是轻松不少。

方若明对裴苏苏虽然关心，但是那种客气还是显得生分。裴苏苏不想再问有无机会重续前缘，对于许多男人她有把握，对于看上去好说话实际特有主意的方若明，她是搞不定的。这个特殊时间，他能来总比其他男人来好些，看着心里还舒坦些。她一直留意着时间，估计那二过阵子就要来了，她立刻装出来疲倦，若方若明表示要留下，她自然告诉那二叫她不必来了，若是方若明要离开，那也正好。

果然，方若明看裴苏苏有了倦意，他便劝说裴苏苏休息，自己先行离去。方若明一走，房间又阔大了，寂寞又繁盛了起来，裴苏苏悄悄掉了几滴眼泪。

此刻，那二却因裴苏苏还在家里等汤喝，和曹大河尽早结束了晚餐，带着打包好的一大盒子冒着热气的骨头汤和一客菜饭来找她。曹大河听那二提过裴苏苏，本来也说有机会见一面，算是正式介入那二的生活圈子。这次不太方便，他就把那二送到楼下，望着她进楼去。

那二站在电梯前等电梯，有一家人也在等，他们大概是刚从外面吃饭回来，大人小孩用沪语说笑交谈。电梯下来了，这家人簇拥着走了进去。那二看到另外一架电梯将要下来，她有点不愿意站进这架电梯掺和到别人家的热闹里。那家小孩却热情地邀请那二，招呼着"阿姨，快点上来"，那二被纯真的孩子搞得盛情难却。待她刚要进去的时候，看见一个熟悉的身影从另一架电梯里出来，那张脸是她记忆里的模样，丝毫没有变化。待她身不由己走进电梯，那个人影已经从她面前穿了过去，电梯的门渐渐合上，把她的心都夹在了外面。

那二失神地来到裴苏苏的家，她说："苏苏，我看到他了。"

裴苏苏心里一惊，却掩饰着慌张："谁啊？"

"就是我和你说过的，那次我们参加活动聚餐看到的那个人。"

"哪个人啊？被你说糊涂了。"裴苏苏继续装傻。

那二却不知道如何说明白,"就是那个戴眼镜穿西装的男的,我有一次问过你。"

"哦,是吗?那你没跟他说话吗?"

那二难过地摇了摇头:"没有,他没看见我,我上了电梯,他刚好从另一架电梯出去了。"

裴苏苏却松了口气,心想,这个不走运的那二,原以为她会晚些来,就算早来了,还是碰不上方若明。这能怪谁?怪命吧。

她品尝着那二带来的热汤,一边安慰着她:"好了,别瞎想了,看错了也不一定。何况现在你不是谈恋爱了,你又不知道那人是结婚了还是什么情况?一见钟情的事情,太不靠谱。"

那二情绪不高,幽幽地点了点头。

从裴苏苏那边出来,那二情绪有点低落,偌大的上海几千万人口,能相遇的概率能有多少?缘深缘浅,关乎每一次擦肩。她是最真实的浪漫主义,相信人世间有爱情,尽管她一直讳莫如深。她不够懂爱情,但她能分辨出是不是爱情。在长达数年,漫长的等待里,她一边绝望一边心存侥幸。也许不会再这么走运,能遇到他。遇到他,她又想怎么样呢?也许仅仅是自己多情,那个男人也许早忘记自己是谁。

那二在出租车上一路感伤着,不觉已到了楼下。她如今再上楼,总要用力拍一下手,等走廊的灯亮了再走,那个诗人叫她心里膈应。不料隔壁阿姨听见声音出来了,她穿着睡衣睡裤,招呼那二:"小那啊,有个男孩子最近来过你家好几趟了,长得嘛有点点黑,忒会讲话,今早又来过了,叫我拿给你一份东西,还给我家送了水果。哦哟,真不好意思。我帮你拿过来哦。"说着阿姨又进去了。

那二一下子就想到了诗人,又不好意思当着邻居阿姨的面发作。见她拿出来一只盒子,里面应该是充气按摩靠垫。

那二说:"阿姨,你留着用吧,我早买过一只了。不要客气。"

邻居阿姨塞到那二手里:"哪能呢?人家男孩送给你的。快拿着吧。"

那二无奈,道了谢把东西拿回家。她面若冰霜,把那放着按摩靠垫的盒子掂在手里看了看,打开窗户扔进夜色里。高空坠物不讲文明,窗户下是个绿化带,砸着点花花草草也不应该。只等捡到它的人去高兴,算扯平。

Chapter 22
闹腾， 闹腾

杨旭两个星期不回家了，袁嘉也绷着不去找杨旭，但是每天都发信息给"胡萝卜"。袁嘉嘴狠，骂"胡萝卜"可是深刻狠辣，"胡萝卜"许是碍于杨旭情面，许是装得有修养，偶尔回几句，没袁嘉的话下作。可事实也明摆着，不是骂下作话的人就下作，道貌岸然也不见得都是真君子。

袁嘉跟自己的父母很难得谈她和杨旭的事情，一来怕父母跟着担心，二来父母读书太多倒想不出太通俗有效的主意。每到有难事，袁嘉多数还是去找逸锦阿姐和那二。这次到了逸锦阿姐家，袁嘉可没从前开心了，逸锦阿姐和姐夫、姑妈他们围坐在一起为袁嘉出主意。

"我看杨旭不会跟那个胡老师，杨旭的性格不是每个人都能容忍的，刚开始好，啥都看着顺眼，时间长了，没多少人能那么伺候他。再说，这不是关键，你们有儿子，胡老师能对你们的儿子好吗？你看着，那女人眼里容不下杨辉的，伊容不下杨辉，杨旭就容不下伊。杨旭总会回来，只是时间问题。"逸锦阿姐说。

"男人总有昏头昏脑的时候，这么多年看下来，伊好像除了对侬，对别的女人也没什么耐心么。要是杨旭真是喜欢那个胡老师，笃笃定定只对伊好，倒也难回头了。可是，那个人对谁都两分半耐心，就算再跟那女人好也终究是露水夫妻。侬不是讲嘛，伊从小父母就离婚了，家在伊心里的分量比你要想得重要。你不要小看家的作用哦，男人嘴再硬，再能挣钱，失去家伊都要考虑几分。因为啥，家里有亲人，可不是有饭吃

有觉睡就行。伊再不在乎老婆，孩子是伊的血肉，亲情是割不断的。再说了，杨旭总的来说还不是一个坏男人，除了花心，伊对家对侬对别人都还不错。吵架的时候说啥都不能算数，人在气头上，啥话说不出来？侬要是想过下去，叫姐姐去给侬打个电话问问，把伊叫过来谈谈。侬不要忘了，侬是有亲人在背后撑腰的，伊杨旭现在有啥额？就一个情人能算啥？就算他再不懂事，再糊涂，伊可不笨，这点伊会拎得清。"久经沙场的姑妈说。

袁嘉黯然地说："我是在考虑究竟有没有再继续下去的必要，他找别的女人快活也就算了，说的话往死里难听，说不想跟我睡觉，不想看我肚皮上的花纹。这话说出来，要多么伤人。他把力气都给别的女人使了，回家啥都不想做，这都三个月了，我们没一回房事。我也是女人，叫自己的男人这么嫌弃，我心里很不好受。主要是他不会改，跟他这么过下去，我迟早也得疯了。越想越感觉没意思，如果现在能离婚，趁着不太老还能找个好些的，再以后更没资木了。"

逸锦阿姐接下来说："你不离婚想找也可以找嘛。这还不是跟杨旭一样，没新鞋的时候别光脚走路。这边杨旭同意离婚，你找到了随时离呗。你们的关系我们说什么没用，主要人得开心，还有半辈子呢，不协调好有的麻烦了。男人不教训一下，是不会知道女人不好惹的。主要是自己不要吃亏，要离婚财产嘛肯定是都要的，不要给他留。公司股份也要，这对你是个保障，至于多少杨旭估计也不会太计较。儿子的抚养费更是小事了，杨旭不可能委屈到儿子。谈这个的时候要哄着他，不要太强硬，你的目的是得到更多，并不是要鱼死网破。剩下的，你自己看着办，好坏都得有个打算。"

逸锦阿姐的话给了袁嘉力量，像一盏明灯点亮了袁嘉前方的路。她回去后第二天便到婚介中心做了登记，在婚史一栏里犹豫了一下，估计没离婚就来征婚的人不常见，她就写了离异。征偶条件 50 岁以内，一定要有房有车有存款。她打算好了，要找就找个比杨旭好的，不要叫她成天要气炸肺的。

可是，闲来没事的时候还是很多，家庭妇女总是能腾出很多时间来找事。她还真的去了趟胡老师的学校，袁嘉给那二形容那学校：那个远啊，七拐八拐都出城了，我就说，好学校哪能会要这种老师啊？

那二和袁嘉坐在 PIZZA 店里，她们俩都喜欢吃那里的烤鸡翅和炸薯格。袁嘉新换的发型就像被炮仗刚炸过的鸡窝，估计这个鸡窝也不会待在袁嘉头上太久。

那二盯着她那鸡窝头问："后来呢？"

"后来，她见到我还装呢，可热情地把我拉出来了，她怕我在同学面前骂她。"袁嘉笑着消灭掉一只薯格。"他奶奶的，出来还跟我说好话呢，说她想叫杨旭回家来，是杨旭不肯回。还跟我玩儿这套，杨旭为什么不肯回啊？还不是她收留杨旭，要不租房子是什么意思？凭她那点工资租个房子，吃吃饭乘乘车子，就没有啦。我想杨旭要不是她撺掇，根本是不会去她那边住的，办公室又不是不能睡觉。这个女人就是表面一套背后一套。真租了房子，杨旭住在那边，房租自然是杨旭负担。妈的，真咽不下这口气，从我牙缝里掏钱来了，不怕我咬死她。"

"最后怎么说？"

"最后她说叫杨旭先回家来呗。她说她错了，求我不要来学校闹，看来那丫挺的真是怕了。这死女人，不给她点颜色瞧瞧不行。"

"杨旭回来没？"

"没呢，昨天我知道他在苏州出差才去的姓胡的他们学校，大概今天回来。"正说着，杨旭来电话了。电话声音大，袁嘉刚接了起来，杨旭的声音就噼里啪啦传了出来。

"袁嘉，我告诉你！以后要是再到胡佳蓓的学校里面去闹腾，我就对你不客气！还有，你要跟我离婚咱们就离！别再扯来扯去！总是这么闹腾下去你烦不烦？！你赶紧起草离婚协议书，除了儿子，我什么都不要！"

杨旭说完就把电话挂了，袁嘉和那二都傻眼了。没想到男人绝情的时候这么绝情。袁嘉缓了半天神才说："哦哟，这姓胡的把我耍了嘛，她不挑唆，杨旭怎么会这么跟我说话？看来我那天真不该心慈手软放过她了。"

那二突然不知道说什么好了，她真的很为袁嘉难过，她们一起认识的杨旭，时光在飞逝，人心在变，没想到杨旭会变成这个样子。袁嘉还是不爱哭，只是神色萧索，那二心疼起来。

"袁嘉，那你打算怎么办？"

袁嘉想了想，说："既然这样，离婚呗。不过，我不会放过姓胡的，

她太会装了，我要让她装不下去。"

事情这样，那二倒不知道该怎么帮袁嘉了，跟她打上学校的门去显然也不是个什么好方法，说不定事情会搞得更糟糕。她和袁嘉分手后，联系了一下杨旭。杨旭这个人，她多少清楚，主意太正，越是亲近的人越要受他的委屈，这时候怕是她的面子也不会给。

果然，杨旭告诉那二叫她少操心，反正跟袁嘉是过不下去了，他反正是改不了也不想改，容忍不了就离婚。口气虽然不是那么恶，可是话太不中听，那二没再说什么，就把电话挂了。

最近几天真是多事之秋，自己那摊子事也就不提了，裴苏苏被日本人给甩了，袁嘉又跟杨旭闹离婚，似乎没一个人在这阵子平顺的。那二情绪低落，也忽略了许维的存在，她想起来时，发现许维两天没见了。抽屉里时而出现的小惊喜也不见了。最近社里是印刷期刊期间，编辑的事情比较少，人也没怎么见，整个社里空荡荡的。那二想静一会儿，听到社长在办公室里隐约在讲电话，她也没去打招呼，沏了杯菊花枸杞茶坐在那里翻书看。

一杯茶的工夫社长出来了，见到那二挺高兴。

"嗨，那二，什么时候来的？"

那二礼貌地站了起来，笑着打招呼："社长好，我来了一会儿了。"

"对了，还想跟你说件事呢，今年社里的年会你来主持吧，叫许维串串场，给你搭一下。"

"啊？不是每年都是王总编主持嘛？我不行。"那二总是被社长的突然决定给弄蒙了。

"欸，怎么不行，还有大概十天时间，我帮你们找个司仪培训两天，应该没问题的。"

"可是，这，王总编知道吗？会不会不太好？"那二担心的是这些。

社长扶了下眼镜，"哦，我昨天已经和王总编沟通过了，她去年就说不想主持了，生过孩子身材一直恢复不过来，穿礼服不好看。你们女人啊，成天尽操心这些表面问题。"

"哦……这样，那我准备一下吧。"

"嗯，好好准备，把许维带一下。我叫你主持是因为你能压得住场，当然也够漂亮，能给咱们社增光添彩啊！你可要好好表现。"

那二被社长夸得不好意思了，"社长，您可真会夸人，我都怕胜任不了。"

"没事，我看好你。对了，你的礼服买好了没有？3000 块以内社里来报销。"

"您早说哪，早知道我自己再贴点钱买另外一件了。"那二笑，"那谢谢社长了，我明天把买礼服的发票给您拿过来。"

"行，我签个字你找张会计去报销。那这样，我先走了，许维跟小渔去印刷厂了，晚上可能得回来校正菲林稿，你也等一下他们吧，一起帮着检查检查。"

"好的，没问题。您放心走吧。"

社长临走时又叮嘱那二："那二，还有点事，你赶快把我办公室里没发的邀请函填好，然后明天叫她们发出去，再晚来不及了。"

"哎，好嘞。"

社长走了，那二扎进他的办公室里，看到邀请函还不少，认真地填写起来。

快结束的时候，她听见门外进来了人，听出来是许维和小渔。

许维："社长走了，那社里没人了啊。"

小渔："应该没人了，王总编上午就说到客户那里去了，估计也没回来。"她应该走到王总编那边看了一下。"不在。"

许维："来，过来。"

那二本来已经走到门口要开门出去，不知为何又停了下来。她屏住呼吸，站在门口。只听得外面说话声骤然小了，传来小渔被猛地堵塞压迫的喘息声。交集的呢哝声和喘息声隐隐约约丝丝缕缕顺着门缝传来，把那二的脚步钉在了地上。

外面，小渔的欢叫声越来越响了，那二咬着嘴唇一动不动地立在原地，她怕自己走动惊扰了他们，这样出去要多么尴尬。内心也不去多想，这许维的品格也不去多想，这世道的随性放纵也不去多想，只剩煎熬一样的等待。蓦地，那二的手机响了，音乐声此刻像个炸雷，把外面纠缠的声音炸断了。那二头上冒出了涔涔细汗，脸倏地红了，好像是她犯了错。她慌张地跑过去把手机按下，是曹大河的电话，他每天惯例的问候。

那二简单说了几句，匆匆就把电话挂掉。

挂了电话，那二也并不出去，外面一片沉默。良久，许维推开了社长办公室的门，那二不抬头看他，埋头填写邀请函，好像并没人来。那二只等自己脸上的红晕褪去，这羞怯倒像有点羞恼，烦躁来得理由不足。她憎恶许维的目光，盯了她那么久。

"你怎么会在这里？"许维故作镇定。

"社长叫我填写邀请函，顺便等你们带菲林稿回来一起做校对。"那二抬起头来，一本正经地说。

许维自言自语地："哦，社长怎么没说啊……"

校正菲林的时候，那二一直是若无其事的样子，她伏在案上检查得认真又仔细。许维不时偷偷瞄一眼那二，也装作若无其事。小渔有些破罐子破摔的意思，索性明地与许维示好，许维倒是态度冷淡了。

待要回家，已经接近晚上九点，那二做好事情也没跟许维和小渔打招呼，兀自走了。

地铁上的乘客稀疏，那二有了宽松的座位。对面的车窗外是黑暗，双层玻璃上那二的脸是重叠而模糊的。那二怔怔地看着自己模糊的脸，忽而，回到数年前，也是这样的情景，她的皮肤又白又亮，扎着一根发梢卷曲的麻花辫，对着车窗里模糊的自己轻轻地微笑……地铁穿过黑暗迎向光明，一群年轻的男女拥了进来，她们旁若无人地说笑着，青春四溢飞溅。继而，从光明又进入黑暗。那二受了别人青春的干扰，回到现实里来。不禁又感叹，这闹腾的一天……

Chapter 23
继续闹腾

那二还在睡梦中，便被手机铃声吵醒，熟悉她的人都知道，吵醒她睡眠基本上都没好态度等着。所以，睡觉时她经常关机。

竟然是逸锦大阿姐的电话。

"那二，今天忙不忙啦？有空来看看袁嘉吧。"

"昨天我们还在一起吃午饭了。她怎么啦？"那二有点奇怪。

"伊想不开，昨天夜里在家里割腕自杀，还吃了一百多粒安眠药，现在没啥事情了，洗过肠胃，伤口也搞好了，人睡着了。"逸锦大阿姐说话总是不紧不慢，袁嘉就算自杀只要没死她也不会过分激动。

那二一听袁嘉自杀，便完全醒了过来，真是不叫人安心。挂了电话一看时间也不早了，一觉睡到了9点多。起来想想，昨晚到家又碰到那个倒霉的诗人野山，坐在楼下和几个老太太聊天，见了那二猛打招呼。那二都不知道他到底想干什么，懒得理他，直接回家了。什么年代了，还这么个追人的方式，多么低级趣味，自己还觉得挺浪漫。上海治安是好，但那二终归是有点害怕，人不可貌相，况且那个人除了戴副眼镜添了些斯文样，长得并不善。她没跟曹大河提过这事，私下却想找个地方先把家悄悄搬了。

上午也不去社里了，直奔医院看望袁嘉，去的时候袁嘉还在睡觉。她焦黄的皮肤少了些光泽和水分，岁月的沧桑一下子爬上了脸。袁嘉的高知妈妈在一旁坐着，板着个脸也不招呼人，那二也习惯了，她妈妈向来都那样了，对人难得搭理一下。姑妈和大阿姐也都在，两个人在床边

抱着胳膊走来走去，心疼地望着袁嘉。那二握起袁嘉的手摸了摸，有点冰凉，皮肤少了些弹性，似乎很久没这么握过她的手了。时间真是无情无义，连不老的袁嘉也会老。

大阿姐向那二招了招手，两个人走了出去。

"阿姐，怎么回事啦？以袁嘉的性格，真想不到会这样……"

"不晓得到底怎么了，昨天晚上袁嘉跟袁妃和杨辉在她爸妈家吃了顿饭，平时嘛，袁妃跟伊爸妈住，昨天把杨辉也放在伊爸妈家里，到了晚上十一点多儿子要回家找伊，敲门敲不开，还从里面反锁了，电话、手机全打不通。伊爸妈这下着急了，又打电话给杨旭，杨旭也急了，伊也打不通找不到。杨辉哭啊，就说妈妈在里面。看吧，啥叫骨肉相连，小孩子心灵感应特强。大家也没办法了，后来叫来 110 弄开门，袁嘉就在家里。安眠药吃了一百多粒，手腕用刀片划了两刀，不太深，但是血没少流。再晚个几小时，伊可真就没命了。"

那二眉头越拧越紧："杨旭呢？"

"杨旭昨天晚上就过来了，是伊陪着袁嘉到医院的，昨晚上一直在，早晨我们过来他才回去，大概换衣服去了。"

"……人没事就好。她的性格怎么会自杀啊？这也太不像袁嘉了。"对于袁嘉的自杀，那二感觉自己好像并不太了解袁嘉。

"是吧，袁嘉看上去大大咧咧的，我也没想到。真被这个杨旭折腾死了。"

正说着，姑妈出来叫她们，袁嘉醒过来了。

袁嘉愣怔地看着大家，好像仅仅是刚睡醒一样。

"哎哟，我还活着吗？"

大阿姐笑道："命大。死不了。"

姑妈疼惜地责备袁嘉："活到这么个岁数了，脑子想啥也不晓得，有啥大不了的，拿自己的命作孽，以后可不能叫家里人再担心了。"

袁嘉的妈妈终于开口说话了："侬要吃点啥吧？"

袁嘉摇摇头："姆妈，暂时不想吃。"

袁嘉妈妈："到底出啥事情了？"

"唉，还不是跟杨旭那点事情。我不想活，你们救我做啥？"

姑妈抢话："说的不是废话嘛！你的命啥时候只属于你了？你是父母

的骨血。这时候还说这混账话，叫你妈妈伤心。"

袁嘉妈妈绷着脸，不再说话。这个沉默的妇人生了一个聒噪的女儿，她从小带大袁嘉，操了不少心。她一心钻研学术，到老也不明白为什么女儿就如此叛逆与任性。

活过来的袁嘉被姑妈训话，不想去顶嘴，嗓子干燥她咽了口吐沫。那二立刻为她倒了杯温水，送到袁嘉嘴边，袁嘉喝了几大口。

大阿姐说："我叫姐夫家里煲好乌鸡汤了，他等下就送过来。你嘛，多少吃点，不要跟自己过不去。自杀的人，是最笨的啊，你怎么也会做这事情？"

袁嘉虚弱地笑了笑，脸上却有了神采。"哦哟，当时想不开嘛。那个杨旭真气死我了，昨天晚上我从一张快递单子上的地址找到姓胡的家去了，杨旭也在。去了吵起来了。那死女人太会装了，我一骂她，她就躲到杨旭的身后边，一副大骨架还想装小鸟依人，死死地搂住杨旭不放。气得个我哟，上去就用扫把打她，结果，杨旭就打我……"袁嘉从被子里伸出腿来，小腿上有两大块狠重的青紫。"你们看看，杨旭要多么狠，两脚把我差点踢跪下。"她又偏过脸，看出来是有点青肿，"还打了我一记耳光，当时我那个疼哟……再疼，也比不过心疼。这么多年的夫妻了，为了一个长成变形金钢一样的女人揍我。哎哟，我想不开，实在是想不开。"

姑妈脸色更沉了，她伸出手为袁嘉揉着腿，"这个杨旭，下手也忒狠了，没这么对人的。家庭暴力，在上海很可笑的好哇，有几个有本事的男人打老婆出气？真是的。"

"哦哟，就算是打架吧，你打不过、解决不了还有家人呢，自己不声不响地去自杀了。真是不值得。再说，你现在上有老下有小，不光妈妈担心，儿子杨辉，女儿袁妃呢？不能光为婚姻活着，没婚姻你还有家庭。以后做傻事前先想亲人会如何，别钻那个牛角尖。"大阿姐说。

袁嘉妈妈盯着袁嘉腿上的青紫不作声，又在习惯性沉默。

那二在一旁已经在牛奶里加了燕麦片，用微波炉热好端了过来。所有有用的话，家里人该说的都说了，她能做的就是叫袁嘉知道她在身旁，哪怕是递一杯水的力量。

袁嘉在医院待到第二天中午就回家了，她折腾了一晚上，差点要了自己的命，想想病房里的消毒水的味道还真不好闻，还是家里舒服。

杨旭被大阿姐和大姐夫叫去谈了一次话，话题比较现实具体：一、还能不能与袁嘉继续生活在一起？二、与袁嘉还有没有感情？

大阿姐和大姐夫认为这两个问题就够了，其他的小三小四的不是个太大问题，这是整个社会的问题，太泛泛的事情他们解决不了，也不想费神寻找答案。杨旭，他们改变不了，他们只想叫自己的妹妹过得幸福。

杨旭经过深思熟虑，回答了他们的问题。当然能继续生活在一起，但是吵闹肯定还会有，因为他改不了，袁嘉也闲不住。感情当然有，哪怕他现在就是越轨，袁嘉还是他心目中的老婆。至于那些伤人的话，杨旭也道了歉，并保证以后不再动粗。这下，袁嘉都为他们的事情自杀了，杨旭一定得回家了，袁嘉是他儿子的妈妈，他没必要为了外面的女人，叫儿子恨他一辈子。杨旭的确能拎得清。

杨旭搬回家住了，袁嘉还没从伤心中调整过来，杨旭虽然比以前稍微好了点，但是两个人开始分床睡。如今，杨旭会主动帮袁嘉倒杯茶水，这在以往都是不可能的事，向来都是袁嘉给他把果汁饮料倒好放旁边。这是两个爱好不一样的夫妻，袁嘉爱喝绿茶，杨旭爱喝果汁或者碳酸饮料。杨旭这种客气已经有点生分，加上分房而居，这对袁嘉无疑又是另一种煎熬。两个人打打闹闹相亲相爱那么多年，竟然在分房而居的时候凸显出那么多差距。杨旭医学本科，博学多才；袁嘉高中肄业，阅历丰富。杨旭精通英语；袁嘉精通沪语。杨旭喜欢电子产品；袁嘉喜欢靓衣首饰。杨旭时有论文在专业杂志发表，袁嘉一年能看完两本言情小说就算不错。这些，似乎都无法说明两人足以有交集。可是，当初呢？他们一唱一和，一个爱做饭，一个爱吃饭。一个爱开车，一个爱坐车。多少开心日子值得回忆，还记得数年前杨旭发了笔小财，和袁嘉两人站在人来人往的淮海路上分钱，你一万，我一万，你一万，我一万……岁月中，幸福和不幸都令人难忘。只是这样生分的日子，过起来寡味，袁嘉再没心没肺也要养几天才能缓过来。

而那二，却没法看着杨旭伙同生物老师一起欺负袁嘉，她跟杨旭已然成为陌路，看到他连问候都无法说出口。她叫袁嘉姐姐，杨旭也就是姐夫，这个小姨子跟姐夫没一腿。她叫袁嘉给她手机上发一个生物老师学校的地址，也不告诉袁嘉要做什么。袁嘉想那二会不会去找胡佳蓓，但那二不是个没事就找人骂架动粗的女人。

回到家里，那二找出一样东西，用剪刀戳戳剪剪，然后又在锅底上蹭了些灰，郑重其事地打了个漂亮的包装。她叫了一个快递来，特意叮嘱快递员送过去时正好是下课时间，收件人办公室里人最多的时候。她多给了快递员5元钱，麻烦他次日送好快递后打个电话过来。

那二自然是接到了快递打来的电话，她放心地笑了笑。她不知道胡老师收到那件礼物会是什么表情，什么心情。她不用多费周章，她只想叫胡老师记住这件事，叫她一想起来就膈应，那二的目的也就达到了。

之后，她并没有告诉袁嘉。只等过几天袁嘉兴高采烈地给她打来电话，问她是不是给姓胡的寄了只破鞋，那二才默认了。那二是个蔫儿坏，不经常坏，一旦坏起来，就叫人另眼相看。

127

Chapter 24

裴苏苏的窘境

房东打电话说明天来收房租，裴苏苏又是一阵子难熬。房租是一季度一交，加上坂口一视同仁留给她两个月的薪水，交房租的钱是够了，过两个月紧巴日子还是没问题。可是这几个月过去怎么办呢？即使她再找份工作也应对不了这样的消费，所有的费用加起来，每个月精打细算小一万出去了。她能做得了的职位，肯定挣不了月薪一万块。如果继续住下去，她根本无力承担这些费用。

再说，她裴苏苏只喜欢做不太费力的事情而多拿钱，可不愿意每天都在工作上打拼做女强人。她的薪水在上海不算高，也不算低了，如果按正常的消费，应该能有些结余。她的同事没她挣钱多，一样要租房子，一年还能储蓄个三四万块钱呢。可轻松又挣钱多的工作一时间上哪儿找啊？

失业一星期后，裴苏苏开始投简历。她想，慢慢开始找吧，没工作去找男人结婚，一般男人会有心理负担，还感觉你是个没能力的人。等找到好的男人结婚，再辞工作也不晚。

牛文斌也有一年多没联系，多数时候她都想不起来他了，每次想起来他的时候她只是作为一个参照物。若不是如今情绪黯然，也不会想起给他打个电话，看看他最近在做什么。

牛文斌似乎挺意外，当初分手后很长一段时间，他打裴苏苏的电话，她都不接。他得知裴苏苏最近还不错，他猜估计就是很一般，因为裴苏苏好的时候从来不理他。不管如何，牛文斌还得告诉裴苏苏一下，他上个月已经领了结婚证，下个星期就要举行婚礼了。

"啊，你要结婚了啊？呃……太好了，祝福你。"裴苏苏说这话的时候带着惊讶，也带着醋意。

"谢谢，谢谢。你应该也找到另一半了吧？"牛文斌其实就猜她没找到。

裴苏苏又在撒谎："我啊，刚又处了一个，还在了解的阶段呢。如果定下来结婚，我也告诉你啊。"

"好啊，好啊，叫我也为你高兴一下。"这两个人都够假的。

"对了你找哪儿的女朋友啊？好像挺快的嘛。"

"我们一个单位的，早就认识了，你不要我嘛，她就有机会了。她肯定得谢谢你。"

"叫她别客气，谁嫁不是嫁？"裴苏苏想调侃一下。接下来，她不知道说什么了，也没劲了，她也许就不该打这个电话，这真是自己没事找着添堵。挂了电话以后，她发了阵子呆，走背字的时候还真是衰，真有点四面楚歌的意思。

"那二，你出来陪我坐坐，听我发发牢骚解个闷吧。"

裴苏苏打来电话的时候，那二和许维正在会议室里接受司仪的培训。她看看时间刚下午三点，这个裴苏苏可真不挑时间。

那二知道她心里不好受，"行，你等我到五点钟以后，我请你去吃回转寿司。现在正忙着呢。"

裴苏苏说："麻烦你现在别跟我提与日本有关的东西，我一听就想呕吐。"

那二说："别吐啊，吐光了你会吃得更多。我提什么你就饱了，赶紧跟我说一声，我结账时可以少花点钱。"

那二挂了电话，许维凑过来说："那二，你请谁客啊？"

那二懒得理他："一个朋友。"

许维才不管那二的表情，这几天那二一直就这样对他爱搭不理的。"男的女的？"

那二冷冷地说："女的。有事吗？"

"没事。带我去行不行？"许维讨好地。

那二翻着台词本不理会他："不行。"

许维继续黏着："怎么不行啊？我请你们。"

那二继续爱搭不理："干吗非要你请啊？有的是人等你请客，忙你的去吧。"

许维看着那二却笑了："你还在生我的气。"

"孔雀开屏自作多情。都不知道你在说什么。"

司仪老师还在一旁候着，那二感觉跟许维这么纠缠不好看，她白了许维一眼岔开话题。"司仪老师，您看我刚才表现怎么样？"

那二当然是个好苗子。她来上海后除了学了一年日语，还业余跳过一年半的莎莎舞。后来经老师推荐参加了一次比赛，不小心还在业余组比赛中拿了个优秀奖。这点自信有了之后，在曾经工作的公司还主持过两次晚会，台风好得她自己都惊奇。她不是个长情的人，学一点花里胡哨的东西仅仅是为了增加点素养和见识，并不想有任何职业方向的发展。

那二对自己的未来似乎并未想清楚，她觉得自己没理想。她只知道自己不想要什么，但是不知道自己想要什么。有时候，她总喜欢回味周星驰的那句话：人如果没有理想，跟一条咸鱼有什么区别。那二经常感觉自己是那条咸鱼。在她看来，理想至少是目标清晰的，高于常态的，要甩出平常心一大截子的。而自己却总是顺着命运的河流缓缓而行，随意奔流随意停靠。

所以，她觉得没劲。她不羡慕袁嘉，尽管同时起步，袁嘉该有的都有了，拥有的资产足够她轻松地过下半辈子。而她还在为房东打工。她有时候反而羡慕裴苏苏，裴苏苏有理想，她的理想就是嫁个有钱人，尽管她这么多年没求得正果，但那种直达目标拼搏进取的精神也叫那二自叹不如。

那二把自己进取的过程不称作实现理想，包括她边工作边读完大专，学日语，发表小文章，又因发表小文章而从一个出纳跳入杂志社做编辑等等，她都认为是顺势而为水到渠成。她也没枉费自己的聪颖天资，为了丰富补充自己而精通许多雕虫小技。这些雕虫小技给她的生活带来许多意外的惊喜。这一切，对她来说都没太大意义，所有的小成绩只能叫她兴奋一小会儿然后就消失殆尽。说她没理想而且很懒惰，还不如说她是没自信怕失败，这也是她自己一直不敢正视的。

裴苏苏还是很能吃，她吃的时候向来不客气，如今更是把悲愤化为食量。那二担心她长胖。

"你别吃得这么夸张，暴饮暴食会叫你减肥的。"

裴苏苏继续吃，"你说错了吧，应该是增肥。"

那二："我说的是后果。"

裴苏苏："你不会又心疼钱吧？"

那二："你感觉呢？"

裴苏苏："不管，反正今天你请我。"她又顿了一下，"嗯，说实在的，反正我身上钱不多了，明天交房租，都怕交完房租断粮了。"

"那你还租那么贵的房子，你交一个月的够我交三个月。我看呀，你也别硬撑着了，赶紧找房子搬出来。然后找份工作，踏踏实实地生活。"

"我不。我不能就这么搬出来。"裴苏苏视死如归地吞食着三文鱼刺身。

那二白了她一眼，把最后一片三文鱼刺身放进嘴里。咽下去以后，她说："知道你就会这么说。你绝不会甘心的。"

"嗯，不甘心。"

"那我这边给你拿些钱吧，够你两个月的生活费，这两个月内，你得找到工作。"

"算了，你那点钱不够我折腾的。我手里的钱省着点还过得去。没了我再跟你要。"

"那你自己看着办。反正跟我也别客气。我只是，为你担忧。"

"没事的，好歹我也认识点男人，总不能这时候难住了。"裴苏苏说这话的时候底气不足，她又想起了坂口真仓和王先生他们。

那二不屑地说："男人。呵呵，靠男人，你还不是叫男人坑了。"

裴苏苏撇了撇嘴。她望着窗外一个品牌店出神。"百盛打折了，可我现在却没余钱买一件衣服。"

"你衣服好像已经不少了。"

"心情不好，买件衣服我会开心点。"

"我送你。"那二说。

裴苏苏高兴了，"真的么？我想要条真丝雪纺的裙子。最好是彩色的。"

"好吧，去买。"那二向服务员招了招手，"服务员，埋单。"

"房东大姐，您看我先交两个月房租行不行？最近我买了期房还在还贷款，偏偏公司因为经济危机倒闭了，我失业了，经济有点紧张。您容我缓一下行不行？我到第二个月底前绝对付足四个月的，把这个季度的一个月也补上。您看好吗？"裴苏苏这时候都在为了面子撒谎，啥时候又买期房还贷款了，直说失业了也不是一个意思。

房东大姐不是缺钱的人，光这幢楼里就有三套房子，这三套房子如今市值就要近一千万。她是裴苏苏羡慕的女人，四十五六岁的模样，皮肤保养得润泽光洁，发型服饰都很讲究，能感觉得到她是个全职太太。那种带着慵懒闲适的表情，是只有富足而悠闲的全职太太才会有的表情。她也许是洞穿了裴苏苏的谎言，甚至也不想戳穿她，这样的女子，靠男人没靠住。她心里是耻笑裴苏苏的，没有悲悯。同意先付两个月的房租，仅仅是因为她不想为这一个月计较，也不想为这一个月的房租为难一个落魄的女子。到时候她没钱付房租，该走还是得走，她有钱也没必要慈悲到善心泛滥供人去虚荣。

房东大姐走了，裴苏苏心如刀绞。房东大姐虽然没有为难她，但是她能看懂房东大姐眼睛里的鄙夷，她痛恨这眼神。她想起坂口真仓来，恨得咬牙切齿，自己抽风把手边的东西摊了一地。

Chapter 25
引狼入室

又一个周六的上午，那二还是在赖床，她总是在赖床的时候想入非非。

昨天晚上陪裴苏苏去泡吧，连曹大河的约会都推掉了。裴苏苏穿着那二买给她的那件水绿色大 V 领手绣珠片真丝裙，在酒吧里很是显眼。那二破例去酒吧没化妆，她有些没兴致，坐在角落里和许维往来手机短信。看清楚了，是许维而不是曹大河。

许维最近总是因为排练和那二在一起，那二从来不提那天那档子破事，许维也不提，却总觉得有点点小别扭。小渔和樱桃时常来视察一下，两个人都争着对许维好，互相暗地较劲，只把那二看得死紧，时间久了，看那二并没任何行动，好像跟男朋友关系也稳定，总算放心了。那二就觉得怪，自己比许维都大七八岁，放从前叫个阿姨都可以了，不知道她们在防备什么。她想想小渔和樱桃才叫好笑，那天许维车里带着樱桃走了，另一天许维和小渔在办公室里玩激情。这两个傻蛋都被许维耍了，还彼此联手对"敌"。唉，什么事儿都有。

说实在的，许维比曹大河有趣多了，曹大河过日子合适，论浪漫真谈不上。许维完全就是个玩儿伴，跟他在一起，天天都觉得很新鲜。那二如果说对许维没好感也是胡说，但是她不见得非要打破这美感，况且知道他是个浑不吝的小子，果真有了超越同事和朋友的关系也没劲。她就纳闷，许维怎么能把那么多时间、那么多心思用在她身上，值当吗？跟一个三十多岁的大姐较劲。

按说这时间，许维应该是在杭州的，不在杭州他也应该和小渔或者樱桃或者任意一个小妖精在一起的，可是他在给那二发信息，他又不是不知道那二有男朋友了。现在的孩子真没顾忌，想干吗就干吗。那二不习惯撒谎，她说在酒吧，许维又要赶着过来，被那二拒绝了。

短信某些内文：

许维：你还不明白我来杂志社工作为了你吗？否则我做点什么不行？

那二：你再大些就明白你的行为很幼稚冲动。我感觉你还是该干吗干吗吧，别因为我而改变生活轨迹。

许维：你是不是生我的气了？因为我和小渔她们的事情。我不想解释，但是那些不重要。

那二：我没生气的道理。但是我不知道你究竟要什么？彼此欣赏也就足够了，何必要赤裸相见。

许维：对你，我绝对没那么俗，但是不排除有想亲近你的心理。说实在的，我也不知道究竟要怎样。本来离你很近了，可是感觉还是那么远。

那二：请保持距离产生的美感吧。如果再进一步，我们都没法收拾局面。

许维：说真的，不知道该怎么办。我很想你。一想到你不是我的，我就想做坏事。

那二：宠坏的孩子，你要月亮难道也要摘下来不成？回去吧，别再浪费时间，这里对你以后的事业发展推动不大。因为你有更好的平台。

许维：别给我当家长，来说教我。你只说你喜欢我不？别跟我说你不喜欢我，别以为我不知道你喜欢我。

那二：喜欢不表示要占有。我不舍得打破这层美好的镜像。实话。不跟你聊了，你睡吧。

许维：你怎么这样？你不想跟我聊就不聊了？我不要！

那二：呵呵，早点休息。安。

许维：那二嬷嬷。安。

短信结束，那二的寂寞就放大了。周遭的人们嘈杂涌动，就没一个是那二要的，那二无聊得紧。再一看，裴苏苏又跟一个二十七八岁的老外聊得起劲，那二估计他们在用中文说话，因为裴苏苏说英文那老外肯定听不懂。那二早已经习惯裴苏苏的行为，她以一种被遗忘的落单方式等候裴苏苏结束她的四处留情。中间有若干猎艳的男人投来挑逗的目光，那二这天莫名其妙情绪不佳，冷冷地把那些目光冻结了回去。一个操着南方口音普通话的青年过来搭话，那二干脆一句都不回答。那青年离开时抱怨，原来是个哑巴。

接近午夜一点，裴苏苏终于过来了。她满目含春地跟那二说："那二，我快醉了，我喜欢上了那个老外，我得跟他先走了。"

那二说："好啊。你出来，我先跟你说件事。"

裴苏苏跟着那二往外走，走时还跟老外用夹生的普通话打招呼："Dived，我先和我朋友出去一下，出，去，一下。等我啊。Wait me。"

叫 Dived 的老外笑着点了点头，那二瞥见他褐绿色的眼睛闪着深情的光芒，这样的光芒最易叫人沉醉。

在酒吧外面，那二不由分说拉着裴苏苏的手往前走。

裴苏苏甩开她的手："那二，干吗去啊？我刚才说我要跟他走，我们都说好了。"

那二突然转过身来，冲裴苏苏发脾气："裴苏苏，我告诉你，我的忍耐度是有限的！你要再这么随便，我们就绝交！"

裴苏苏显然被那二的气势给吓到了，她迟疑了一下说："我没有随便啊，我蛮喜欢他的。"

"刚认识几个小时就喜欢，就要上床，外面多少传染病啊？你要得个什么艾滋病之类的才老实吗？"

"哪来那么多艾滋病？那二，你是不是嫉妒我啊？今天晚上你没碰到喜欢的男人很失落对不对？"

那二被裴苏苏的白痴思维简直要气晕了。"你脑子被门挤过啦？我碰到喜欢的我就上啊？我眼睛没瞎，我生理正常，看到好男人我能不动心？我太动心了。但有必要这么随意吗？人总得为自己负点责吧？"

裴苏苏有点不高兴了。"你怎么总是这一套？你烦人不烦人？人生苦短，朝夕必争。这么活着累不累？"

那二也生气了。"你还人生苦短，朝夕必争。我这儿还白驹过隙，光阴似箭，日月如梭，一寸光阴一寸金呢。你嫌我烦以后别叫我出来，我没空看你发浪，我不感兴趣！裴苏苏，不带这么玩儿的！就算被男人甩

135

Chapter25 引狼入室

了也不带这么玩儿的！你越烂，别人就越瞧不起你！你好自为之吧，别叫我看着你心烦！"

那二说着自己上了一辆出租车，关上门走了。

裴苏苏在后面喊着："哎，不去就不去嘛，你搞什么啊？"看着车走掉了，她又补一句："假正经，臭清高。"

那二乘车离去，没走出一千米，她便有些后悔。自己凭什么阻挠裴苏苏认为的快乐？自己凭什么就断定自己是对的？她想了想，给裴苏苏发了条短信：

我不该左右你的生活。友情提示：戴好安全套！

那二昨天晚上梦到许维了，这叫她羞愧。羞愧的不是梦到许维，而是梦到那天宾馆里未完成的事情发生了。这事儿整的，唉，羞死人了。那二睁开眼睛后回味了几分钟，羞得把个空调被蒙在头上又掀开，来回折腾几次终于起床了。

那二在想什么时候叫曹大河来家里瞧瞧，没来过自己的住处总像没接纳他一样，至少曹大河会这么想。她的住所一旦踏进来意义就不同了，这个空间是那二独有而且私密的，任何人来都是闯入。她虽然寂寞，并不迫切地需要人陪。以前，伍晓华偶尔住在这里，凭空多了一个人她都觉得有些不习惯。她似乎总是没有达到结婚的状态，甚至无法想象跟一个人共同睡几十年是个什么样子的情况。她并非喜新厌旧，甚至很懒得去换男朋友，都是直到继续不下去了，被甩或者甩人很少是因为厌倦。她喜欢抚摸熟悉的皮肤，用熟悉的器官，那种感觉很安全很踏实。

那二喜欢开房间，在临时属于自己的空间里寻欢。她想过这问题，她不小气，甚至是慷慨的，是她一直不肯接纳别人，要把自己的空间留给最想给的那个人。只是，他一直没来过。在等待的冗长日子里，那二写过这样一段矫情的文字：

岁月常新，我在一丝丝老去，等不到你，只好幽柔地在时光里静默。无论何时，你从对面的千百张面孔中走来，我亦会泪流满面。轻轻说声：你来了，我一直在等你。

这样等待的痛与哀伤，被那二在文字中释放，她有了出口，便能在欲望横流的生活里沉静下来，亦能从平淡中咂摸出一丝甘美来。

该煲个汤喝了，家里一周最多也就开一两次火，那二总要变着花样满足自己的胃。上周买了半只老鸭，放了竹荪和山药一起煲汤，这是那二自己配的料，都是她喜欢的口味，吃得细汗涔涔，心满意足。这周要买根猪棒骨回来了，再放点口蘑和莲子，一直煲到汤汁瓷白，油光浮动，闻着吃着都是享受。

拎了一只购物袋出门，刚打开门那二就见了"鬼"，那个诗人野山竟然在家门口看报纸，旁边放着他的旅行包，屁股下还坐了一个板凳。那二皱起了眉头，喉咙立马像吞了只苍蝇，难受得几乎要吐要发疯。那二低着头要过去，野山站了起来，讪讪地向她问好。那二生气了。

"你要怎么样？你到底要怎么样？我不是说过了我讨厌别人跟踪我，你竟然还三番五次待在我家门口，什么意思？"那二盯着他，目露凶光。

野山眼睛里有怯意，那怯意充满心机，这眼神真叫人讨厌。"我……我就是想看看你。"

"你看我做什么？你不看我我倒是开心点。麻烦你别再来了行吗？"

"我有这么讨厌吗？我就是想讨教你一些问题……"

"对不起，我不认识你。我没必要回答你。"

这时，邻居阿姨出来了。"小那，你脾气好点，不要骂他了。这个男孩子来了不少回了，我看他人蛮老实的。我早晨出来，他就坐在这里等你了，我就给他拿了只板凳出来。现在这样追小姑娘的男孩子不多了，蛮有劲的。"

上海人称未婚女子叫小姑娘，称未婚男子叫男孩子，这样的称谓方式叫三十已过的那二多少有些不适应。上海也有热心人，但她总感觉这邻居阿姨热心的不是地方，最好对这样的事不要管。野山见有了人帮衬，显得自己有些委屈似的，那二却对他的表现更加厌恶了。这个面目模糊的男人叫她有种说不上来的厌恶感，她一看到他就满心烦躁。

可是，邻居阿姨的面子总是要给点。

"阿姨，没事的。我要出去买小菜，我先走了啊。"

"好，好。两个人好好说话，不要吵……"

那二扔下野山不理，带着怨气出去买菜，到了超市忘记自己要买什么了。她绕了半天，在冰柜里看见躺着的一大堆猪棒骨，顿觉充满暴力和血腥，叫她一阵作呕。她仓皇地离开生肉区域，只买了点半成品和酸

奶带了回去。一路上，她祈祷着：讨厌的人，赶紧消失吧……

她磨蹭着回到家，已经接近午时，她希望野山早已经离去，可是，他仍旧在门口立着，小板凳应该是已经还回去了。野山眼睛里充满了哀求，连原有的那些心机也被淹没了。

"那二，我没别的想法，我大老远来了，就是想看看你……"他说完了等着那二戗他，然而没有，那二就怕别人用那种可怜兮兮的目光看她，像条摇尾乞怜的狗一样。那二不喜欢养狗，因为狗的目光多数时候是可怜巴巴的，叫人不忍对它不好。

"可是，看到你，我就想能跟你说几句话，也够我荣幸的……"他继续说。

这次被那二打断了："那么，你现在看过了，也说过了，是不是该离开了？"

"是，我今天是打算离开上海了。可是，你能给我喝杯水吗？我从早晨到现在滴水未进。"野山的口气像是在乞讨。

那二简直要崩溃了，乞讨到家门口了。印象中这样的事情只有20多年前才会发生，那时乞丐就经常会敲开别人家的门……她不能对一个求上门要口水的乞丐拒之门外吧？她纠结着，慢慢打开家门，然后看了看野山又关上。她在家里手足无措，一时找不到很好的办法拒绝。再想了想，自己也没必要这么刻薄，这么多年一路也不知道帮了多少人，给人一杯水一口饭又能少些什么？她先把卧室的门关上，然后倒了杯水放在客厅里，打开门把候在门外的野山叫了进来，她没关门，把门敞开了。

野山从外面进来，要找拖鞋去换，被那二拒绝了。

"你不用换鞋了，水在那边，你先喝。既然来了，吃完饭再走吧，吃过饭以后希望你能永远消失，因为我要结婚了，我不想我未婚夫对我有不良印象。"

说完，那二闪进了厨房，她要把超市买回来的半成品加工成熟的。她把厨房门关上，自己在里面皱着眉头琢磨这事，真是见鬼。

十分钟以后出来，发现野山竟然倒在沙发上睡着了。野山张着嘴打呼噜的样子像只等着天上掉馅饼的癞蛤蟆。那二全身不舒服，用一次性碗筷给野山盛好米粉，放在桌子上。自己那份她根本就没做。

她皱着眉头喊野山："哎，快起来吧，饭好了！"

野山没听见一样。

她继续喊。

野山抬了抬眼皮，又睡过去了。

那二丧气了，她呆呆地坐在椅子上，盯着噩梦一样的野山，自己也不清楚怎么就把自己给圈进来了。

这时，手机响了，袁嘉打来电话。袁嘉喊那二去大阿姐家打牌，那二琢磨着袁嘉又缓过劲来了，离割腕自杀还没几天，她又开始四处找乐子了。

可是，家里这个人怎么办呢？那二踢了他一脚，他睡意朦胧地看了她一眼别过头继续睡。看他那样子好像几天没睡觉了，那二慈悲心又泛滥了，已经准备踢下去的脚踢不下去了。她气得直喘粗气，写了张纸条给野山，希望他起来以后赶紧走人。离开家的时候，那二刻意把卧室的门锁好，又把时常挂在门后的备用钥匙收了起来，以防他进屋造次。

Chapter 26

婚内的境外征婚

　　袁嘉总不能叫自己闲着，杨旭心不在她这里了，虽然两个人还在一起搭伙过日子。她没事相过几次亲，发现能轮到她的好男人已经绝迹了。她又发现剩下的女人多数还不错，剩下的男人就真没法看了。钻石王老五不是她的菜，就连带个孩子的有钱老男人都不是她的菜，再剩下的不是长得歪瓜裂枣，就是穷得矮人三分。最后一次相亲会，袁嘉被个穷鬼追得连跑带跳，闪得那个快，都能赶上刘翔了。

　　逸锦大阿姐又给了她建议，你不能光在国内男人身上打转，你得放眼世界。袁嘉开窍了。是哦，老外多数可没这么现实，最不济也能过个小康，以后如果能世界各地飞也不错。她从网上搜了一个涉外交友网站，放了张照片，美化了一下个人资料，等待老外男友落网。

　　逸锦大阿姐曾经在日本做过糕点师，她在日本有不少朋友，手里倒是有一个现成的给袁嘉介绍。那人是上海人，在日本已经生活了快20年，早些年就落户在日本，如今是东京某星级饭店的厨师长，结了4次婚又离了4次，最近几年刚好又单身。袁嘉见过他几次，那人从袁嘉年纪小的时候就看上了她，袁嘉却一直就没看着那个人好。这次逸锦大阿姐提起他来，袁嘉又是摇头，没一点点感觉，没法走到一起。

　　袁嘉竟然收到几封来自欧美的求爱信，她挺兴奋，想不到自己的照片还挺有影响力。可惜，她是英盲。

　　"杨旭，杨旭——你过来。"袁嘉喊。

　　"干吗啊？"杨旭在客厅另一头上网。

　　"给我翻译一下，有人给我发信求爱啦！"

杨旭半信半疑，不知道袁嘉又在搞什么花样，他放下手里的活凑了过去，看了看还真是这么回事。

　　"唉？咱们还没离婚吧？你竟然就征婚了？还找老外！"杨旭很惊讶，但并没那么恼怒，甚至带着点由衷的笑意，是被这事儿给逗笑的。

　　"看你这样子，我迟早都得另做打算。趁现在还能拿得出去，赶紧先找两个备着。"

　　"还两个？真有你的。"杨旭把那"还两个"说得很夸张。

　　"是呀，就先两个吧。我又不会英文，找多了你翻译起来也麻烦。"

　　"我没答应给你翻译呀，我就是过来看看。"

　　袁嘉傻笑着求杨旭："哎呀，你就给我翻译一下嘛，那 55 是不是说年龄呢？啥条件啊？"

　　"没错，是 55 岁，这人在美国芝加哥市库克县的某个乡下是个牧场主，有过一次婚史，有三个孩子。袁嘉，恭喜你，如果你以后嫁过去就有五个孩子了。"

　　"这心你都操。不过，有个牧场可以考虑哦。喝奶不用花钱了。"

　　"我倒是担心你被骗去当挤奶工。"

　　"切，我那么容易被骗？这么多年你还是那么不了解我。赶紧看下一个。"

　　"哟，这个还不错嘛，是个会计师，是澳大利亚首都堪培拉的。"

　　"澳大利亚的首都不是悉尼吗？怎么是堪培拉？"

　　"谁告诉你是悉尼了？悉尼有名气就应该当首都啊？没文化真可怕。"

　　袁嘉被耻笑得很没面子。"哼，要不是我怎么衬托你有文化呢？这个会计师 47 岁，跟我年纪差不太多嘛。哟，他头发是棕色的，我就喜欢男人这颜色的头发。"

　　"咦？这还有个 27 岁的给你来信呢，新西兰尼尔森市的。身高 187cm，体重 172 磅，职业是品酒师。哇，不错耶！还是个猛男。这个除了能满足你的兽欲，你还可以考虑给他当个小妈，发挥你的母爱余热。"杨旭开心地调侃。

　　袁嘉笑得眼睛都眯成一条缝了。"他奶奶的，我这身子板儿，还想多活几年呢。就把刚才那个 47 岁的会计师给我看看。"

　　"会计师哦，会计师……他离过两次婚，但是没孩子，如今养了一条

狗，一只猫，但是发现猫最近怀孕了。喜欢旅游和运动，喜欢中国文化，想和一个中国女人共同游西藏。"

"唉，我看这个不错。信里那么长，还说了什么？"

"我不告诉你。"说着，杨旭走开去玩儿他的电脑了。

"你就给我翻译一下嘛，对你来说多小事儿啊……"袁嘉真够没心没肺的。

杨旭有点生气了："我不！你当我傻啊？给自己老婆找对象当翻译！你有病！我没病！"

袁嘉倒是挺开心，捉弄人玩儿就是挺有意思，但这并非捉弄杨旭，是她真的需要杨旭的帮助。反正在她这个非主流家庭里，发生什么事情都很正常。

袁嘉在逸锦大阿姐家等那二，先是跟家里人把这些事情讲了一遍，把姐姐姐夫和姑妈都逗得笑个不停。大阿姐的儿子小坤也在，小坤对婆婆妈妈的事情不感兴趣，对人也不太热情，平时遇见家里来人问候一句就进屋去了，今天听见袁嘉讲这事也跑了出来，他告诉袁嘉可以用软件翻译。大姐夫留过洋，说软件翻译过来的不太对，如果翻译英文只为了看信还行，写信就基本前言不搭后语了。逸锦大阿姐差姐夫替袁嘉翻译了信，然后又替她回复了，弄好这些大家坐在一起讨论。

"袁嘉，这样不行啊，写写信别人可以帮忙，真到了见面怎么办？你们总不能打哑语吧？现学也来不及哦！"逸锦大阿姐说。

大姐夫是个明白人，他说："我从美国回来的，就算在当地，找亚洲人结婚的也不多。首先文化不一样，其次你们语言都不通，磨合也需要时间的。问题是你们有时间磨合吗？总不能一见面就生活在一起吧？什么都不合拍，没有交流，这样的婚姻根本无法长久。我说袁嘉，别瞎折腾了，你还是等杨旭折腾够了他就老实了。实在不行，就从国内找一个。真到了国外受欺负，我们总不能跑国外帮你吧？你仔细想想。"

袁嘉听着在理，呷着绿茶无意识地盯着茶桌上某个地方斟酌的利弊。

姑妈也说话了："袁嘉，姑妈从小把你看大，人各有天命，你运道说不上最好，也说不上差。跟你父母去了北京二十几年好不容易又回来了，上海是个啥地方？中国最好的城市。论讲吃，论讲穿，论讲格调，这个地方都是顶顶好的。老外算个啥？你随便去外面兜一圈，到处都能看到洋人。老外都来上海混来了，你做啥要出去？不就是老公外遇了嘛，你看看我们这幢楼里，有哪家女人敢理直气壮地说自己的老公没外遇？这年头，不外遇倒是不正常了。男人嘛，再折腾也扛不过岁月，到了一定的岁数伊拉（他们）总归要折腾不动的。你也别太较真，自己想出去混就出去混，不想出去就自己找平衡，再嫁一个你也难保伊就不是这德行。人要想开点，不要成天为这些事烦恼。"

逸锦大阿姐瞅着袁嘉不说话，又问她："最近和杨旭关系好点了没有？"

袁嘉点了点头："嗯。好些了，好像他也没怎么跟胡佳蓓联系，反正我在家没看到，在外面我又不知道。网上跟别人聊我也懒得看他，管多了也就是个吵架。"

"是的呀，不要去管伊。打架的夫妻我也见多了，像你们这样的，闹腾够了还得在一起过。"逸锦大阿姐说着又想起那二来，"那二怎么还不来？这麻将局子要不开不起来了，又是三缺一。"

"应该快到了吧。"袁嘉说。

姑妈接话："我今朝头昏，不想白相（玩儿）了，你们还是另外找个人来。"

"我来帮外婆玩儿，反正晚上我才有约会。"小坤想凑个热闹。

逸锦大阿姐笑着说儿子："你哪里好玩去哪里玩啊，你老爸都不玩你来凑啥热闹？哟，看来还得找人，现在打电话给7楼的黄阿姨，看看伊拉开战了没有。"

袁嘉想起什么似的："欸，我看这样，今朝叫那二她男朋友一道来玩好了。我在网上有一回跟他提过，你们正好也见见。"

逸锦大阿姐挺感兴趣："好的呀，就是你给介绍的那个男的吧？叫伊来啊，我们赢伊钞票吃海底捞去。"

袁嘉笑说："我这就打，先不告诉那二，等伊来了叫伊惊喜一下。"袁嘉去翻手机，果真给曹大河打电话。

姑妈在一旁讲："你们还想赢人家钞票，三女一男，很容易叫男的大赢。"

逸锦大阿姐："哦哟，姆妈，我们就算赢了，钞票还不是要花出去请客，有个男的调剂下气氛不是蛮好。"

刚说着话，那二来了。那二提来了一颗很大的西瓜，外面天气热，

她的脸微微发红。大阿姐说，那二，以后你来就来，不要带东西来，不要这么客气。那二笑了笑，没说话。在大阿姐和袁嘉面前，那二话总是不多，听着她们说话，她倒觉得蛮有意思。她感觉自己的生活没意思，除了工作还能提起点劲头来，恋爱很平淡，生活很简单。再有旁的，诸如叫人懊恼的野山，她更不愿意提及。

大概过了一刻钟，曹大河也来了。这叫那二感到惊讶，袁嘉和大阿姐就都笑了，说给那二个惊喜。那二和曹大河对视了一下，不期而遇，两人心底都有些欢喜。那二脸上刚刚落下去的红晕，又悄悄地腾了起来。

曹大河带来一大袋子进口水果，很体面的。那二想，幸好不是那种包装好的水果篮子，正式得怪俗气。姑妈为曹大河泡了一杯茶进屋去休息，余下几个麻将搭子便开战了。

曹大河说自己不太会玩，仅仅是过年时候和亲戚来两把。逸锦大阿姐接话，你们这样的人哪跟我们这些闲人比，成天玩麻将，那都是浪费生命。曹大河跟逸锦大阿姐家人用上海话交谈，连袁嘉也说上海话。那二几乎都能听得懂，日常的沪语她也能讲得地道，只是每每别人用沪语交谈的时候她便不觉得跟自己有关系，无意识地把自己游离于上海人的外面，话就更加的少。曹大河见那二时间久了不说话，便用普通话问她几句，那二便像惊醒了一样，胡乱回答几句。她心里却是觉得温暖的，总算有人在意她了，她便在上海也不算是完全孤单的。

一局麻将下来，果真叫姑妈说中了，曹大河一个人赢。不会玩儿牌的人一般手气壮，连常赢钱的那二都输了些，免不了叫逸锦大阿姐和袁嘉调侃：哦哟，这两口子，不是女的赢就是男的赢。曹大河心里很开心，看看那二，那二也咪咪地笑。那二心里想，曹大河，你可不要小气，赢钱了可别带回去。果不然，曹大河定要请大家去吃海底捞，逸锦大阿姐倒是不好意思了。那二站了曹大河女朋友的立场，笑着叫袁嘉把姑妈、姐夫、小坤也都叫出来。各位快点走啦，不吃白不吃。

海底捞离大阿姐家不远，一行人散着步过去。路上曹大河帮那二拎着包，那二的两只手空了下来，走路有些不自然。曹大河觉察了，便轻轻牵了她的手。一路上，那二是忍着不要脸红的。

袁嘉看到了笑着感慨：谈恋爱的时候，就是很甜蜜。以前我和杨旭坐卧铺来上海，中间是过道嘛，两个人睡觉都拉着手。真是浪得不轻快儿……

Chapter 27
那二的噩梦开始

送那二回去的时候，曹大河和那二都沉浸在前所未有的温馨之中，两个人似乎从这一刻才真正谈起了恋爱。那二跟曹大河说话的态度明显柔和了不少，曹大河心里高兴，继而约那二第二天下午去新世界看电影。

到了那二家楼下，曹大河因没有受到那二的邀请，也不再要求上去坐了，他只是温情脉脉地看着那二。那二突然想起了野山，不知道那个人到底走了没走，家里怎么样了。她心里装了事儿，有点忐忑不安，临别时主动给了曹大河一个拥抱。曹大河贴紧那二胸脯那一刻兴奋得有点哆嗦。他早就注意过那二的胸脯，人瘦，胸却不小，估计得有个 C 罩。

那二提心吊胆地打开家门，被眼前的景象给气坏了。野山竟然没走，在她家的餐桌上摆出笔记本电脑写东西，还真没把自己当外人。那二黑着个脸，野山先讪笑着搭腔了。

"那二，你回来啦？谢谢你的饭啊，我吃过了。"

"吃过了还不快走?!你没看到我给你留的纸条吗？"那二气得脸都歪了。

野山似乎没有走的意思："看到了，我刚才收拾家，扔垃圾桶了。你家马桶漏水，我帮你修好了。"

"用你管?!你算哪门子人啊？你赶紧给我走！"

那二盯着野山，他似乎洗过澡了，头发显得蓬松亮泽，却仍没洗掉他身上的粗俗气息，小小的客厅因为野山的占据显得拥堵而杂乱。

野山被盯得不自在，他顿了顿，许是琢磨该怎么回答，本来轻松的

表情变得尴尬继而又变得可怜巴巴。这点变化看在那二眼里，她感觉野山心机颇深，探不到他的底。

野山的说话声嗫嚅起来："我没地方睡觉了，能留我一晚上吗？"

那二皱着眉头："不能！你没地方睡觉跟我有什么关系？！你别得寸进尺，请你马上离开！"

野山眼睛里此刻都是哀求，他突然腿一软跌坐在沙发上，两手插进头发里撕扯着。"那二，我求求你了，我再有5天就能去宁波报到了，我就在你这里住5天。"说罢，他伸出树杈一样的五根手指，难民般地看着她。

"你是我什么人啊？你不是在上海朋友家住吗？干吗跑来找我？"那二就奇了怪了。

"我朋友前阵子就搬家离开上海了，我已经住了几天旅馆，最近实在没钱了，昨天在你家门外坐着睡了一晚。"

"你为什么不早点离开呢？难道你就看不出来我很烦你吗？再说，我一个单身女人怎么收留你？叫我男朋友看见要误会的！这样，我给你点钱，你愿意住旅馆、愿意离开上海随你便，就是不要出现在我家周围，OK？"那二气呼呼地一边说一边从钱包里往出拿钱，她点了300元放在桌子上。

野山连忙摆手："我不要钱，我不要钱！我写了部小说，本来就是想叫你给我指点指点的。我看过你的几篇文章，感觉风格跟我的挺像，应该能给我点好建议。"

"我是杂志编辑，写的是短篇，经常审稿也是审的短篇，跟长篇没多大关系。麻烦你搞搞清楚好不好？再说，看稿子就看稿子，你来我家不走是什么意思？"

"我知道，我知道，我这不是崇拜你吗？"

"别逗了。我用自己名字发表的文章不超过30个短篇，其他的都用笔名，这种编辑在文学界都排不上号的，你别以为给我戴高帽子我就不知道自己几斤几两。不过，我现在不想说这个问题，请你马上离开。太晚了，我要休息了。"

野山表现得无比委屈，他起来收拾自己电脑，嘴里嘟囔着："那好吧，既然你也不愿意帮我就算了，我到火车站去睡几天。给你添麻烦了啊。"

那二一听他要走，口气也软了下来，把那 300 块钱推到他跟前。"我也帮不了你大忙，一个单身女人也不便留你，这 300 块钱你带着吧。关于小说的事情，你愿意的话就给我发 E-mail。不好意思了。"

野山的委屈里还有些埋怨，他只收拾了自己的东西，没拿那 300 块钱，边道谢边打开门离去。那道谢不是诚心的，而是带着一些负气，像别人欠了他一样言不由衷。

那二盯着野山离去，她把门锁好又仔细上了保险。她显然被野山气坏了，拿起空气清新剂在家里一顿乱喷。此时已是午夜 12 点，她把沙发套子摘下去清洗，又把家里一顿整理擦洗。她的潜意识里，仿佛野山是块臭肉，要把她的人生熏臭了。

裴苏苏此刻在和人煲电话粥。

自打上星期她和那二在酒吧门口一别，两人一直没联系。裴苏苏有时候在 MSN 上看见那二在线，就只等那二先搭理她，她始终不去和她打招呼，可那二也没理她。她为酒吧的事情有点不开心，尽管那二后来发信息叫她别忘记用安全套，可是好心情还是被破坏了。后来，她也没趣地打车回家，白白把个良宵给枉费了。她有时候真看不惯那二装正经的样子，幸好她没装处女，否则真够倒胃口的。那二总是傻得可以，脑子就像被门挤过，某些方面永远跟她不合辙。裴苏苏气哼哼地想。一抬头看见那二买给她的水绿色真丝裙挂在衣架上，她的心又柔软了，自己其实也是喜欢她的，喜欢她的傻，喜欢她总是在需要的时候就会出现。

对于裴苏苏来说，没有人照顾的人生，简直就是悲惨世界。她的经济危机迫在眉睫，找个靠山才是重要的。电话那头的人前天应聘的时候刚认识，以裴苏苏的朦胧电眼，想勾搭个男人还是比较容易的。那个男人是新加坡籍华人，在中国和朋友合伙投资贸易公司，叫杰森李。

那天，裴苏苏去 H 公司面试，下了电梯就转了向，奔着杰森李的公司去了。投的简历多，连着两天面试，裴苏苏根本也没注意究竟是什么公司。又碰到一个马虎的前台小姐，也没多看裴苏苏的简历，直接就通知了杰森李。杰森李的公司也在招聘，那天刚好是复试的日子，所以才轮到杰森李筛选。

裴苏苏先是被杰森李身上的望族气息给征服了，然后就是杰森李的儒雅风度，她一边回答他的问题，一边想，这是个妇女杀手哟。杰森李问了裴苏苏几个问题，似乎跟裴苏苏要面试的职位不相关，裴苏苏就着问题凭自己的见解回答了。

最后，杰森李稍微耸了下肩膀说："我不清楚人事部是否被你优秀的外表给迷惑了，因为你显然不适合这个职位。"

裴苏苏才感觉奇怪："我做了 5 年文秘，第一次被问这么奇怪的问题。您能确定没有问错问题吗？"

杰森李摇着头说："文秘？Oh, no。我们今天在招聘项目管理，主要针对欧洲市场。会不会是前台搞错了？"

"项目管理？欧洲市场？这不是日资公司吗？"裴苏苏瞪大了眼睛。

杰森李恍然大悟，笑了。"噢，小姐，你走错公司了，H 公司在对面。"

裴苏苏害羞地笑了。这不是个很好的开端吗？意外之外，情理之中。她忍不住给了杰森李一个调皮的微笑。

"哦，实在不好意思，是我糊涂。"她眯着眼，咬了咬下嘴唇。

"没关系，这样的事情很有趣。"杰森李欣赏地看着裴苏苏。

"那，我告辞了，祝您工作愉快！"裴苏苏站起来，很日本化地行礼告辞。

杰森李没站起来，眼睛带着笑意点头回礼："Good luck！"

裴苏苏能闻到那眼神里的味道，她知道杰森李对她有好感。刚才她注意到杰森李带了一块欧米伽的手表，她喜欢戴点装饰的男人，不要多，一块手表或者一枚戒指，都叫她欣赏。

在 H 公司的面试就有点心不在焉了，前面是个二十五六岁的女孩，她瞥见了她的简历，上海交通大学的硕士。女孩子自信满满的样子，坐得腰板儿挺直。裴苏苏心里不禁感慨了一下：再不加紧，以后愈发艰难了，跟刚毕业的才女们争饭吃。

面试出来，她在走廊上看见杰森李在打电话，她都怀疑杰森李在故意等她。她没猜错。

裴苏苏笑着跟杰森李招了招手算是招呼，然后走向电梯，她心里默默数着：1，2，3……

"裴小姐，我们又见面了，面试顺利吗?"身后传来杰森李的声音。

裴苏苏带着胜利的微笑转过身去:"您好，刚才见您忙……我，面试还好。"

这时，叮的一声，电梯来了。

"那我先走了。"裴苏苏说。

杰森李跟着说:"哦，一起，我也刚好下去。"

杰森李跟着裴苏苏进了电梯。

故事讲到这里，下面的事情就顺理成章了。裴苏苏和杰森李去吃了晚饭。在南京西路上的西餐厅里，裴苏苏用刀叉肢解着七分熟的牛排，嘴里法国鹅肝的余味袅袅，酒杯里浓郁凝泽的葡萄酒酒不醉人人自醉。这才叫生活呢，那种青菜豆腐的日子充其量也就是活着。对面这种男人才叫男人呢，儒雅，多金，家庭背景、教育背景都顶顶的好。唉，是不是自己的菜先吃着。

杰森李喜欢看名人传记，打网球，已经走过半个地球，半年在中国，半年在世界各地。裴苏苏了解是欢喜的，是她想象中另一半的模样。裴苏苏这次要给自己些余地，她要装正经，装得像那二一样。吃过饭又喝了一杯咖啡，她说要回家休息了，平时喜欢早睡，也喜欢睡觉前看阵子书。杰森李遵循她的意愿。

可惜啊，还没来得及发展，杰森李就去北京出差了。在电话里，杰森李说北京会议结束后要去巴西一趟。他是不折不扣的空中飞人。裴苏苏娇嗔地怨尤。她也明白了为何杰森李年届四十还没有结婚的原因，他才是真正的朝夕必争，没时间恋爱，没时间结婚生子照顾家庭。她又后悔那天晚上不该装正经来着，为何不迅速搞定他? 又想，即使当时搞定说不定也只是个美丽的过程，难以走到结局。人，是最难把握的。

上午十点钟左右，曹大河打电话给那二，说他在家煲了乌鸡党参汤，又买了条桂鱼做清蒸，他做好了等那二来吃，吃好以后下午去看电影。那二听了以后感觉幸福满满的。家里有一瓶采访时赠送的法国红酒，一个人的时候总想不起来喝，她打算带过去和曹大河分享。

刚打开门又被眼前的景象惊呆了，原本坐在门口的野山顺势半个身体躺进门里。他紧闭双眼，一副不省人事的样子。那二一时愣在原地，

少顷，她轻轻踢了野山一脚，野山没有动。她用手摸了摸野山的鼻息，还在，却是喷着超常的热气。她又摸了摸野山的额头，热得烫手。她害怕了，昨夜把他赶出家门，他就这么坐在门口了，估计是受了寒。这下，为难到那二了，如果不管，显得自己没人性，如果管，接下来她要怎么收场还是个问题。再说，现在这样，一个男人，她也抬不动，不能眼看着他在家门口病死吧？

正在为难，邻居阿姨和她的爱人也过来了。

"哦哟，这个男孩不听的，我早晨就叫伊敲门了，伊不肯，不要我们管。小那，你看怎么办吧？伊好像生病了。"阿姨皱着眉头说。

阿姨的先生摇着头："追女孩子没有这个追法的嘛。这样下去，人家小姑娘不是被吓跑啦？现在这个样子嘛，不管又说不过去。唉，真是的。"

那二看着躺在地上的野山拿不定主意，可是再不管，也不能就这么躺下去，邻居们也跟着揪心。

"大叔，谢谢您了，这样，您帮我一道把他拖进来吧。再不管，我也怕出人命了。"

邻居阿姨的先生一边帮那二拖着死猪一样的野山进屋一边说："小那，你要想想好，把伊的病治好，赶紧叫伊回去吧。这个人好像配不上你……"他没说完，被邻居阿姨扯了一下衣服制止了。

邻居阿姨轻声地说："声音轻点，叫伊听到，这个人你看什么事情都能做出来的样子……"

他的先生立马不出声了。

躺到沙发上野山似乎有了点知觉，那二不常生病，家里除了感冒药没别的，邻居阿姨回家又找来了几颗消炎祛火的药，那二帮着把药喂给半昏迷的野山。

邻居阿姨和先生走了以后，那二恐慌无助起来，家里凭空添了这么一个莫名其妙叫她讨厌的人，到底该怎么办啊？对曹大河是不能说的，一时半会儿也解释不清。给别人说了也没用。发了阵子呆，抬头一看，马上就要12点了，那二才恍惚地出门。

跟曹大河在一起的时候，那二强打起精神，她怕曹大河看出她的恍惚，尽力保持着微笑，但有了思想压力，话更少更简短了。曹大河以为她还在因客气而矜持。看电影的时候那二也跑神了，该笑的时候她一动不动，该哭的时候她也面无表情。曹大河悄悄握住了那二的手，那二才惊醒过来，她没有抗拒，任凭他捏着她的手，时松时紧。相处了有几个月了，她不能总是跟曹大河保持距离，这样曹大河心里会没有底。

看好电影，曹大河带她去了他最好的朋友王哲家。以前约过好几次，都因事情耽搁了而没成行。记得有一次说一起吃饭，曹大河去出差了，还有一次那二又临时采访。似乎没有比这天更合适的时间了。

王哲一家三口住在 90 平方的两居室里，家里凌乱得很有生活气息。王哲跟太太用几分钟时间收拾出一角清爽的地方，请曹大河和那二就坐。王哲 3 岁的儿子跟曹大河挺熟，拉着他一起玩曹大河和那二买给他的遥控警车。王哲的太太是小家碧玉型，看得出活得开心而自如，那种已婚的心安理得在她身上纤毫毕见。那二忽然感觉这样的生活才是真实的烟火。坐在地板上与儿童玩耍的曹大河真像一个父亲，那二看着他内心温暖起来。

再没有哪次回家如此艰难，那二与曹大河分别后独自踏进楼里，心里既委屈又纠结。回到家里，野山还在睡觉，似乎醒来过了。那二看了看冰箱，少了些酸奶和水果，连昨天买回来的半成品也不见了，垃圾桶里是扔掉的外包装。她已经没劲去跟野山较真了，客厅里充斥着野山的味道，她要崩溃了。

这是那二在这个屋子里有史以来过得最煎熬的一晚。

Chapter 28
丑闻的诞生

　　周一，那二上班的时候带好了洗漱用品和换洗内衣。临出门的时候，野山头发蓬乱地坐在沙发上，继续用难民一样的眼神看着那二。那二懒得看他，站在门口随时要走。

　　"你好些了没有？"

　　"还不太好。"

　　"那你打算什么时候离开？"

　　"我能再住四天吗？"

　　"就四天对吗？"

　　"嗯。"

　　"好。"那二冷冷地不看他一眼，把餐厅外卖单和一百块钱放在桌上。"这是四天的伙食费。"

　　"哦，谢谢，不要了……"野山要道谢，被那二制止了。

　　"别谢我，如果你能从我眼前彻底消失，我就谢天谢地了。就当我花钱消灾。还有，希望你走的时候什么都别带走，当然，什么也都别留下。"

　　说完，那二走了。

　　外面天气大好，那二长出了一口气，反正是晚上不要回来了，她要去如家住。离她家不到两百米的地方就有一个如家快捷酒店，说起来是如家，实际上酒店当然不如家。

　　周一一般是社里最忙的时候，今天就更忙了，明天下午就是酒会，今天社里的人都要去酒店彩排以及落实相关事宜。最近，那二因为事情多也忽略了王总编对她的态度，仔细琢磨下似乎比以前更不热情，那二也没放在心上。这个社她刚待了一年多，曾经的社里待了三年多，还是人一走茶就凉，跟同事几乎都很少有联系。那二曾经也喜欢怀旧，打电话给以前的同事约着出来吃饭，除了饭好吃，话已经没什么好说的了。城市越大，人情越淡薄。像袁嘉的逸锦大阿姐那样热情好客的一家人，还真是蛮难找的。

在酒店的超大会议室里，王总编正在安排小渔她们一些事情，那二除了彩排还要大略记住那些客户的头衔，倒不归王总编调遣。那二看了看那邀请嘉宾的名单，有头有脸的人物不少。她不禁有些紧张，拿着台词稿靠在签到桌旁怔怔地发呆。许维突然从后面过来，塞到她手里一袋雪糕，那二被突如其来地惊了一下，无意识地将雪糕扔在了地上。许维自己手里也拿着一根在吃，他瞧了瞧傻了吧唧的那二，又把雪糕捡起来给她。那二也不谢，拿过来拆开包装就吃。

"你准备好了吗？"许维问。

"不是太好。"那二被雪糕凉得表情拧巴。

"上周还信心十足的嘛。"

"也许明天就好了。"

"你看上去有些紧张。"

"嗯，我容易怯场，所以，明天记得给我打气。"

许维笑："为什么托付给我？"

"因为，你在乎我。"

"你也知道？"

那二一本正经地点头，"嗯。"

许维嘴里吃着雪糕，开心地看着那二。

"许维——"樱桃过来了。

许维回过头去答应。

"许维，那二，你们去过化妆间了没有？酒店这边只肯腾出一间房来给我们换衣服和化妆。明天除了我们的衣服，还有请来表演节目的演员呢。你们要不要先去占个地方？不过，我看是够呛，有点折腾不开。"樱桃比比画画地说，今天的蓝色眼影没有涂匀，眨眼的时候看起来更明显。

许维和那二跟着樱桃过去了，酒店给腾出来的这间化妆间的确不够大，首先换衣服没地方。那二叫来服务员叫他们再想想法子，服务员说房间都满了，他们只能提供两个屏风把房间隔开。后来，那二同许维和樱桃商议了一下，感觉也没有更合适的方法了，只好同意酒店方面的安排。

下班以后，她没有回家，直接去如家开了四天房。自己平白无故为了一个不相干的人破费，她着实有点想不通。那二每天要换衣服，家里有野山在十分不方便，想想再换三天的衣服野山就要走了，也就忍了这口气。反正酒店离家近，她吃好晚饭溜达着走回家取衣服。

回到家她即刻被雷了一下，桌上竟然放着一大盆菜，大概是肉炒莴笋之类的，颜色酱深。野山见她回来笑着上前招呼。

"那二，你回来啦？我刚做好菜一会儿，等你回来吃呢。"

那二冷冷地说："我吃过了，谢谢。"

野山有点失落地哦了一声。

那二打开卧室的门进去。心里想，除非不吃这菜就要饿死，否则她才不会吃。一个菜炒一大盆，没个色香味，连个汤都没有，当是喂猪呢。再说，凭什么跟他一起吃饭？

她在屋里收拾衣服和首饰，外面野山又在敲门。

那二不耐烦地应道："你干吗？有事吗？"

野山在门外答："有事，今天你们房东来过了，还带了个人来看房子。后来，叫我告诉你一声，这房子要卖，叫你最近准备一下，半个月左右时间就得搬家。"

那二听了这话赶紧打开门，野山把话又重复了一遍。那二给房东打了个电话，确认房东的话属实，她的心里装了事。找房子价钱和地段都合适的真不太容易，那二最怕搬家。在上海8年里搬了3次家，这对任意一个漂泊的人来讲都不算多，可她是个懒惰的人，最烦的就是换地方。

上海的房价总像有人在用力拍皮球，低一下又反弹，高得更厉害。上个房东就是在房价高的时候抛售，他要是能再等三年到现在，又能多卖几十万。在上海存啥都没存房子值钱。那二没经济头脑，不然早该买套小房子下来，父母也说支持一部分，早买现在都翻了几倍了。没买的原因是她一直犹豫要不要生活在这个寂寞的城市，再则，即便留下找个有房子的男人结婚就得了，何必累自己累家人。

那二因房东的事情情致又低落了一些，本来有个野山就够烦的了。

公司的答谢酒会上，尽管宾客极尽华服美饰，那二的出场仍旧惊艳。她长得洋气，造型师为她做了一个奥黛丽·赫本的经典造型，那件打折的红色晚礼服被她穿得风生水起。想起当初那件红色礼服夹在诸多的礼服中间，没有谁敢取出来冒险。正红的色泽，柔滑细腻的厚缎，裙子后背大胆开到腰际，有两根细带子绕到背后打了个欲盖弥彰的"×"，修身的鱼尾设计，把那二最美好的曲线都彰显到位。裙子的长度刚好没过那二的银色高跟鞋，人显得更加挺拔。她一出场，身上便落满了嫉妒的、赞赏的此类目光。

社长小声跟身边的珠宝商说："这是我们公司的文化版编辑。"

许维眼睛都发直了，他为了配合那二的红色礼服，自己准备了一套白色的礼服，站在她的旁边却觉得自己像个冒充大人的孩子。

那二要上台了，许维做了一个加油状："那二，你真美。加油！"

那二笑了笑："谢谢，我们走吧。"

那二和许维搭档得严丝合缝，许维比想象中还要上得了台面，他们都没想到能如此和谐顺畅。那二紧绷着的心情从化妆做造型开始就一点点松懈，她知道自己一定行的。她已然不顾小渔和樱桃等人的目光了，她知道自己对许维的欣赏是干净的，她已经是有男朋友的人了。

节目以后，宴会有大段的自由交流时间。恰遇爵士背景音乐，珠宝商家的大公子林耀业邀请那二跳一支舞。他与那二跳了几步后问她是否学过舞蹈，那二说学过几天莎莎。林大公子很兴奋，说自己会跳拉丁，莎莎是拉丁演变过来的，可以找曲欢快的音乐跳上一曲。那二将近两年没怎么跳莎莎舞，也有点兴奋，随即答应了林耀业的邀请。没想到初次配合还不错，没有过分明显的不和谐。他们的即兴莎莎舞，引来了宴会的高潮。

那二出尽了风头，有一个人却非常不开心，这个人就是王总编。珠宝商林家是她的客户，那二这么下去，抢了她的生意也说不定。王总编心里很是不爽。果不其然，林耀业与那二跳舞结束，主动与那二交换了名片。这一切，叫王总编看在眼里，她脸上笑着心里却恨得咬牙切齿。

那二唯恐妆面花掉，去化妆间顺便都做做整理。化妆间里这时该走的人都走了，空无一人。她到屏风后面把手伸进礼服整理她的胸贴，这礼服因后背镂空没法戴咪咪罩，她担心刚才跳舞的时候胸贴跳歪了。许维这时溜了进来，他从后面轻轻环住她的腰，把那二吓了一跳。

"你给我松开。"那二压低声音训斥他，着急地掰开他的手臂。

许维却开始耍赖皮，他就是不松开。"嗯，叫我搂会儿。那二，今天你好迷人。"

"你放开啊，等下来人，看见，以为……"那二挣扎着……

"那你说喜欢我。"

"我干吗说？我不喜欢你，你放开我。"

"不放。"他的头埋进她的脖子里，嘴唇印在那二裸露的皮肤上，那二脸窘得通红。

"别闹了，快出去吧，当心她们找你。"

许维一把把那二转了过来，没等那二反应，他的唇就吻在她的嘴上。

竟敢吻她的嘴，那二气急败坏，就算是小她7岁的帅哥也不可以。许维是个接吻高手，可是那二无心体会。那二又急又担心别人进来，可是越挣扎许维搂得越紧。她被他的嘴堵着无法说话，只得使了全身的劲要挣脱他。两人扭来扭去，扭到屏风上，把本来就不稳当的屏风给撞翻了。一阵噼里啪啦的响动声后，许维终于停下了。他们也看到了屏风后面的人。王总编、小渔、樱桃不知道何时就站在屏风后面，她们冷冷地盯着许维和那二，眼里有捉奸现行的幸灾乐祸以及背叛的仇恨失望。那二讪讪地低着头不敢看小渔和樱桃的眼睛，那目光仿佛是刀子，要把她凌迟。这时，社长和张左以及翡冷翠的烟花也闻声而进。那二鬓发散乱，紧张得不知该如何是好，许维也有点傻眼了。

社长看到这情况，赶紧给那二解围："你们赶紧出去，客人还得招呼。那二，没事，你整理一下再出来。"

其他的人陆续出去了，那二窘在原地不动。许维知道闯了祸，看到那二那样子心里很不是滋味。

"那二，我不是故意的，我不知道会这样……"他轻轻地道歉。

那二咬着嘴唇，呆呆地不说话。

"原谅我吧，那二姐姐。"许维有点害怕了，他开始哀求那二。

沉默不下去了，外面客人还在，那二说："你先出去吧，我整理一下头发。"

许维毕竟年轻，心里装不了事儿，他情绪低落快快地走了出去。

那二把不堪压在心底，趁着梳理头发的时间慢慢地梳理自己的情绪。补完妆容，对着镜子摆出一个很体面的笑容，带着这个笑容，她走向觥筹交错的派对。

Chapter28　丑闻的诞生

Chapter 29
单身女人的酒店日子

　　许维第二天没来上班，以后也没有来，他把一个无法收拾的烂摊子留给了那二。那二还要指望薪水糊口，当然无法像许维一样不带走一片云彩般潇洒地离去。她硬着头皮去上班，除了社长，别人都把她当空气。若在以前，她倒习惯把自己当个无影人，但如今意义就显得不同了。每天与同事低头不见抬头见，那种陌生真叫那二感觉压抑。

　　离搬家的日期越来越近，房子还没时间去找。倒霉事情似乎都挤在一起，那二情绪不太好。她把酒店当了几天家，搬了笔记本和衣物过去，只等野山快点走。

　　那二住在酒店里，经常可以看见扭扭捏捏或者鬼鬼祟祟来开房间的男女，有些感情似乎来路不正。酒店的工作人员许是见多不怪，又许是职业素养，基本对这样的情况泰然视之。倒是那二独自来往于酒店，仿佛有点形迹可疑。

　　酒店不怎么隔音，每到夜半时分，左右两间客房内的叫床声便开始此起彼伏，那二内心相当不平静。她想起数年前和袁嘉、杨旭睡在一张床上的情景，那时的自己真白痴。现在的年纪情欲开始旺盛，羞耻感倒是明显了，怎么可能再有那种情况发生。独自躺在酒店的大床上还真是难免想入非非。她又不是灭绝师太不需要生理安慰，她也不能确定灭绝师太就没半点胡思乱想。她发现这时候许维出现在脑海里的时候比较多，许维的好与坏，体贴与放肆竟然都深深地嵌入记忆。

　　许维悄无声息，已经过了三天都没向她正式做个道歉之类的，这叫她一想起孬种一样的许维来就有点气结。那二除了工作需要很少主动联系男性，何况发生这事本来就不该她先打电话给许维，事情已经发生她不想责备他，实在想不通自己有何理由联系他。可是，总像憋着一口气儿没出。

曹大河是她的正式男朋友，本来这时候应该邀请他来做个"三陪男郎"，可那二怕曹大河盘问为什么。她确定还不那么了解曹大河，不知道曹大河知道野山住在她家里是什么反应，也不知道他对自己突然放开了会不会有不好的想法，为了保险起见，还是什么都不说的好。

曹大河来过电话，问那二这个周末要不要去家里看看，父母叫她去家里吃个饭。那二听这意思也知道曹大河和家里人提了他们交往的事情，一旦去了家里就表示事情大致定了下来。她想把手头的事情处理好再说，便随意找个借口，说再推一个星期，自己做点准备。曹大河拗不过她，劝了几句也就顺着她的意思了。

最后一天在酒店住，想起野山马上就要走了，似乎有了些盼头，那二心情稍微放松。下午时候打算早点离开社里，出去逛逛街买套去见曹大河父母的时候穿的衣服。

刚从社里走出来没几步远，便听见有人唤她。那二回头看见许维从不远处跑了过来，身后是一家小小的老房子改造的咖啡馆，想是他一直在咖啡馆内等她来着。

"那二，那二姐姐，等等我。"

那二见了许维情绪有些荡漾，那种感觉形容不好，她站定看着他小跑过来。

"那二，我等你一阵子了。"

"要是我今天不来呢？"那二觉得许维仍是莽撞。

许维挠了挠头："那我就给你打电话。"

那二四下看了看，唯恐杂志社有人出来瞧见。"你呀，真是。先离开这里吧，啥话慢慢说，免得别人瞧见我又得遭挤对。"

"哎，好的。你往前走，我去那边开车去，等下来接你。"许维见那二竟是不恼的，没像他以为的要训斥他冷落他，心里有些雀跃，跑着跳着去开车了。

听说那二要去逛街，许维又愿意当个拎包的。那二却不想就这么算

了，总要叫这浑不吝的孩子搞搞清楚，再犯错误是绝不原谅的。

"事情过去我也不想说了，你的错误给我带来什么后果，想必你也清楚。我希望你明理些，做事为我考虑一下，你惹出事情就拍屁股走人，我却每天活在水深火热之中。我有男朋友你也知道，就别给我添乱子了。我们做个姐弟不是挺好，干嘛非要那么俗气走到那份儿上？"

许维有点愧疚又有点委屈："那二，你干嘛就不明白我，我对你不是玩儿的。这几天我仔细考虑过了，我完全能够接受你，如果你能接受我，我会跟我父母认真谈谈……"

许维的话被那二打断了："别胡说，这是不可能的事情。虽然你很好，但是我们不适合。不去触及这些，我们还能做个好朋友，一旦哪天翻脸，我们就什么都做不成了。欸，你别急着犟嘴，这事你一定得听我的。因为，我从来就不讨厌你，而且……你的确讨人喜欢。我们一定能做个长久的朋友。"

许维听了沉默了一阵子："我妈妈叫我回去帮她管理公司，她又跟人合作做了点别的生意，比较大，她没那么多精力，我得回去帮她。明天我就回杭州了。"

那二有些不舍，但觉得这不舍无意义："不错哦，杭州离上海这么近，我们还有的是机会碰面。你能回去做事我也为你高兴，我相信你能做好的。"

"谢谢你这么看得起我。"

"哟，你也会客套了。你跟小渔和樱桃怎么样了？"那二八卦了一下。

许维有点不好意思："樱桃和我还有点联系，小渔不理我了，发信息臭骂过我一顿。"

那二乐了："你活该，叫你花心。"

"我没有，我又不爱她们，顶多算风流吧。"

"没脸皮，还风流，离下流也不远了。"

"你，气我啊……"

两人说着，已经到了淮海路。那二其实喜欢和许维交往，他们气质和着装风格相近，一眼就能分辨出来是一类人。许维对那二的好很自然，两个人相处不费心机，这叫那二感到心灵放松。再说，许维不小气，并不是小白脸，就凭这点就能叫人喜欢。那二喜欢许维，可她也知道，就算许维与她年纪相仿她也不会选择与他恋爱。孔雀一样的男人，爱起来会很累。

那二买好衣服与许维去吃巴西烤肉，刚吃到一半就接到曹大河的电话，曹大河说从父母家带了盒猕猴桃和些酒酿给她，等下给她送过去。事情触及曹大河父母，那二找不到合适理由说不，就说在外面和同事吃饭，叫他一个小时以后再去。挂掉电话，那二看到许维有点不开心。

"别不高兴，我吃过饭才走。不过，等下就不能陪你喝咖啡了。"

"你倒是挺听话，叫你回就回去，他就那么好？到底哪里好你说来叫我也学习学习。"

"这什么话，他给我送东西过去，而且下午我们还通话了，我没告诉他今天和同事吃饭，晚上他去找我我不在家，他心里会有想法的。"

"你是不是和他那个了？"许维压低声音问。

那二白了他一眼："你干吗这么八卦啊？这是你该问的吗？"

许维撇了下嘴："切，有啥大不了，不回答就是了啊。"

"还说，谁像你啊，瞎搞八搞的，这人我打算留着结婚，可没你想的那样儿。"

"我好像明白了，如果爱一个人，在没成为自己人之前一定要装正经。"许维嚼着一块牛肉高论。

桌下，那二笑着踢了一下许维的腿，"去你的。"

正常情况，开车从淮海路到那二住的地方也就20几分钟，可是时间还不算晚，路上有些拥堵。那二一直担心曹大河已经等在那里了，总是不叫曹大河进门，总是叫他在楼下止步，时间长了总有些说不过去。这时候，那二已经开始为这件事找应对的理由了。

许维送那二到家附近，那二见没有曹大河的车，放了一下心。打算要下车的时候，许维调皮地提了个不合理要求，说要很久见不到了，希望那二吻他的脸一下。那二见许维又没正经，打趣着拒绝了。刚下车，就看见曹大河的车开到了旁边。那二毕竟有点心虚，她稍微有些紧张，竟然没先打招呼，倒是曹大河招呼起了那二。

"欸？那二，你刚回来吗？"曹大河嘴上在问那二，眼睛却瞟着许维。

"哦，是啊，这是我同事……"

没等那二把话说完，许维便插话进来："那姐，安全送你到家，我先

走了，要不樱桃该等急了。"

那二知道许维在做掩饰，她忙配合："诶，好，你们好好玩儿，谢谢你送我回来啊。"

"太客气了。"许维紧接着向曹大河打招呼。"那姐夫，我先走了啊，拜拜。"

曹大河被许维叫做姐夫，心里不禁有些兴奋，对许维少了些猜忌。他礼貌地和许维打了个招呼，和那二一起看着许维的车开走了。

"你们去哪里吃饭了？"曹大河还是有点不放心，他看似随意地跟那二聊天。

那二知道他后面还有话，就小心地回答："淮海路上的巴西烤肉。这不是听你说要带我去你父母家，我去淮海路买件衣服穿。"

"哦，呵呵，你不用这么隆重啊，平时穿的衣服就不错。"

"呵呵，我穿得恰当人也就放松，见你父母，是件不小的事情呢。"

那二的话叫曹大河高兴，看来是挺重视他的。

"我不知道你喜欢吃烤肉，早知道就带你去了。你们多少人去吃的啊？"问题终于拐过来了。

那二有了心理准备，谎话也准备好了："四个人，除了送我那个同事还有两个女的。本来还没吃完，我怕你等急了急着要走，就叫他送我一下。那两个女的吃完饭还要逛街没跟着来，你不会误会我吧？"

曹大河笑着摇头："不会不会，这有什么。"

"是呀，这人其实你见过。有一次你来接我，有个女同事在一辆越野车上跟我们打招呼，那是樱桃，开车的就是他，他们在谈朋友。"

曹大河猛地想起来是有这么一回事，他说着把话题就岔开了："哦，我都忘记了。对了，我爸单位发了些猕猴桃，给我拎了一箱，我想起你爱吃就给你带过来了，我妈做了点酒酿，给你也带点尝尝。"

那二对曹大河的体贴不无感到温暖，她望了望楼上，想着野山还在家里，都无法叫曹大河上去坐坐，她心里有些愧疚。

"大河，你对我真好。我挺想叫你上去坐坐，可是，好几天没收拾家了，挺乱的……"

"没关系，没关系，跟我别客气。"

"不是啊，房东说要卖掉房子，我最近要找房子，加上工作忙，也就懒得收拾了。"

"是吗？什么时候的事？又要搬家不是挺麻烦的吗？"

"也就这两天，我本来想找到房子就告诉你，还没来得及找呢。"

"哦……"曹大河思索着，"这事你该早点和我说的啊。要不这样，下周不是要见我父母嘛，如果他们都同意了，你就搬到我那边去住吧，还省得花房租呢。"

那二觉得不妥，搬到曹大河那边就意味着同居了，如果中间出了什么差错难道要搬出来不成？她迂回着说："我感觉还是先见见你父母吧，未婚同居也许老人看不惯，你说呢？"

曹大河觉得那二说的也没错，认可了那二的说法。那二在曹大河的目光中拎着他送的东西上楼，在楼内悄悄躲在一旁望着曹大河离开。她没回家，不愿意碰到野山，直接折回宾馆。

最后一天住宾馆的日子，两个男人都被她错过，那二没机会叫隔壁的住客听见叫床了。这么遗憾着，她自己笑自己：怎么那么不正经呢？

Chapter 30
危机四伏的妥协

　　四天马上到了，那二把酒店退了，她打算好好收拾一下家里，然后出去看看房子，网上已经搜罗了几家都在附近。她回去的路上希望野山已经消失了，或者不消失，她也一定要把他弄走。野山不是她什么人，她原本就没义务收留他。

　　可是，当她一进门又被野山气了个火冒三丈。野山只穿着内裤，上身赤裸半躺在沙发上打电话，家里被他抽烟熏得烟雾缭绕。见那二回来，他条件反射地蹦起来穿衣服。那二实在忍无可忍，把野山的东西三下两下收拾起来，给他扔到门外。野山惶惶地看着那二手足无措。

　　"哎，你不要扔啊，我不知道你要回来……"

　　那二盯着野山，指着门外，"你给我出去！"

　　野山"哦"了一声，欲言又止，低着头走出门外。那二"嘭"的一声把门关上。

　　那二皱着眉头望着落满灰尘的客厅，去把能打开的窗户都打开了，这个被陌生人入侵过的空间，充斥着令人厌恶的气味，再没有以往的整洁和宁静。那二突然希望早点搬离，不愿意再住下去，但是这几天还是要度过。她戴好口罩，把客厅和卫生间、厨房又是一顿整理清洁。

　　这时，有人来敲门，那二以为是野山，气势汹汹地把门打开，却发现是邻居阿姨，她手里端着一篮子水果。

　　邻居阿姨被那二的动作吓了一跳："小那，怎么啦？你不要吓我哦。"

　　那二赶紧堆起了笑容："阿姨，不是，我……欸，您是不是有事？"

"是哦，我是来谢谢那个小伙子的。昨天你不在家是哇？楼里遭贼了，我家和你家都被小偷进来了，是那小伙子帮忙把小偷抓住的。"

那二有点惊愕："哦……是这样，没丢什么东西吧？"

"哦哟，差点就丢掉了，我家老头的手机和我的皮包都被偷了，太奇怪了，黑咕隆咚的我们竟然都没察觉。偷好我们家，那小偷就跑到你家来，这小伙子睡在客厅里，正好撞了个正着，就被他给逮着了。然后，才发现偷来的东西是我家的。哦哟，刚刚好，真是得谢谢他啦。喏，这个水果是带给他的。"阿姨把手里的水果塞到那二手里。

那二推托着："阿姨，您拿回去吧，他已经走了。"

"哦哟，走了？走了……那你留着吃吧。"阿姨听说野山走了，嘴上说着叫那二把水果留下吃，可是又把果篮接回去了，手里攥得紧紧的。那二看着心里想笑。

"您还是拿回去吧，我总不在家，也没空吃的。"

邻居阿姨有了台阶下，又把水果篮抱回家了。

那二关上门后又有些懊悔，自己是不是太过分了。野山好像没钱，他怎么办呢？这本不是该她担心的事，好歹被她狠心给撵走了，走了就走了，自己没必要为他操心。这时，门又被人敲响了。

打开门，竟然又是野山，野山手里举着张纸头。那二盯着他，看他说什么。

"那二，我帮你看了看，这个人刚好在急着转手租房子，你要不要打个电话去问问？"野山举着纸头站在门口，一脸谦恭无辜的样子。

那二盯着他不说话，脑袋里琢磨该怎么办，该不该理他。她迟疑了几十秒钟，然后把纸头接了过来。

"进来吧。"那二慢慢地把门打开。

野山怀着几分胜利者的心情，再次走进了那二的家门。

那二说："你不是要我看你的小说吗？发给我了吗？"

野山："哦，还没有，在我电脑里。"

那二说："你今天不是要去宁波报到吗？为什么不走？"

野山噯嚅着没说什么。

"没路费？我给你。"

野山摇摇头："不是，那边突然说不聘用我了。"

"什么公司?"

"一家做出版的。"

"哦……"那二分析着野山话里的水分,她至少没看出来野山有多少值得出版公司聘用的可能。"那我看看你的小说吧,也许提不了什么好意见。看完了,你该回哪里回哪里吧,算我也给你一个交代。"

野山一边答应着,一边把笔记本拿了出来。

帮作者审稿在那二眼里是件不可马虎的事情,她要对得住作者的辛苦,尊重作者的劳动成果。这是一件工作,即使是义务的。那二沏了一壶龙井茶,帮野山拿了一只一次性纸杯,她示意他自己倒茶来喝。自顾自倒了一杯,边喝茶边认真地看起了他写的文章。越往下看,她越皱眉,千把字内就找出六七个错别字,粗看还可以,仔细看下去文法句法都有问题。她不停地用红字标示,看了两页她停下了。面对被红字标示得满目疮痍的页面,她不知道怎么评价野山的文章,这么看下去简直是浪费生命。

那二把笔记本推到野山的面前,她沉默着,似乎在尽情品龙井茶。

野山看着被修改标示过的文字,有点抱歉但是更多的是懊恼。

"那编辑,是不是我写得不好?"

"麻烦问一下,你的学历是?"那二并未看他,只对着那杯龙井说话。

"我学历不高,技校。我学的是车工,写作是我的爱好。"

"平时看什么书?"

"看诗歌和短篇小说比较多。你这什么意思?是说我写的不好是不是?"

那二反问:"你感觉如何?"

"一个人一个眼光,我觉得可以。我在论坛发帖,后面的跟帖老长了……"

那二凌厉的眼神把野山的话给掐断了。"我不想给你的文字下任何论断,但是,在我理解里,编辑负责帮作者改错别字,但不会负责给连字都认不全,话都说不好,用词如此平凡的文字做修改。你觉得任何一个编辑有必要在这样的文字上浪费生命吗?"

野山听了很不服气:"错别字我承认我没注意到。可是我的语句怎么啦?不好玩吗?没意思吗?"

那二知道野山这个人是没救了，看上去他也奔四的人了，但连自己做什么都看不清。她看了他的文字，更不屑跟他交流，简直不是一个段位。那二眼皮都懒得抬，手里无意识地转动着造型精致的法国玻璃茶杯，茶杯里一根根立着的龙井茶也随着转动轻轻地漾动。她有很多款别具一格的茶杯，但是难得成双成对。

野山被那二的沉默给打败了。"那您能给我说一下为什么要那么改吗？"他把"你"改成了"您"，语气立刻又变得谦恭起来。

那二心思不在这里，却是在想该给他个交代赶紧叫他离开。野山的言行叫她不舒服，就是一个不知天高地厚的愤青。愤青有什么可稀罕，有才华的都一抓一大把，连资质平平的人都趾高气扬，这现象是病态的。那二不欣赏假以文人名号张牙舞爪的人，平素更不与这类人交往。她认为真正的文人得有傲骨，做人应该光明磊落，是非曲直态度鲜明，再做个通俗的解释就是不贱。能者行文若非大气，否则就直接媚俗，能取悦好读者也是种风格。那种不伦不类、自我陶醉式的文字最好自己放着慢慢欣赏，何必拿出来丢人现眼，还非逼着人说好。

那二决定叫野山服气。她从他的文字里随意划了一段，当即做了修改。

野山的原文：

我思念北方的家乡，这时一定飘着雪花。我想叫那北上的列车，带走我的相思吧，把我带到她的身边啊。她不知道会不会与我一样相思呢？没有她的日子，寂寞经常与我相伴……

那二改过的文字：

家乡的天空正飘着雪。列车如同遗失的那节肋骨，带着我的相思呼啸着一路北上。被时空隔断的两个人，她的想念不知是否与我一样疯长。没有她的日子，寂寞成了我的影子……

野山看了那二修改好的文字半晌才说话，他满脸虔诚："那编辑，你改得是真好，你要不当我老师吧！"

那二毫无荣耀感："我不好为人师，也无能为人师。'读书破万卷，下笔如有神'你应该听说过。如果你前面几十年没多少积累，那么应该有点天分，如果连天分都没有，神都爱莫能助。"说话间，她仍盯着茶杯里的龙井发呆，看着茶水渐渐变浅。

野山若有所思，情绪低落起来，不死心地问："那编辑，您看我的小说就没有可取之处吗？我都写了几十万字了，不会没有亮点吧？"

"前面我说过了，我不想给任何人的文字下论断，如果一个未来的大师栽在我的信口胡言里，我也担待不起。"

"可我感觉你的意思好像我不是那块料。"

"你是不是那块料我说了不算，你想坚持或者放弃是你的事情。我们也不熟，我更不能对你以后如何规划提任何建议，这不属于我的职责范畴。"

野山彻底沉默了，他盯着自己的小说呆在那里。

橙色的太阳掉进城市里，天色渐渐暗了下去。再一抬头，晚饭的时间都快过了，那二才感觉有些饿。她看着眼前这个随天色暗下去的男人突然觉得他可怜。

"算了，别琢磨了。先点个外卖吃饭，吃好了去买票吧。"那二说。她伸手把墙上的外卖单取了下来。

野山顿了一下说："那二，我能再住几天吗？"他怕那二打断他，及时抢话，"我没地方去，你叫我想想以后该怎么办，好不好？"

那二看着外卖单子。"我要客木桶腊肉饭，你要什么？"

"求求你了，我只住几天，我保证不会侵犯到你。我只是景仰你，除此之外我不再有他求。我现在很迷惘，你能给我多几天时间考虑我该怎么办吧？好不好？"

那二抬起头来，盯着他："说真的，对你我真有点掉进陷阱的感觉。你的胃口越来越大，我不知道你究竟想怎么样？"

"那二，你得可怜一下我，如果不是真到了无可奈何的地步，我不会这么死皮赖脸求你的。"

"我感觉你在欺负我。你也明白一旦我不叫你欺负，你也没辙。可你就是抓住我心软的弱点，知道求我我不会不帮你，是不是？"

显然被那二说中了，野山的眼睛里闪过一丝狡黠之色。

"你究竟在哪儿认识我的？你似乎连我写什么东西都不知道，你凭什么说景仰我？你知道我的笔名吗？"

"那二不是你的笔名吗？我看过你在你们杂志上写的几篇文章。"

那二轻蔑地笑了笑。"稍微了解我一点的人就知道我在不同专栏笔名都不一样，唯有那二才是我的真名。好了，不追究这些了，不重要。我不管你心存什么目的，我只能告诉你，我与你是两个世界的人，你就算侵占了我的空间，也绝无半点可能侵占我的内心。我于你只心存善念与怜悯，除此之外没有任何感情成分存在，你可要明白。"

野山郑重其事地点着头："放心，这个我明白。"

"说真的，我有些讨厌你，我不了解你，也知道赶你走也许是最正确的做法，可是，你掐了我的软肋，知道用弱者的身份来求以庇护。这房子要搬了，你大概还要住几天?"

"十天可以吗?"

"妄想，最多五天，五天之后你不要再有什么借口来求我，我的忍耐心应该到了极限。这几天之内，你不许踏进我的卧室，不能打扰我的生活。你得记住，你是个借宿的。否则，你会被我扔出去。"

野山点了点头："好的，那谢谢你了。趁这几天我也好好想想。"

"赶紧点餐吧，再晚了餐厅就不送餐了。"那二说。

Chapter 31

那些幸福的碎片

杨旭在卫生间蹲大号的时候，袁嘉又在他的 QQ 上发现了秘密，他竟然给了一个 19 岁的女孩 300 块钱治疗性病。袁嘉立马河东狮吼："杨旭——"

女儿袁妃感觉事情不妙，不声不响下楼去外婆家休息。儿子杨辉早已习惯家里的战争，他事不关己安然地坐在自己的电脑前偷菜。

杨旭在卫生间里就知道袁嘉又抓了什么把柄，他坐在马桶上看着一本《三联生活周刊》，慢条斯理地回答："干吗啊？把我都吓便秘了。"

袁嘉刚要冲进卫生间就被臭气熏得退回客厅。

"哎呀妈呀，臭死了，你这屎也臭死人了。"

杨旭偷偷地笑，一按冲水键把马桶冲了。

"真没见过，还有人愿意找屎（死）来。"

等杨旭从卫生间出来，看见袁嘉又着个腰站在客厅中间，他倒也不怕了，自己就那点事，说多了也没啥新鲜的。

"又咋啦？"

"他奶奶的，怪不得我们那么久没腌萝卜。你是不是跟人传染性病了？"袁嘉瞪着眼睛。

杨旭还是笑："哪儿跟哪儿啊？谁得性病了？"

"不好，前天你还交公粮了，会不会传染我啊？"袁嘉又担心又懊悔的。

"你没事儿吧你？你是不是看我聊天记录了？那跟我没关系。"杨旭坐在电脑前继续上网。

袁嘉跑了过去，指着聊天记录："这个格格巫是怎么回事？不关你的事你为什么给她三百块钱治病？"

"这女孩才19岁，她年纪小不懂事，跟人瞎混得了性病，刚上大一也没钱，前阵子治疗过了，就是没钱复查。我前天给了她三百块钱复查费，今天问问她用那钱复查了没有，怕她乱花了。你以为三百块就能治性病啊？那门一进去没个几千块能出来？别忘了，我是学医的，就算不是学医的，这些事儿稍微用脑子想想也能明白。你那脑子，能不能不瞎想啊？"杨旭说得一本正经，眼睛里还是挂着笑意，他平时就这模样。

袁嘉倒是有些相信了，可是嘴上还在说："不关你的事你还管这闲事？她跟谁染的病找谁去不就行了，干吗找你？"

"嘿，问题是她都不知道跟谁染的病，要不怎么叫瞎混呢？这下可好了，自己都说以后可不敢乱来了。你说三百块对我们来说算啥呢？不过外面吃顿饭的钱，就当做善事了。"

"也是，谁碰上你这网友可真幸运。你见过她吗？"

杨旭摇头："没有，见过照片儿。"

"给我看看。"

"你不是看过了吗？我那些网友的照片你哪个没看过？"

"我对不上号呀，你现在给我看看。"

杨旭嫌袁嘉站在跟前烦，把网友格格巫的照片翻了出来。袁嘉一看又笑了。

"就她啊。你说吧，才19岁，这么好的年龄，哎哟，长成这个模样。谁找她也没占便宜。现在可好，便宜占不了，说不定还得传染性病，你就这边儿庆幸吧，幸好没上她。"

杨旭说："我可是有原则的好不好，年纪太小的我可从来没打过主意。再说，我也不是刻意要打谁的主意，都是人家打我的主意。"

袁嘉笑他："哎哟，除了不祸害青少年，你还不是个来者不拒吗？你上过的那些娘们，哪个不是丑得触目惊心，你还以为你占便宜了，在我看来就是去扶贫。"

杨旭笑道："扶贫也是做善事儿。"

杨旭好久都没来逸锦大阿姐家吃饭了，这天和袁嘉又带了杨辉一起来。一家子其乐融融，明明看着就是不错了。姑妈和逸锦大阿姐他们都没往杨旭和袁嘉的关系上扯，有些话不说比说了好。杨旭跟逸锦大阿姐的儿子小坤玩得好，没吃饭前一直跟小坤联机打 CS。

逸锦大阿姐就跟袁嘉小声地说："看伊，就是个孩子性格，得哄，哄得高兴就不肯离开了。"

袁嘉笑着说："男人都欲望太多。哪天我不想哄他高兴，他的快乐生活也就完蛋了。"

逸锦大阿姐轻轻踢了她一下："不要瞎讲，好好过。"

袁嘉笑了笑。

吃过饭人就犯困，杨旭带着打盹的杨辉回家了。逸锦大阿姐炭烧了一壶咖啡，提提神准备找人作战。顿时间，满屋子荡漾着煮咖啡的香气。

逸锦大阿姐轻轻呷了口咖啡："这味道灵哇？姐夫的朋友从巴西带回来的。"

袁嘉品了品余味："还不错吧。我也尝不出来，咖啡一般去咖啡馆喝。你又不是不晓得，我欢喜喝茶。"

逸锦大阿姐感慨："我们这生活也算适宜了，想吃咖啡吃咖啡，想吃茶吃茶。人得知足，差不多就行了。再辉煌的人生我们也探不到，想多了也没用。"

"除了杨旭总是惹我心烦，其他我也觉得还可以。我有时候也想，我带个孩子还能找个各方面条件不错的，也算运道不错了。"

"是哦，所以就讲啊，有些事静一只眼闭一只眼就过去了。杨旭对你还是蛮欢喜的，这从花钱的态度就看得出来。男人给女人花钱的多少肯定跟爱她的多少成正比。在钱上跟你没外心，这就说明他的心还在这里。"

袁嘉会心一笑："这点我倒也真不怀疑。他对我花钱上一直是蛮纵容的，你不是见过我去年在城隍庙买的那钻戒和耳钉嘛，那天我只是去随便逛逛，不知道怎么的就进了金店，随意在钻石柜台看了看就被吸引住了。一看到那只 62 分的钻戒，怎么看怎么喜欢。再大的咱也买不起。我试戴了一下就把那钻戒买了，然后又挑了两副钻石耳钉，回去后杨旭也没说什么。前阵子我们俩吵架，杨旭就说：'你总是挑我毛病。你说咱们又不是大富之家，钻戒你本来就有，去年又买了一只，三万多块，买就买吧，钻石耳钉你没有，买个一副也行，你还一次买了两副。那钱不是大风刮来的啊，是我费心耗力赚回来的。可是我说你了吗？只要你高兴，我是向来不会责备你的。'我一直以为他是无所谓的，对我花钱理所应当。可是听他这么一说，感觉也是哦，他对我是挺宽容的。我跟着他除了为那些女人不高兴，别的地方还真没委屈我。"

"能想到这些就好了。时间老快啊，一辈子打打闹闹也就过去了。"

"嗯，阿姐，今天不玩麻将了？"

"没人，这个点别人估计都玩上了。"

"要不叫那二和曹大河过来。"

"好啊，看看伊拉在做啥，有空过来吃咖啡也好。"

袁嘉打了电话过去，那二正和曹大河逛街。袁嘉说不是三缺一了，是二缺二，喊他们俩过来。那二小声地跟袁嘉说，正在给曹大河的父母挑礼物，原本没想今天过去，临时才又改主意了。袁嘉说这是好事，替她高兴。

逸锦大阿姐听了这事，也在感叹："那二可要真的嫁出去了，这次这个人还是蛮靠谱的。"

曹大河很细心，那二要给他父母买的东西，曹大河都抢着付了账。到了他父母家的时候，曹大河对他父母说：这是小那的心意，我说不要买了，她偏说礼多人不怪。那二心里甜丝丝的，曹大河原来挺活络，不像他的表面这么温暾。

曹大河的父母定居上海近四十年，已然非常上海化了。但是，还是没有土著上海人那么矫情。曹大河的母亲比他的父亲挑剔点，她事无巨细地问了那二很多问题，曹大河中间打断了她母亲几次，她母亲总是换个方式继续问。那二见过这场面了，了解当家长的心情，每个问题都认真地回答，态度是好的，这叫曹大河的父母感觉很踏实。当曹大河的母亲问及那二有没有告诉她家里这件事，那二摇头说暂时没有。曹大河的母亲问她为什么？那二说怕中间出现意外，枉费了家人的欢喜。曹大河的母亲似乎有点不悦，随即他的父亲又插话，说那二做事成熟稳当，替那二解了围。那二是一朝被蛇咬，十年怕井绳，真是被伍晓华那家人恶

心到了，宁可拖到领结婚证那天再和家里说。

这天是金秋十月里的一个好日子，正是菊黄蟹肥的时候。曹大河的母亲早已买了十只膏脂肥满的大闸蟹等着曹大河和那二回来吃。这母亲，一定是个好婆婆，那二心里晓得。果不然，在吃饭的时候，曹大河的母亲就把那二当做自己人，烫了一瓶黄酒叫那二陪着慢慢饮。曹大河笑着对那二说：喝吧，醉了还有我送你回去。

那二平日少饮，但她酒量不浅，她心怀暖意陪着对面这个将要成为一家人的老妇人。曹大河不时为两个心爱的女人添酒，一瓶将尽的时候，曹大河的父亲又去为她们烫了一瓶。这样秋高气爽的傍晚，两个恣意畅饮的女人加上两个默默陪伴的男人，勾画出一幅温馨和美的时光画卷。

黄酒的劲头渐渐爬上了曹大河母亲的皮肤，她蜡像一样的脸微微发红，眼神也被酒精点亮了。她深情地看着自己的丈夫和儿子，开始絮叨：我和大河他爸爸是先结婚后恋爱，其实呀，我第一眼看到他爸就喜欢了……我三十岁的时候才生了大河，真希望他娶了媳妇别忘了娘……

从曹大河家里出来许久，那二还沉浸在家庭的温馨中。曹大河没有直接送那二回家，而是开车穿过长长的隧道来到浦东。他们俩第一次牵着手顺着滨江大道散步。夜晚的黄浦江简直是绝色，从浦东向浦西望去，那个世界新旧并存、华洋共处，光怪陆离得叫人心驰神往。

"想加入我的家庭吗？"曹大河问。

那二回头看了看曹大河，微笑着点了点头。

曹大河开心地笑了。"那二，你要过生日了吗？"

那二讶然："你怎么知道？"

曹大河："记得你说过是天秤座的，应该快到了吧？"

那二笑："我的生日只有我母亲为我记得，连我自己都不在意，谢谢你，大河。"

"如果你愿意，以后的每一年我都为你庆生。"

"女人的生日，过一年老一年，我都不知道有什么可值得庆贺。不过，真的很开心和你在一起，我感觉自己有人疼了。"

那二的话发自肺腑，有曹大河心疼，日子不会差到哪里去。也许少了些激情荡漾，可是这温暖贴心也着实不容易遇到。

熟女那二的私房生活

174

"年轻时，女人受宠很容易，到老了仍受宠便是造化。那二，你前世修了福，这世便遇到我了，我会宠你到老的。"

曹大河的话感动了那二，那二深情地望着他，感觉与他亲近了许多。

"大河，我马上32周岁了，如果没有你，我会恐慌。"

"我也36岁了，如果我们今年结婚，明年生孩子，也只算赶上了个末班车。虽然我们只谈了几个月，可是我感觉你蛮好的，至少人品不差。我们都不小了，如果你不嫌弃我现在没有大富大贵，当然，以后也不一定能给你锦衣玉食，但我肯定不会叫你受委屈，考虑一下，嫁给我吧。"

求婚，对于一个剩女来说，是最诱惑的武器，实实在在把那二给击溃了。她就是那么俗气，想被人疼，想结婚。

可是她并没有马上答应，而是伸出手来，张开空空的手指玩味，调皮地对曹大河说："这是在跟我求婚吗？拜托仁兄，请正式点好不好？嗯？"

曹大河由衷地笑了，刮了下那二的鼻子。"晓得啦，明天就送给你。你和那钻戒有缘分。"

曹大河张开手臂，那二顺势回应，他们幸福地拥抱在一起。江风习习，吹起了那二的头发。

Chapter31 那些幸福的碎片

Chapter 32

钻石比感情坚实

原本以为曹大河是个不懂浪漫的人，可是又出乎那二的意料。

第二天一早，那二刚出家门就看见曹大河的车停在楼前。曹大河嘀嘀按了两声喇叭，然后从车里跑过来给那二打开车门。那二倍觉新鲜，不知道他在这里等候了多久。又看见车座上放着一捧玫瑰。还是那二喜欢的浅粉色。那二开心得嘴都合不拢了，说都不会话了。

"哇……哇……这是在拍电影吗？"

"是呀，那二和曹大河是主演。"曹大河愈发会调侃，又令那二刮目相看。

待那二坐进车里，她又发现后视镜上吊着一只精美包装的心形起司蛋糕。透过包装，可以看到曹大河的那只钻戒就嵌在蛋糕的中间。

那二的嘴又合不拢啦："哇……"

曹大河把蛋糕摘了下来，从包装里取出来钻石戒指，把那二的手抓过来，郑重地戴在她的无名指上。那二手指纤细，戒指戴着有点松，不过一闪一闪的很漂亮。

那二开心地端详着这只钻戒，自己也有钻戒，怎么就不是这样的好心情？

"大河，我们还没领证，你就送我啦？"

"早晚都要娶进家门，早一天晚一天又如何。"他把蛋糕送到那二嘴边，"来，吃一口。"

那二听话地咬了一口。

"好吃吗？"

"好吃，你干吗这么体贴？感动得我眼泪哗哗的呀。"那二边吃边说。

曹大河温暾地笑着："鲜花、面包、钻戒，精神、物质、小虚荣。这是我想给你的，希望以后我做得更好。"

这曹大河，整这一出可真煽情。突然间那二眼泪就真的哗哗的了。

能找到个踏实的男人结婚真是件幸运的事情。一路上，那二都被沉甸甸的幸福簇拥着，她不时偷偷地抚摸一下钻戒。心里想着要不要告诉家里一声，叫父母高兴一下。又想算了，还是再等等，一定要等到领证那天再说。

在杂志社楼下与曹大河吻脸告别，这时恋爱的情绪已然笃笃定定。那二在进入杂志社时，却把钻戒摘了下来，放进包里。低调，低调。

正在那二幸福的时候，裴苏苏却陷入人生最昏暗的时光。刚认识的杰森李在一面之缘以后飞往地球的任意一个点，而他们的电话从多到少到无。一个人的来和去，没有预期也没有商量余地，这样的爱情如同海市蜃楼，谁都无能为力。

偏偏诸事不顺，工作一直也没落实，面试了四家，连她都不知道为何不中。她经常看着自己的存款余额发呆，城市欲望的大嘴巴，每分每秒都在吞食金钱。她因囊中羞涩而幽闭，自打坂口真仓抛弃了她，她的运气就一直下滑。一度，她甚至没有勇气坐在酒吧里等候艳遇撞上来，酒吧是个游戏人生的地方，她对游戏已经了无兴趣。

这时，朋友就显得重要，可惜她前半生只攒了些用不上的男人，朋友却寥寥无几。那二总在忙，每次听到那二在电话里面说忙，她就生气。忙碌原来那么幸福，那么叫人嫉妒。她更不想回家，最近几个月没法给家里寄钱，她只好说公司因生意难做在减薪。她不想告诉家里她有难处，父母比较重男轻女，她在家多少有点没地位。说了只会叫母亲唠叨，不会对她有多少实质性的帮助。唉，这时她想，四面楚歌这个词是给她写的吗？

她找出来王先生送的那条钻石项链，钻石坠子依旧闪耀着灼灼星辉，这些可以换钱的石头远比感情坚实耐久。手头没余钱了，也该是这块会发光的石头派上用场的时候了。

178

隔壁一条马路上有家当铺，她早就注意到，那两扇厚重的磨砂玻璃门总是紧闭着，分明是在营业，却从未看见有人进去过。那扇门的里面对她来说很神秘，不晓得是哪些顾客在支撑当铺的生存。她总能想起影视作品里的旧时代，落魄的某人从怀里掏出一点细软来典当的情节。那种从荣耀到坠落的尴尬与失意，连看人的眼神都躲躲闪闪的。任何一个时代都有人会落魄，这当铺是为落魄之人度一时之难的船舶。而裴苏苏没想到自己有一天也会踏上这条船。

去当铺的路上裴苏苏戴了墨镜，事实上她知道顶多挡挡太阳，也没谁会认识她，她却像做贼一样有些心虚，没钱的人生难道就是这样畏畏缩缩？她在那两扇紧闭的磨砂玻璃门前不敢有丝毫犹豫，像鱼一样滑了进去。

她带去的钻石项链没有发票，典当行的先生显然见过事，并不多问，例行公务地叫她出示身份证填好手续单。只是钻石被估价后大打折扣，而且以不到三成的价格收当。她原以为至少当一万块，可最后才拿到六千多点。进当铺简直就像亲自送去被打劫。不过，她也没什么好心疼的，本来就是不费多少工夫得来之物，能解燃眉之急也算物尽其用。

裴苏苏爱花钱，但是她从来不挥霍自己的钱。她认为女人再有能耐，能花到男人的钱才算本事，那种要强的女人适合养个小白脸去找成就感。否则，就算她一掷千金（金币或者金条）又算什么？还不是自我满足。再强悍的女人没男人甘愿用钱来哄着开心，她也会感觉失落。

钱哪，钱哪，钱哪……

裴苏苏得见个人了，再待下去人就快傻了。她不舍得花那些钱，后面都不知道有没有新的进账。人要是囊中羞涩，小气的份儿也就大。她打电话找那二出去吃饭。

"那二，我们出去吃个饭吧，AA 制。"

那二说："别 AA 了，这么多年还 A，今天我叫大河请客吧，你们也见见。"

裴苏苏听说有人请，又点燃了她心中贪吃的欲望。"那咱们去金钱豹吧。我快两个月没去了，我特惦记那边的海鲜。"

"你这个贪心的家伙，曹大河可不是你认识的那些大户，晚上吃一餐我们三个人大概要七百多吧。你要是想吃，还是我来付账，我可不想叫他感觉我宰他。"

"可以吃中午档或者晚上8点以后那档，一个人不到200块吧。"

"算了吧，为了省一百多块钱要饿两个小时肚子，还要拖到很晚才结束，不划算。"

"就是呀，你那么为男人想干什么？结了婚才是自己人，没结婚都不算。他的钱现在不花，别分手以后后悔。"裴苏苏这说话没遮拦。

"别你个乌鸦嘴，要去吃就堵住嘴巴。我和他有结婚打算才叫你见的。你要是想去吃，那就晚上6点赶到南京西路那边吧，我从单位过去。对了，你可别打扮得太妖骚。"

"你还怕我勾搭你男朋友啊？你喜欢的人肯定不对我胃口。"裴苏苏说话不嫌腰疼，她很快想起方若明，但是谎话已经说出口了。

"你就别臭美了吧，万人迷也不是谁都愿意娶的。就这样了，我手头忙着事情呢，我们6点金钱豹见。"

"行，到时候见。"

裴苏苏的来电打断了那二的工作，放下电话后那二得重新投入到工作中去。她感觉裴苏苏自打被坂口真仓抛弃了以后，有点受刺激，整个人更现实和刻薄了。她有点庆幸自己能遇到曹大河，不至于跟某部分剩女一样加入到尖酸刻薄的怨妇行列。

许维离开以后的这段时间，那二就像被同事们遗忘了一样，包括王总编也给她冰冷的脸色看。只有张左还客观一点，每到那二没人搭理的时候还去搭几句话。那二知道也许不是因为许维，而是她夺了王总编的风头，王总编一直是个戒备心很强的人，她不容许任何人威胁到她的地位和利益。只要有 Office，就有 Office of the struggle（办公室斗争）。总不能因为王总编不喜欢不高兴，那二就什么都不做，她并没有恣意妄为，只是顺其自然，再去深究人际关系，这会叫她觉得头疼。社长前天下午在 MSN 上给那二留言，叫她到杂志社附近的滨江大道喝一杯咖啡，并嘱咐她别叫别人知道。那二知道社长没事也不会轻易找她，收拾了一下东西，先去滨江大道找好咖啡馆，然后发了个信息给社长。

每天工作就在黄浦江边，上班下班匆匆来去，竟然忽略了上海最美的景象。江面跳跃着宝石般的波光，成群的江鸥从江面悠然飞过，游轮拉长沉闷的汽笛将人的目光吸引过去，找到的却不是 20 世纪 30 年代的旧上海。

社长用调羹匙搅拌了几下咖啡，然后微小地呷了一口。话说得很含蓄，含蓄得意味深长。

"那二，你是我选进社里来的，一个编辑的职位有三百多封求职信，你的学历不够高，经验不是最多，但是我仍旧选了你……"

那二静静地等待社长下面的话，尽管社长说到这里停下了。

"是哦，你也从来不叫我失望，每一项工作都做得叫我无法挑剔。我知道，你骨子里是骄傲的，你是独树一帜的，把你放在人群中，即使你一言不发也能叫人注意到。可是，在职场上，哪怕表面波澜不惊，也可能蕴藏着激流暗涌，一不小心，人就要被卷进去出不来，你明白吗?"社长温润地看着那二，尽量把话说得既含蓄又到位。

那二迟疑了下，缓缓地说："社长，有时，我不是故意的。是我不太会处理人际关系……"

社长宽厚地笑着："欸，我不是怨你，你也许没错。我不想问你和许维的事情，这不是很重要，虽然我不多说，但我知道其实你比别人要单纯些。可是，要注意维护一些关系，在社会环境里生存，与人交往是门很重要的学问。你不会伤害别人，但是也别叫别人伤害到你。"

眼前这个只比她大十几岁的社长，那二看来是有些慈祥的，她恳切地点了点头。

裴苏苏前所未有地提前到了金钱豹，那二认识她这么多年，她不迟到的时候也就一两次。不知是否因为在低谷时期就得谦恭，还是因为实在太闲凑巧早来。那二及时地把曹大河和裴苏苏都做了介绍。

裴苏苏眼睛挺尖，一下子就发现那二的手指上多了点亮闪闪的东西。剩女即将出嫁，闺蜜得多么羡慕。她抓起来那二的手，羡慕地说："那二，钻戒，不会几天不见你就领证了吧?"

那二有点羞赧。"没有，是他昨天刚送的，领证还要过阵子。"

裴苏苏的确有点失落，但是也为那二高兴。"哦哟，我们中间总有一个要嫁掉了。看我忙乎半天，你还嫁我前头了。"

"这不还没嫁呢吗?"那二说着幸福地瞄了一眼曹大河。

曹大河接过话来："啥时候嫁给我，你说了算。"

裴苏苏感觉这两个人挺酸，她也冒酸水："看这两人，一唱一和的。"

没吃饭前，裴苏苏表现得挺淑女，与曹大河的交流挺客气得体。那二心里想今天表现还不错，没显得妖孽也没显得势利。

但吃饭的时候裴苏苏就有点穷凶极恶了，她虽然吃相不算太难看，可是吃得太多，饕餮一词基本就是形容她的。裴苏苏去取食物的时候眼疾手快，只拣贵的不拣对的，一盘三文鱼上来，她得抢一半儿。那二还瞧见一个中年女人因为最后一块烤鱼被裴苏苏抢去以后的表情，又气又恨又不甘，那二和曹大河看了都挺乐。回来后裴苏苏分给那二和曹大河一部分，那二和曹大河都觉得挺不好意思，好像是沾了裴苏苏的光，只是的确吃不了那么多，并非是在装斯文。就餐将近两个小时，裴苏苏面前的扇贝、蒸蚝、虾、蟹壳以及各类鱼骨等等因堆得太高被服务员收拾了四次。

那二有点不好意思，很担心金钱豹把裴苏苏划为黑名单客人，又挺高兴，终于有个朋友能在金钱豹吃赚了。

Chapter32 钻石比感情坚实

Chapter 33

同床，异梦

　　曹大河和那二送裴苏苏回去以后，说："你这朋友娶回家可挺难养的，太能吃了。"

　　那二说："你放心，她吃自己的向来很节省。"

　　"感觉你们俩风格不太一样。"

　　那二笑了笑："为什么要一样？这样不是挺好嘛，我不会做的事情她会做，弥补一下我的遗憾。再说，她的优点挺多的。"

　　曹大河腾出开车的右手，握了握那二的手，会心地笑："我觉得你是最好的。"

　　那二有点小感动，给了他回应："大河，你是最适合我的。"

　　两个人的手，不时握在一起，很快到了那二家的楼下。

　　曹大河好像自语一样地打趣："不知道什么时候能迈进你家的门啊？"

　　那二如今倒无所谓曹大河去了，只是野山那个外人在家里，都没法交代和解释。

　　"我过几天就搬家了，搬过去收拾好你再来吧。"

　　"我就说，你如果愿意跟我在一起，你还是搬过来吧。省得每个月还交房租，还要搬来搬去。"曹大河是有诚意的。

　　"我们领了证再搬到一起吧，那时我们就合法啦。"正说着，车窗被人敲了敲，两个人同时望去。

　　是野山，那二惊诧得头皮发麻。

　　曹大河把车窗打开："什么事？"

野山笑着说:"那二,这是你朋友啊?请人家上来坐坐吧,别在车里待着了。"

曹大河的惊诧不亚丁那二。"他是谁?"

那二尴尬万分地说:"呃,他,他不是谁。"

野山刻意演戏:"那二还有些不好意思,我是他朋友,在她家里住一阵子,你也上来坐坐吧。"

那二气得咬牙切齿,碍于曹大河坐旁边又不知道该不该马上发火,她的脸都气得憋红了。

曹大河脸色不好,莫名其妙地看着那二:"那二,你好像没跟我提过这事⋯⋯"

那二气短三分:"大河,不是,我,我的确不认识他⋯⋯"

"不认识他,怎么会住到你家里?"曹大河感觉那二说谎都说不好,心里难免生气。

"唉,我和他不是很熟,大河,以后慢慢跟你解释⋯⋯"

"我说你没事吧?那二对人都不错,所以,你也别用这种口气跟她说话。"野山的目的达到了,他仍然稳住情绪,执意要把曹大河气走。

"你他妈的给我闭嘴!你算哪根葱啊?!我收留了你也就算了,还管开我的事了!"那二忍无可忍爆了粗口。她转回头跟曹大河说:"大河,不好意思,你先回去,我回头跟你解释。"那二说着打开车门出去。

曹大河被那二的表现给雷到了,"你这边没事吧?"

那二沉着脸摇了摇头:"没事,你先走吧。"

曹大河哦了一声,然后,非常郁闷地带着疑问开车走了。

野山装作无事地说:"那二,不好意思,那是不是你的男朋友啊?"

路灯下,那二的目光喷出熊熊火焰,她死死地盯住野山。野山似乎被这火焰逼退,说话失去底气。

"我不是有意的⋯⋯"

那二用了十分力气扇了野山一记耳光,打到她自己的手疼。这一耳光比打伍晓华重多了。这是犯了哪门子邪,这辈子仅有的两记耳光,都在今年用了,还是两个不同的人。

野山捂住脸,目光比那二还要凶狠。"他妈的,你敢打我!老子不是故意的!"

野山绝对不是善茬儿，眼睛里的狠辣看着就歹毒。那二心里一横，今天如果他敢动她一指头，就是个你死我活。见过歹人，没见过恩将仇报的歹人。决不能让这种垃圾占了上风。

那二咬牙切齿地说："我告诉你，你别以为我好欺负！你敢动我一指头，你就别想好好活着离开！现在，马上，你给我滚出我家！"

那二说完上楼回家，把野山的东西丁丁咣咣扔出家门，野山赶了上来，顶住门不叫那二关上。

他那腔调又贱兮兮地说："那二，我错了。我以后再也不敢了。你就原谅我一回吧……那二……我来上海就是来追你的，你不会不知道吧？我就是吃醋……那二……昨天你不是还被我逗得哈哈笑吗？我不信你一点都不喜欢我……"

昨天，野山给那二讲了些他生活里的趣事，那些来自小镇的俚俗轶闻在那二眼里挺新鲜，如果能把这些事情写成小说倒是挺有意思，只是野山的水平差得还太多，他的文字暂时还无出版可能。可这些跟她有什么关系？她没必要为那几声笑而去用整个人生的幸福买单。

"你别做梦了！我的生活跟你有关系吗？别以为你硬是闯了进来就能逼我就范！追我也要看看自己的分量，你认为你配吗？！你要记住，你是在接受我的施舍，最好把自己的位置摆摆清楚！你马上走！休想再踏进我家的门半步！"那二不轻易骂人，但只要骂起人来是半点余地都不留，能承受那二骂的人估计也没几个。

野山还堵在门口："我不走，我就不走！"

邻居有人出来往这边看。那二知道已经扰民，没耐心再纠缠，她拿出手机。

"你走不走？不走我马上打110！"

野山不屑地耻笑："你们上海人，除了打110，还会干什么？"

那二心里说，上海是个法制的城市，你以为110是摆设？要是换作别的城市，非找人来把他揍个半死不可。结果她真打了110报警。

十几分钟以后，110来了，结果叫那二大跌眼镜，前几天因为野山抓过一个小偷，竟然跟110的人混熟了。这次来，野山马上过去套近乎，恶人先告状说跟女朋友吵架而已。110大致了解了一下情况，热心地安慰起那二：谈朋友嘛，难免吵吵闹闹，就算不要谈了也要好好地说，男人总是要面子的，这么赶出来多么不好看啊……

野山趁着警察在，早已经挤进家门，贱得几乎要跪下来求那二，看得别人都不好意思。那二的解释显得多余又苍白，这是多么令人崩溃……那二实在没话好说，她把警察和野山扔了下来，自己走了出去。

折腾到现在也快午夜了，那二想打个电话给曹大河，又怕他睡觉了。她情绪黯然地坐在楼下的绿化休闲区，十月的秋夜已经有些凉，木椅由内而外地反着潮气。她想起来曹大河走时那种带着疑惑又失望的眼神，心里就一阵难过。电话拨过去，响了很久曹大河才接起来。

"大河，你睡觉了吗？"

"你想我能睡着吗？今天那人怎么回事？"

"那你怎么不打电话来问我？"

"我不是等你来告诉我吗？"

"那我说了你能相信吗？"

"如果你能叫我相信，我当然得信你。"

那二不知道如何才能叫曹大河相信，她知道曹大河其实并不了解她。她一直没叫曹大河来家里，眼下他可能以为她是因为有事藏着掖着。她拣重要的章节把前因后果说了一下，说完迎来电话那端长久的沉默。那二心里有了预感，这沉默倒也不觉得突兀。

"……你不相信我对吗？"

"你完全可以不用管他的啊！如果他是个坏人，对你施暴怎么办？而且，这么久你为什么不告诉我？如果你真的跟他没事，你为什么不住到我家里来？就算你帮人，也总有个度吧？明知道这个人是个无赖你还收留他。如果这事叫我父母知道了，我该怎么替你打掩护呢？"

"那事情已经这样了，我该怎么办？"

"……要不我去帮你撵走他吧，好像是在欺负人啊！这世道还有没有天理了。"

那二犹豫着，她怕曹大河来了跟野山发生争执，以她对野山的观察，这个人不是个善茬儿，真打起来恐怕曹大河要吃亏。"今天太晚了，你就别过来了。明天我看看吧，不把他撵走我誓不罢休。"

"我担心你吃亏啊！他还在你家吗？你可千万不能跟他同居一室了，他要真伤害你怎么办？"

"我不知道，应该在吧。那人害我倒是不太会吧，他不是什么好鸟，但也没任何侵犯我的意思。"

"那你在哪里，我去接你吧。"曹大河说。

那二等的就是这句。这不是说那二期待去曹大河家，而是看看曹大河的度量。这个城市有一类人有个重要特质，就是：人不能负我。如果他没这样的气量，接下去要不就是两人的关系无法进行，要不就算进行下去结果也不会开心。

那二初次在曹大河家留宿，两个人相对无言。那二穿了曹大河的大 T 恤当睡衣，她乖乖地躺在靠床沿的那角，两人的中间还能睡个人。这时，她的内心充满矛盾，既希望曹大河过来又不希望他过来。平日里，曹大河总是找机会接触一下那二的肌肤，哪怕是手或者脸。他喜欢拥抱那二，把头埋进她脖子里深深地嗅她皮肤散发的味道，像森林里奔跑的小兽蹭到了淡淡花香。那二没有冲动的欲望，任他搂着嗅着，再进一步她便婉约地回避了。如果真的没想做，还是留在结婚以后适应吧，她是这么想的。

可是，曹大河是这么想的，那二一直在装清纯装婉约吗？曾经自己对她的好印象竟然被一个陌生男人给打碎了。那二究竟跟那个人是什么关系？果真是她说的那样吗？她爆粗口的样子还真没涵养。很久了，她一直没叫他去过家里，可是她会容忍一个无赖住下。这能说通吗？现在的女人到底是什么样的，究竟哪句是真哪句是假？曹大河纠结着，同一张床上躺着他晚上想过无数遍的女人，却因为心事没多少欲望。他把最后那点欲望克制住，只等过阵子看看情况再说了。否则，如果那二的确是个隐藏很深的女人，他肯定无法接受。

那一晚上一对男女各怀心事，貌似平静地各自睡去。

Chapter 34
那二也失业

世道变了模样，小三开始争权夺利，只恨国家律法不给她们伸张正义。所以，小三们付出的时候也许目的单纯，等到想得到的得不到满足的时候就会变得非常复杂。

这天，阴魂不散的生物老师胡佳蓓要和袁嘉谈谈。袁嘉寻思反正闲着也是闲着，谈谈就谈谈呗，谈什么你都不行，老娘我这次可是胸有成竹，有胆你就来找茬儿。

她们约在虹口的某家上岛咖啡。谈话的主角也到场了，杨旭事不关己一样高高兴兴地也来了。他在胡佳蓓那一侧刚要坐下，就叫袁嘉的眼神给拉了起来，然后识相地坐到袁嘉旁边去。其实，他没多想，只感觉胡佳蓓的座位比较近些。袁嘉拿起来酒水单挑爱喝的点了水果茶和冰激凌，又给杨旭点了鲜榨果汁。点完以后把酒水单放在桌子上，叫胡佳蓓自己点。胡佳蓓不知出于何故，要了杯纯净水。袁嘉心里笑话她，不知道省得个哪门子钱，再省出来也不是你的。装呗，再装也是个便宜货。

“你找我谈什么？说吧。”袁嘉笑眯眯地说。

胡佳蓓酝酿了一下，想显得温柔些，只是那些绵软的话从那么宽大的骨架里钻出来有些貌合神离。

“你也知道我是喜欢杨旭的，我保证我的存在不影响你们的家庭，但是希望你能够宽容一些，别再因为这些找我的麻烦好不好？”

“哟，我以为杨旭这阵子老实了呢，原来你们还勾搭着。杨旭，你现在这无影腿伸得挺妙啊，我都没觉察。”袁嘉一副对杨旭刮目相看的

眼神。

杨旭在吃袁嘉的冰激凌，他笑着说："你们谈你们的，关我什么事儿？"

胡佳蓓接话："他最近跟我联系是不多，你别误会他。不过，我们肯定是相爱的，要不然，今天我也不会坐在这里。"

"你坐在这儿又怎么了？什么相爱不相爱，他爱你怎么不把你娶回家？切！"袁嘉才不给胡佳蓓面子，她把水果茶喝得有滋有味。

胡佳蓓被袁嘉噎得无话可说，她把目光投向杨旭希望他能帮她，杨旭却吃得非常专注。袁嘉看到自己的冰激凌被杨旭吃了一大块，赶忙去抢。

"你赶紧还给我，谁叫你不点？都给我吃光了。"袁嘉抢着吃冰激凌。

杨旭不让，又抢回来吃。"你们不是说话呢吗？等会儿再点。"他把盛冰激凌的玻璃碗抱在手里。

袁嘉趁机用勺子舀着吃了一大口。"我凭什么等会儿再吃？刚才为什么你不点？"

杨旭赶紧把剩下的冰激凌倒进嘴里，一边吃一边兴奋地说："欸，你抢不到，你抢不到！"

看见杨旭嘴里含着冰激凌把牙冰得嘴都合不拢，袁嘉哈哈笑："叫你抢，没冰死你。"

胡佳蓓看着这对活宝一样的夫妻，自己分明是个局外人，她再谈什么都是多余的，的确哦，什么爱不爱，做的时候才爱，不做就不爱了。这对夫妻她是拆不散的，就算她赢得了一时，也赢不了一世。她终于明白，自己做了小丑，败给了一个比她大十岁的家庭妇女。

袁嘉笑够了，转过头来问胡佳蓓："你到底想怎么样？你说吧，别来一趟只为了喝口纯净水。"

胡佳蓓的信心被瓦解，语无伦次："我不想分手，可是为什么吃亏的是我？"

袁嘉笑："你吃什么亏啊？你用了我的人，我没跟你要磨损费就不错了。要不这样吧，以后他还可以给你用，你多少出点钱吧，你挣得也不多，我也就不心黑了，每次就200块钱吧。"

"啥？……"胡佳蓓被袁嘉气得不知如何应对，只看着杨旭，等他表态。

杨旭被袁嘉的话逗笑了，也开起了玩笑："啊？我就那么便宜就被你给卖了？不行，我不合作了。"

袁嘉调侃杨旭："那再贵点儿？你乐意也得看买家经济实力啊。"

胡佳蓓尴尬得不知如何是好，她心里在埋怨杨旭，脸色也难看了。

杨旭觉得过分了，赶紧刹住话题："好啦，不逗了啊。小胡你也别介意，我们经常这么闹腾。既然坐这里了，我是不是也该说几句。你们都别闹了，我就这么一个人，并不想伤害到谁。但是这个问题好像解决起来有点棘手啊……"

"你说的不是废话吗？总是吃着碗里的看着锅里的，你当然不好解决。"袁嘉听杨旭的废话就来气，却笑嘻嘻地说话。

"杨旭，那你爱我吗？"胡佳蓓逼问。当着袁嘉的面儿，这该算挑衅吧。袁嘉表面上笑着，心里打着鼓，等着杨旭怎么回答。

杨旭不傻，这时候说爱或者不爱总得得罪一个。他忸怩了半天说："这人吧，都是有感情的，你叫我怎么说呢？"

"今天不是来叫袁嘉放我们一马吗？是你说你爱我，我才愿意做你没名分的情人的。"胡佳蓓有点生气了。

"这事儿你们俩就慢慢商量。我要说什么她都不会同意。"杨旭把话题抛给这两个女人。

"我放你们一马？怎么放？我不能叫你们光明正大地过在一起吧？那你们偷情的乐趣又在哪儿？不过，我又不明白了，既然你们一直没断，来了又不是想叫我们离婚，这是啥意思？"袁嘉不解。

"我直说了吧，虽然我离过婚，可现在也是单身。我跟杨旭认识这段时间，彼此也是相爱的，我们互相也不想离开。可我不能总是跟他这么来往下去啊，我不花他的钱就算了，但是人不能也经常见不到。以后每周我和他至少住两个晚上，希望你能同意，就算你不同意，我们还是想着法子偷着出去。你认为他骗你舒服，你就等着做傻子吧。我话说开了，是希望你发现了别再去我单位和家里闹腾，这样大家都累，对你和杨旭的感情也没好处，免得又寻死觅活的，对自己也不负责任。"胡佳蓓的一番话杀机四伏，终于不再装淑女了。

"哟，这人一不要脸还真是无敌。你认为我会怎么样做呢？"袁嘉笑

着说。

"我不知道。"

"你真不知道？"袁嘉笑着反问。

胡佳蓓有点心虚，她摇着头："不知道。"

袁嘉转而问杨旭："这是不是你的主意？"

杨旭吸着果汁扑闪着眼睛说："算是吧，也不是非要那么明确，你就别太较真不就完了吗？她大老远的来一趟也不容易。"

袁嘉笑着瞪了杨旭一眼。"好啊，你小子，咱们回去慢慢算账。"又看向胡佳蓓，"呵，胡佳蓓你胆子不小，知道不，换做从前，你早就被打得满地找牙了。我自杀还轮得到你来笑话，以为我怕你是不是？你也别不要脸说不花杨旭的钱，就你挣那几大毛还够你租房子请钟点工？告诉你，那是杨旭从我的指头缝里漏下给你的，我们一天不离婚，你就是在花我的钱，连你都是我养着的，凭什么跟我在这里叫板？想找抽你言语一声，我一定成全你。给你花的那点钱，用来找几个人收拾你太容易了。"

胡佳蓓显然被吓住了，她讪讪地张了张嘴不知说什么好。

杨旭见状不妙，大声地喊："服务员——来三客冰激凌，降火……"

次日，曹大河送那二回家，表示要帮那二赶走野山。那二依旧是担心野山会狗急跳墙动起粗来，她没说出来，那样显得曹大河单薄，连个女人都保护不好。她反过来安慰曹大河，并说她今天一定把野山的问题解决了，肯定得叫他离开。曹大河心里却想，是不是那二有什么不可告人的秘密，不便叫他知道，这么想着，他也不硬去坚持了，只说别硬来，怕野山伤害到她，有事别自己处理，找他或者警察。那二是带着使命回去的，她决定要把野山扫地出门。

那二一进门，野山就满脸堆笑地迎了过来。

"那二，你昨晚上哪去了？不要再生气了行不行？我错了不行吗？你就原谅我吧。"

那二用手指着他："离我远点！"

野山不再往前凑了。两个人开始对峙。野山有点嬉皮笑脸，那二完全就是冷若冰霜。

渐渐地，野山被那二的目光逼退，眼睛开始闪躲。

那二打开门，进屋去取了五百块钱又出来，她把钱放在桌子上，坐下。

"野山，我不了解你，我也不想了解。这几百块钱，你买车票回去吧。我们非亲非故，我能帮你的也就到这里了。"

野山果然又是那副叫人生厌的伪装出来的可怜表情："那二，我不知道去哪里啊……"

"关我什么事？"那二冷冷地说。

"可我在上海除了你，没人帮我了啊。"

"你是我什么人啊？怎么穷到连自尊都没有了吗？"

野山支吾着："我喜欢你不犯法吧？我就是现在穷了点……"

那二不屑一顾："你穷得不光没志气，还穷得不择手段。你没想过你昨天做的事有什么后果吗？"野山没回答，那二继续说，"你完全居心叵测，想破坏我的生活。可是，你就算破坏了我的生活，对你又有什么好处呢？人穷不可耻，穷到与人为恶就无法原谅了。"

野山那种凶狠的表情又流露了出来："你说这话什么意思？我他妈的就是欠了你的了，但不至于像你说的那么样吧？"

"别吓唬我，没用。原本我不想说了，可是我实在忍不住了。你真是我见到的'极品'。我对你本来心存善念，义行善举，没指望你回报，但也没想到你会想毁掉我的生活。今天，你必须离开我家。临走前我送你一句话：人要积德，别等老天报应。"

那二说得不紧不慢不卑不亢。野山的眼神又暗了下去。

"我没想毁掉你的生活。我没想那么多，如果是那样真的很抱歉……"

那二把五百块钱往前推了推："拿着吧，回去找你自己的生活。"

野山失神地收拾起自己的东西，最后把钱一把揣进口袋里。走的时候很不诚心地说了一句："谢谢了啊。"然后，摔门而去。

门上挂着的家门钥匙被震荡地晃了几晃，野山没带走。那二稍微放了放心，把野山碰过的东西一股脑收拾起来，整理了一大袋子，当做垃圾扔了。收拾完以后，她忽觉疲惫，坐在地板上发呆。

这时，接到王总编的电话，问她为什么上午没过来。这电话很奇怪，

191

Chapter34 那二也失业

那二她们没有规定上班下班时间，按理不该这么问话，一定有什么事情。不祥的预感漾了上来，最近社里待得也别别扭扭，莫不是要炒她鱿鱼？电话结束以后，那二揣着心事笃笃定定化了个淡妆，换了身漂亮衣服，叫了辆的士去杂志社。

　　社长不在，外面办公室里只有樱桃和翡冷翠的烟花。那二料定社长是躲了出去，这日应该是自己在这家杂志社职业生涯的大限。她反倒轻松了，去往王总编办公室的路上，她来不及想如何面对失业，只想如何争取多一点补偿。

　　王总编似乎难以启齿的样子，绕了半天才拐到正题上。

　　"小那，这不是我的个人意见，近期以来社里的人对你都有点看法，大家相处的也挺不和谐，我看，你还是另外换个单位吧。"

　　那二带着笑意："总编，我哪儿不好，我也听一下意见，看看能不能改掉，值不值得改。就算不在这里做事，以后换了单位也得避免。"

　　王总编想了想说："你吧，没什么不好。就是有时候不注意团结，还有点锋芒太露。"

　　那二不恼："还不如不问你。好吧，我合同期没到，那我们谈谈如何赔偿吧。"

　　王总编没想到那二这么痛快。"哦，这个呀，社长交代过了，除了这个月拿全薪，给你再加两个月的薪水算做补偿。这阵子你再用心找找工作，你还是挺有能力的，相信能找到更好的。"

　　"现在能给我结账吗？"

　　"明天吧，钱已经准备好了。再说一声就行，你明天过来拿。"

　　"那为什么明天？既然你也不想见到我了，那么就现在吧，省得我再跑一趟。"

　　王总编看着那二平静中带着笑意的脸，被她的话噎住了。"哦，那你等一下，我现在打电话跟会计说。"说完，王总编打电话找会计。

　　那二突然觉得没什么好说的了，也不想听王总编废话。她左右不了别人对她如何评价，但是自己心里明白怎么回事。什么不注意团结，锋芒太露，这帽子随意就扣上来了。还不叫人正常地做事了，难道除了埋头苦干还要低眉顺眼，跟某些人一样曲意逢迎，才叫低调做人善于团结？

本想安心做个工作，但总是会生出些七七八八的事端。社长看来早就知道这事情，他应该是无法与社里的其他人对抗，毕竟业务和人情同样重要。那二不想为难社长，也不想去找他，他对她一直不错。

她去收拾自己的东西，认真地把坐过的办公桌椅擦拭了一遍，她是个重感情的人。抽屉里有许维送她的小布偶和话剧票根，还发现了一颗忘记吃掉的费列罗。她想起了许维，以及与许维相处的那些快乐或者不快乐的日子。那二顿时有些低落。

翡冷翠的烟花过来了，她有些不舍："那二，要走了么？我刚刚知道。"

那二笑得婉约："是哦，要走了，你要保重。"

"请你吃个饭吧。"

"哦，不了，今天我还有事，下次有机会吧。张左没来？替我跟她说一声我走了。"

翡冷翠的烟花点了点头："嗯，好的，常联系。"

"嗯。"那二应。

樱桃也过来了，她也有些不舍的样子，可能是因为气氛所致。"那二，希望你早点找到好工作。"

那二浅笑："谢谢，我想休息几天再说。你也保重。"

领过薪水和补偿金以后，那二抱着收拾好的箱子叫车走了。她没叫曹大河来接她，还没想好如何告诉他，似乎这是要给他添负担的事情，刚因为野山的事情不痛快，只等再寻到新的工作再说。

下午路上不堵车，出租车行至她喜欢的衡山路一带，阳光从法国梧桐的枝叶里遗漏下来，极为浪漫写意。而那二此刻的心情凉薄。一片黄绿相间的梧桐叶旋转着飘落在车窗上又被风吹走，渐渐被遗落在莫名的地方。这，便是一种宿命。

Chapter 35
无奈的夜晚

    房东过几天马上要收房，那二抓紧时间去租房子。看了几套房子，相中附近半公里内的一家，因为新房东的现任房客下周才搬，那二只得先交了定金后耐心等待。虽然失业并没带来太多的负面情绪，但最近的确有点兴致索然。晚上8点多从找房子的地方出来，她感觉全身乏力，才想起来一整天只喝了几瓶水，未进颗粒粮食。就近在麦当劳凑合吃几口，食道却像堵塞了一样，任何食物都难以下咽。这时想起一整天与曹大河未通电话，野山走了也该告诉他一声。刚要拨出电话，曹大河的电话就打了进来，这意外的巧合令她小小地开心了一下。

    曹大河得知野山走了，又担心野山有家门钥匙，反正过几天要搬，再配钥匙也麻烦，就此机会也想叫那二先住他家几天。那二听得出曹大河在关心她，看来野山的事情并没深度影响到他对她的信任，这也叫她落了落心。昨天已经在他家住了一晚，今天曹大河的邀请也是理由充分，如果不去倒是显得那二没诚意了。其实那二今天很想靠一靠他的肩头，怎么感觉那么累。

    那二刚到家收拾好东西，曹大河就到楼下了。今天一直在忙，领到的三个月工资也没来得及存，那二没多想，原封未动把装钱的信封锁在抽屉里。

    见到曹大河，她软软地扎在他的肩膀上靠了一会儿。曹大河疼惜地抚摸着她的头发。

    "那二，你没事吧？"

那二坐了起来，摇了摇头："没事。咱们走吧。"

似乎都有心事，一直到曹大河家，两个人都没怎么说话。那二料定今天得发生一些每对恋爱男女都可能发生的事情，她做好了心理准备，如果曹大河要，就给他。

那二洗好澡出来，看到曹大河把两个人的枕头放得比昨天近。她故作轻松上了床，拿起床头的一本《达·芬奇密码》翻看。感觉曹大河慢慢地往身边挪了几次，终于挪到了她的皮肤上。曹大河的手微微发颤，在她的皮肤上摩挲着，那二闭起眼睛等待性欲来临。她和男人一样讨厌做爱的时候装尸体的女人，但她比较了解，女人如果装尸体，多数是对男人没感觉。男人叫一具床上的木乃伊复活很容易的，强行地进入抑或慢慢地渗透。但反应会不同，前者叫得惨烈，后者多数蚀骨。就怕那种做爱的时候复活，做完了又死去的女人，男人会伤感。

那二很久没碰过男人，却没期望中的激动，她也不想做尸体，可她的思想总是恣意妄为地跑来跑去。在曹大河的抚摸下，她漫无目的地呻吟着，像条搁浅在沙滩上的鱼。当曹大河爬上来一张嘴覆盖了那二的嘴巴，少女时期的阴影这时又不争气地跳将出来。一阵犯恶心，那二忍了半天没忍住，猛地推开他，抱着床边的垃圾桶吐。

曹大河被那二的反应搞得尴尬又丧气，他起身来帮那二清理秽物，被那二拒绝了。那二知道，以曹大河的修养表面不会说她什么，但心里肯定会有些不高兴。她自己一边清理秽物一边道歉，说自己晚上胃口不好，实在没忍住。她没说自己惧怕接吻，对一个即将娶自己的人说这话不合时宜。

她想要补偿曹大河，叫他了解自己是个不会叫他失望的女人。就在她一边道歉一边爬上曹大河身体的时候，手机却响了。王若琳的《Let's start from here》在此刻唱得分外刺耳，那二抱歉地看着曹大河，本不打算接，可是手机响个不停。曹大河再次泄了气，说：接电话吧。

这夜半电话来得不早不晚不是时候。那二拿起手机一看，是许维。她犹豫着到底当不当着曹大河的面接许维的电话，可是背着更表明有问题，只好按下接听键。

"嘿，许维，好久不见。"那二故作轻松。

"那二……我知道你离开社里的事了。这可能是我的错，真对不起，

希望你能原谅我。"

"没那么多事，都过去了。你怎么样？"

"我在母亲的公司做事，还行。刚才樱桃给我打电话，我才知道这件事，唉，我错了。你要是恨我就骂我吧。如果你有什么难处告诉我就行，我一定会帮你的。"

许维像个孩子。其实，她于他是不恨的。

"别说傻话了，没事的，已经这样了。你好好的，我就高兴了。"

"那二，我想去看看你。"

那二笑："以后说吧，今天太晚了。我得休息了，你也早点睡觉。"

接好许维的电话，那二看见曹大河的脸色不太好，知道他误会了。

"是前同事。"她解释。

"我怎么听着不像？"曹大河也许是在质问，但口气没那么差。

"是前同事。"那二重复了一遍，"你认为是谁？野山吗？"

曹大河不语，算作默认。

"我说了，我跟他真的不熟悉，真的没关系，真的就是帮他的忙。你要相信我。"

曹大河还是不语。那二觉得郁闷。

"你觉得我跟那个人会有什么关系？你这样不信任我，我们相处下去会很辛苦。"

"我心里有点别扭。如果你遇到我有这样的事情你会怎么想？我家里住着一个陌生女人，而且毫无关系可言。你觉得这解释得通吗？"终于，曹大河发言了。

曹大河的话叫那二有点别扭，她也沉默了。曹大河等着那二给他仔细解释，那二觉得解释太多更像掩饰。此刻躺在曹大河的床上，那二无比煎熬，毫无归属感。两人发呆发着就闭起眼睛，安静的表面下埋伏着激流暗涌。时间一滴一滴漏掉，沉默渐渐吞没了一张床上的两个男女。

再一睁眼，时针又走了半格。曹大河看了看躺在旁边的那二，她闭着眼睛，睫毛在轻微抖动，他知道她没睡。曹大河轻轻吻了那二的额头一下，说了声"睡吧"，顺手关了灯。许久以后，他的鼾声才均匀。

黑暗中，那二望着窗帘上模糊发亮的方框影子，她无意识地旋转着手指上的钻戒，一直望到天色渐渐发白。

深夜，寂寞的裴苏苏。

"当然，当然。我喜欢，唔……"裴苏苏一边对着手机说话，一边做贪婪状把一根剥开皮的香蕉从根部舔到头。"我当然喜欢。那滋味简直太爽了。Jack，下次再去 Dairy Queen，我们该换个口味，尝尝杏仁儿香草味的冰激凌。"

说完，她咬了一口香蕉，吃得很香甜。

"你居然用嘴了?!"袁嘉瞪大眼睛，脸上贴着的黄瓜片儿因肌肉的拉伸掉下来几片。

杨旭迅速地关掉一个 QQ 窗口，他的脸上是尴尬的笑容："你又偷看我聊天! 袁嘉! 你蔑视我的人身权利!"

袁嘉气恼地把脸上的黄瓜片摘下来往杨旭的头上投掷。"他奶奶的，滚你的人身权利! 前几天的账我还没跟你算，这几天你们又得瑟开了。他奶奶的这是什么日子，简直没法儿过了我……"

继而，跟着袁嘉牢骚扔出来的是杨旭上回还没来得及整理放回的行李……

Chapter 36
现世报

那二跟曹大河分别后没有直接回家，昨晚的事情令她心里郁闷，想约袁嘉出去逛街散散心。袁嘉说已经和美容师约好去做 SPA，就叫着那二一起去。袁嘉做的 SPA 比那二的贵。那二的套系单次折合 300 块左右，袁嘉的贵了整整一倍。男人从未花着过袁嘉半毛钱，可袁嘉舍得给那二花钱。她说女人之间的友谊多数比较单纯，不像与男人的交往绕过来绕过去就是上床那点事。于是，那二又沾了袁嘉的光。

袁嘉所去的 SPA 馆是宫廷式装修，SPA 的房间像个后宫闺房，还没进屋就有丝丝缕缕薰衣草精油的芳香沁入鼻息。屋顶和墙壁上的木质改良型宫灯，玫红绢纱笼罩，光线暧昧不刺眼正合适。屋内紫罗兰色的轻纱叠帐，墙壁是暗金色的浮雕纹壁纸，墙上的树枝藤蔓蜿蜒至屋顶，上面爬着几朵盛开的牡丹绢花。紫罗兰色的轻纱后面有两张宽大舒适的按摩床，两张床旁有两位着宫廷短打的女美容师。她们正用精油为两个赤身裸体的女人做经络按摩。

"曹大河啥时候送你的钻戒？"袁嘉问。

"前几天。"那二答。

"也不跟我说，忒不够朋友了啊。哎哟，轻点儿，那儿特疼。"袁嘉被美容师碰到一根纠结的经络，她疼得龇牙咧嘴。

"姐，你活动少，这经络都纠结在一起了。通则不痛，痛则不通。你也不常来，我给你好好地疏通疏通。"美容师继续搓弄着。

"常来那不得钱吗？花钱更疼。"袁嘉调侃。

那二答袁嘉的话："说不说都一样。万一哪天又变了呢。你也知道，我可是被伍晓华他们家人吓到了，下锅的鸭子都能飞。可我得感谢他们家人，不是他们硬是阻拦，我得跟他那么憋屈一辈子。嫁人得嫁好才行，否则还不如不嫁。"

"哟，你可终于想明白了。不容易。嗯……我感觉曹大河比他好，能靠得住。嗯……既然戒指都送了，你们商量婚期了吗？嗯……"在美容师的按摩下，袁嘉边说边哼哼，若不看她只听声音总以为在做那种事情。

"本来有考虑了。可是，发生了一些事情，我感觉不太好。"

"啥事情？"

那二嗫嚅着不肯说。"算了，回头再说。"

"吊起我胃口又不说。嗯……烦人。"

"等咱俩的时候再说，私房话。"

"切，不就是那点事儿。那随你。哎哟，你没觉得这几天我又胖了吗？"美容师按到腰部，袁嘉又敏感开了。这两个孩子的妈总是怕腰际有赘肉。

"没看出来。"

"不行，我得减肥了。光胖肚子，连腰都不那么明显了。"

"就是这样啊，要减肥肯定先瘦胸脯，要增肥肯定先胖肚子。现实总是与人的期望背道而驰。"那二在说减肥，也是在说现实。她不过借喻一下。

"我想离婚啦。"袁嘉笑着说。

那二懒得理会她，离婚这词被袁嘉说得已经不新鲜了。"又吵架啦？"

"没真的吵。"

"那就别折腾了，离了也不会找到更好的。这个年纪，好男人都轮不到我们了。"

"你这不是等到曹大河了嘛。我就算离婚了，也不会想结婚的，除非找个比我更有钱的男人。现在的人都算计，咱不是那有钱人，活了小半辈子可就这么点家底，被人骗了去不合适。再说，我也没空跟那些人斗智斗勇。"

"袁嘉……"那二欲言又止，不知从何说起。

"嗯？"

"你感觉我跟曹大河挺合适?"

"嗯? 又咋啦? 变心啦, 还是又有插曲啦?"

"你的想象力又野性奔驰了。没有。"

"我说你也别瞎想了, 赶紧嫁掉才是正事。遇到个认真又踏实的男人不容易。你好像快过生日了吧? 这下就32了, 按上海的说法就是33了。再有个错漏, 又得跟人耗上个一年半载。你可耗不起。你妈又不在身边, 我得教育你, 可别再不听话了。"

袁嘉又教训人了, 那二碍于两个美容师在, 不去接她的话, 接下去更没完。她答: "知道了。"

袁嘉的嘴不饶人, 所以那二很多事都不跟袁嘉说, 一扯出来就很长, 总要被袁嘉揪住训斥一番。她不想说跟曹大河的事情了, 说了曹大河又得说许维, 说了许维又得说野山, 扯来扯去就很难解释清楚。她闭起眼睛享受美容师的按摩, 昏昏地要打瞌睡。只听得美容师说话: "两位姐姐, 转过来吧。身体做好啦, 再给你们敷个面膜, 你们可以睡一觉, 精华会吸收得更好。"

袁嘉和那二转过身子, 两对乳房突然从身下解放, 朝天扑扑地颤动了几下。

回到家, 那二明显感到不对劲, 家里的一次性杯子里有几个烟蒂; 沙发上有被人躺过的痕迹; 空气里有陌生的味道。她皱着眉头翕动着鼻翼。幸好昨天没回来, 她想着有些后怕。

门后面挂着的钥匙还在, 她一琢磨, 难道野山真的配了钥匙? 虽然自己眼拙, 依她对野山的粗浅了解, 感觉他虽然是个无赖, 但不太会这么做。她忽然发现卧室的门也是虚掩着。家门钥匙野山能配, 卧室门的钥匙他是绝对没有的, 那二从来不会叫他有机会触碰到。她有个小心眼儿, 每次在离开家的时候都在门后放一张半折着的厚纸片儿。纸片儿沿着地板的某条缝儿摆齐, 稍微挪动就能知道进来过人。以野山的身量, 开门幅度最小也能触碰到, 可是, 那二从未发现这种事。这时她看着那虚掩着的门霎时有些紧张, 不知会面对什么问题, 第一反应就是万一发生危险如何逃生。她先去把外面的门敞开, 才去查看卧室, 用手试探地推了一下门, 竟然轻易地打开了。

卧室里没人，但是被人翻动过。那二的物品平时放得有条理，她很熟悉自己的摆设。现下，有几本书的位置放错了；拖鞋有一只被踢到衣橱旁边；首饰盒子敞了口，但是没拿走里面的白金项链、三枚宝石戒指以及一副钻石耳钉。也许是因为跟其他仿真首饰混在一起他不懂真假，或者他根本就是不想拿。她打开了工资的抽屉，发现那个装钱的牛皮纸信封不翼而飞了。那二骂了句粗话，一边继续查找遗失物品一边拨打了110。

还是上次来过的那个110警察来了，这次那二把警察的嘴堵上了。

"您别再说我和他是男女朋友闹别扭了。我跟他真没什么关系，我就是想帮他个忙。这有什么不可信的？……可他现在的确是偷了我的东西了，是吧？我没给他钥匙，我家的钥匙只有两把，一把就在门后面。我家平时没人来。……我为何把钥匙放在门后？这有什么奇怪，我平时去买菜习惯从这里取钥匙再放回去啊。你们看看，这卧室的门是被撬过的。……对啊，外面没有被撬。说明他不是私自配了钥匙就是找开锁的把门打开了。我怀疑他是有道理的，您看这烟头，就是他平时抽的烟……我承认是我不小心引狼入室，可事情已经这样了。您上次不是还劝我跟他好好解决问题呢吗？您不是也没看出他是个贼吗？……哦，那帮人抓贼的自己就不能做贼啦？警察阿哥，侬帮帮忙好唔啦？……"

之后，又去了趟警察局录口供，那二感觉倒霉到家了。这个野山惹了一大堆事情出来，讨了她的帮助，竟然还偷她的钱。他怎么能这么做呢？自己刚失了业，钱又被盗，跟曹大河又闹了误会，最近就没一件事情是顺畅的。

那二从警察局里出来，心情是灰灰的。今天是周末，平时一到这个时间就有点蠢蠢欲动，今天却感觉做什么都没劲。警察局离家不远，走路也就一刻钟。回家的时候，她在路边的小超市买了包ESSE，幽幽地边走边吸。她看见过街头吸烟的女子，有的装酷，有的真的很酷，有的很风尘。她的烟吸得很散漫。她很早学会吸烟，少女时期那次离家出走在书店工作时就开始了。书店的老板娘就爱吸烟。她丈夫喜欢上一个国标舞的教练，他们拉着手出现在她的面前。那女教练对老板娘说：你男人不要你了，他不想成天看你耷拉着一张脸。老板娘眼神里充满不屑，一口青烟缓缓地喷在国标舞教练的脸上，把烟灰轻轻地磕到她的脚下，一

言不发继续看书。那二觉得书店老板娘很酷，那时候还没有"酷"这个词。书店里只有那二和老板娘在无休止地看书，老板娘大约是注意她的。那天，那二从小旅馆回来，老板娘给了她人生的第一支烟……

认识袁嘉的时候那二已经不吸烟了，尽管她有过一天吸两包烟的纪录。她很容易就当了一个好孩子。跟赌钱一样，她说断就真的断掉了，心里一排斥，再抽烟就感觉受罪。十多年时间里，她抽烟的次数都能数得过来，仅有的几次也都是在极度焦虑时。那二在焦虑的时候不喜欢跟熟人"倒垃圾"，有时候会跟陌生的网友说一通，说完了就把人拉黑名单。她反感别人知道她太多秘密，别人总是报以关怀和怜悯的情结，会让她感觉负重。她认为自己是个坏人。极度焦虑的时候抽烟，能随着烟雾的吞吐把郁闷化解掉。这是个不错的过程。

再过一条街就到家了，这样悠然地走路，她才注意到路边被几个交通锥形筒围住。有一个井盖被盗了，圆圆的洞口像受了惊吓的嘴。

那二无意识地留意了那张嘴一下，她从容地绕了过去，这时，接到了一个座机电话……

"喂，请问你是那二吗？哦，是个女的……"一个男人的声音。电话里的后半句显然不是说给她听的。

"是我，你是哪位？"那二问。

"我这里是徐汇骨科医院，请问你认识李向军吗？"

"李什么军？"

"李向军。木子李，向阳的向，军队的军。"

"哦……没听说过。"那二感觉很蹊跷。

"你听我说啊，我们在他身上发现了你的名片。他今天凌晨掉进了马路上一个没井盖的下水井里，人摔昏迷了。他摔断了手臂和一根肋骨，早晨才被人发现送来医院。中午他刚醒来，我们问他哪里人他也不说，没多久又昏过去了。可是我们也不能放着一个病人不管啊，如果你认识他赶紧来医院一下，交了费用把骨头接上，救人要紧的。"一个上海口音的男医生，一口气说了这么多。

"很抱歉，我真不认识他啊，怎么去救他？"

"咦，那他怎么有你的名片？他的手机也没电了，我们暂时没法找别人。你就好好想一下，说不定还认识呢。现在他骨头还没接好，如果一直搁在那里没人管也显得我们医院不人道，可是总要有个人来帮他办理手续交费用啥的。"

"我想我不认识您说的这个人。您再找找别人吧。"那二被这电话搞得莫名其妙。

"哎哟，这人好像是乡下人……格哪能办啦（这怎么办呀）？"后面说的是上海话，医生开始自言自语。

那二欲挂掉电话，又听得电话里面有人说话："张医生，那个人醒来了，他说只认识那个叫那二的。"

打电话的人急忙说道："那小姐，这个人说只认识你。麻烦你还是来一趟吧……"

那二的脑海里闪现出野山的影子。他怀揣着那二的血汗钱，趁月黑风高之时打算潜逃，慌里慌张一脚踩进了没井盖的下水井洞里……她回头望着地面上的那张受了惊吓的大嘴，心里笑了一下：遭报应这个词太具有现实意义了。

"那小姐啊，你有没有在听我说话？麻烦你还是尽快来一趟吧……"

挂掉电话以后，那二坐在马路牙子上又抽了一根烟。一根 ESSE 的时间，她决定还是去骨科医院看野山。她不信佛，但她信因果报应。《易经》有言：积善之家必有余庆，积不善之家必有余殃。先人的旨意与那二的本性无意间契合，她不小心成为善行的圣徒。她没有因此而感到荣耀，甚至有时因自己的善良而苦恼。只要不行恶，她并不想求善果，因为求的过程是辛苦的。她其实是个伪圣徒。

Chapter 37

走钢索的圣徒

　　她跟野山的事情没完，她去医院看他时还带着一些幸灾乐祸的心情。在医院里，那二看见野山被放在角落的一张窄床上。他的脸也被擦破了，眼镜没了，身上的衣服又脏又破。他疼得龇牙咧嘴，手里正捏着那个那二熟悉的信封对医生说：我有钱，赶紧做手术吧……

　　那二一把把那厚厚的信封抢在手里，野山和医生都被那二的动作吓了一跳。

　　那二狠狠瞪了野山一眼，转而对医生说："医生，需要办什么手续，我先去办理，您这里该准备就准备吧。"

　　医生嘱咐了几句走了。

　　野山对那二的到来又害怕又高兴："那二，你来啦？"

　　"我报警了。"那二冷冷地说。

　　野山本来就被痛苦扭曲的脸更加惨白了："我求你了，放过我，放过我……"

　　"放心吧，我会帮你把骨头接上的。哪只手臂断了？"那二转而问他，似乎是在关心他。

　　野山用没断掉的左手臂指指右手臂："这只。"

　　"这只？你偷我的钱就是用这只手吧？"那二说着，用那只装钱的厚信封"啪"地打了他那断掉的手臂一下。

　　"啊——"野山凄惨地叫了一声。

　　有个护士从屏风后转过头来观望。那二装作关心地问野山："哪里不舒服？你没事吧？”

野山咬着牙摇了摇头。

“唉，你可真不小心，啧啧，多遭罪。”那二一副不忍心的样子。

护士见没事离开了。那二又问野山："听说你的肋骨也断了一根？在哪儿？"

野山点了点头，这次没比画，用手捂住断掉肋骨的地方。

那二却用那个厚信封朝他的脑袋用力拍了一下。

野山又“啊——”地惨叫了一声。

那二诧异地："哟，没这么夸张吧？脑子也摔坏了？"

野山都快哭了："头上的确摔了个大口子，现在还疼呢。求求你，别打了，饶了我吧……"

那二笑了笑："没那么容易。我本着人道主义精神且先救你。你回头去求警察吧。"说完，那二优雅地转身下去替他交费。

那二替野山交医疗费的时候是心疼的。这个不相干的人就是她人生的劫数，是她无法躲避的灾难。她如果见死不救，自己也会被良心惩罚。等安排好野山住院，他也做完手术被推进病房，那二才抽出空来看手机，发现竟有曹大河的三个未接来电。

那二打过去，曹大河问她在哪里，怎么不接电话。那二说在医院。当曹大河再追问，那二就不敢往下再说，她怕一时解释不清又找麻烦。曹大河也没再问下去，只说来接她吃饭。

她忙了一整天灰头土脸的，还没来得及收拾，那二见到曹大河时有些狼狈。她没敢说今天发生的一些事情，经过几次她发现曹大河也不是很豁达。这也不能怪他，主要是两人的确不够深入了解，话说多了只有叫他心里别扭，那二尽量和平时表现一样。

吃到中间，曹大河突然问起："你今天怎么去医院了？哪里不舒服了？"

“没有。我去看一个人。”

“哦。很重要的人吗？”

“不是，前同事而已。”

“那怎么还不方便接电话啊？打了好几个都不接。”

"我没听到，太吵了。"

"哦，前同事得什么病？怎么住骨科医院了？"

"他摔骨折了。"

"是不是年纪大了？竟然能摔骨折。"

"也没多大。马路上的下水井盖丢了，他掉进去摔的。"

"呵呵，好惨。女的？"

"哦，不，男的。"

"平时跟你关系不错吧？"

"没有。一般。"

"一般还去看他啊？"

"这有什么可奇怪的吗？跟别人一起去的。"那二撒谎时不敢看曹大河的眼睛，她埋头苦吃。

曹大河感觉她有所隐瞒，只是不想挑明。便岔开话题："你明天过生日，选个地方吃饭吧。"

"哦，你还替我记得，不提醒我我都忘记了。谢谢你啦，随意去哪里吃都行。"曹大河真是个细心的男人，那二想。

这时，那二的电话响了，是一个陌生的电话号码。

"喂，你好。哪位？"那二说。

"那二，是我，野山。明天你来的时候能给我带两本书吗？在医院住着真是太无聊啦！"

那二不知道怎么回答，对面坐着曹大河。她按捺着火气起身去外面接电话。她把野山骂了一顿，像他这种不知分寸皮糙肉厚的人真是罕见。

回来后，看见曹大河坐在那里不说话，脸色有点不好。那二想缓和下气氛。

"大河，吃饱了？"

曹大河顿了顿："你有什么事情不方便叫我知道吗？"

"没有啊。"那二回答得心虚。

"你不会撒谎，那二。"

那二不知如何回答，只好沉默。

"我发现我越来越不了解你了。……你好像跟我刚认识的时候不一样。"曹大河说。

"你多想了。我没你想得那么复杂。"

"可是，你叫我多疑了。我自信并不是多疑的人，如果你不是我将要娶进家门的人，我可能不会问下去。可这是一辈子的事情，我总要搞搞明白。"

那二想着该怎么回答他，可是在曹大河的眼里认为那二在回避问题。

曹大河有点生气了："为什么不说话？有什么事情说出来解决了不就行了吗？"

"如果我说了，你会相信我吗？"那二反问。

"你说什么事情啊，如果的确属实，我为什么不能相信你？"

"那我就告诉你吧……"那二把野山的事情说了。

曹大河听后沉默了，他脸上的表情写着"不可信"几个字。那二感觉男人的话真不能信，曹大河刚才明明说可以相信她的，现在的样子明明就是不信，或者不能接受这样的事实。

"那二，你觉得值吗？为了你所说的没关系的人做那么多。"

"大河，我……这不是值不值的问题。如果是你遇到这事，你会不管吗？"

"我当然不会管。这个人明明就是个小人，你是在演绎农夫与蛇的故事。一个你帮了他他还要偷你钱的人，你为什么要救他？那些钱他会还你吗？要是会还你，岂不是还要与你纠缠不完？"曹大河较起真来。

那二咬了咬嘴唇："以后不会管了。那钱我也没想着能要回来。"

"那二，这很多事情说不过去啊。我有时候真的不知道你是单纯还是笨，人善良总要有个度吧？我想过点平静的生活，不要有这么多复杂的事情。你知道我是认真的，认真地跟你交往，带你去见我的家人朋友，可到现在我连你家门都没摸过，然后，现在又突然跑出来一个莫名其妙的野山。你说他走了，现在又说他偷了你的钱，又摔伤住了院。如果你跟他真的没有什么关系，你为什么管他？"一阵沉默过后，曹大河继续说："我看先这样吧，最近我们暂时别见面了，你把这些事情处理好再说。"

那二没有反驳，她该说的都说了，该解释的都解释了。曹大河有情绪她理解，解释了他也不能接受，他还是不相信。这叫她不知该如何。低头求谅解的事情那二做不出来。

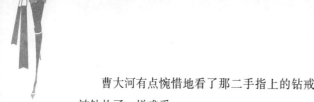

　　曹大河有点惋惜地看了那二手指上的钻戒一眼。就一眼，那二就像被针扎了一样难受。

　　前几天还热热闹闹地恋爱，仿佛一下子，所有的感情都淡了。曹大河送那二回去的路上，两个人比赛着沉默。灯光的明明灭灭中，那二轻轻褪下了手指上的钻戒，放在曹大河看得见的地方。曹大河看见了，却没任何表态，那二心里挺不是滋味。

　　道别的时候，曹大河的一声"珍重"充满质感，那二挤出一点笑容，回了他个祝福。当他的车开出视线，那二才转身回头去看。

　　凄清的夜色，微凉的夜风，寂寞陌野空旷，人走了，就像没来过。这一场感情没有大开大合，就这样划了一个段落。那二在夜幕的黯然里闭起眼睛。她伸出双手谨慎地迈出脚步感觉回家的路。黑暗中，她看到一个圣徒，走在高空的钢索上。

Chapter 38
离婚就是一张纸

"他奶奶的，我离婚啦！"袁嘉一进门就这么兴奋地嚷嚷。

不曾想，前几天在SPA里袁嘉说的话竟然是真的。等在逸锦大阿姐家的那二和他们一家人又被袁嘉惊着了。很难想象有人离婚还这么高兴，人人都怀疑袁嘉神经受了刺激而不正常了。

"真的?!什么时候?"

"昨天上午。我拉着杨旭赶了个大早，前面还有好几对儿排队呢。我怎么感觉离婚的人比结婚的还多……"袁嘉眉飞色舞地讲述了他们离婚的过程，叫一家子人目瞪口呆。

姑妈半天才缓过劲来："你们真的离婚啦?"

"离啦！不过，现在离婚就给一张纸，而且法院的人说，如果这张纸丢了就不算离婚了。我以为会是个绿颜色的小本儿呢。"我的天，这个没心没肺的袁嘉。

"那财产怎么分割的?"问这个的自然是逸锦大阿姐。

"上海的两套房子都是我的，存款都是我的，车一人一辆，公司股份有我20%。袁妃和杨辉的学费都是他出，儿子是他的我代养，每月还得给我一万块补贴家用。"袁嘉不无得意。

逸锦大阿姐咋舌："哟，这杨旭的脑子还真是被门挤过了。他那公司一年纯利也不过几十万，这么算下来，他除了辆破车是什么都没捞到啊。你果真叫他前三十几年白混了。那他现在住哪儿?"

"家里啊。他说没地方去。我把他东西搬儿子屋里了，他睡儿子

那屋。"

"看你们这婚离的，离婚不离家啊。好像有个电视剧《马文的战争》就这样子。"

袁嘉撇嘴："那个……根本不行，那女主角找了个男的还没房子，要我，没房子的男人我找他干吗？"

逸锦大阿姐："哎，对的。自己有两套房子也不要跟没房子的男人结婚。那种没本事的男人，要了伊也是个麻烦。你们是不是又吵架了？谁提出来离婚的？"

"这次当然是我要离。吵架也吵烦了，干脆离了，我也不当他是我的人了，自己还少烦点心。"

"你们两个人都够活宝的，全上海也找不出第二对了。要是杨旭一直不肯搬出去，我看到最后你们也是得复婚。也好，让伊尝尝寄人篱下的滋味，这下住的就是你家了。"逸锦大阿姐真是个明白人。

袁嘉笑得眼睛都眯成一条缝儿了："是的呀。这下他就是'离异，小孩归自己，暂未购房'，条件可差了一大截啊。我看他还能找到什么样的女人，慢慢奋斗去吧。跟他一离婚，我的财产就翻了个倍，真乐坏了。他说啥时候找到房子啥时候搬出去，有钱租房还不好租吗？他就是不想出去住。反正我说了，如果他要是在我家借宿的期间找别的女人，只要叫我发现一次，就随时滚出去！他奶奶的，跟我斗，也就是秀才遇到流氓！"

家里人该乐的都乐了，那二也跟着眯眯笑。袁嘉这才想起问那二。

"那二，你啥时候来的？"

"你来前十分钟。"

"咦，怎么不叫上曹大河一起来？上次赢了我们的钞票，这次我们要雪耻。"

那二有些黯然，不想马上回答。袁嘉和逸锦大阿姐他们也看出来那二情绪不对。

"怎么啦？吵架啦？"袁嘉问。

那二摇摇头。

"那是为啥啦？"

"有些误会，他不太相信我。"那二说话间甚感疲倦。

袁嘉错愕地："啥误会不能解决啊？不是钻戒都送你了吗？话说想开了就算了。谈朋友吵架也很正常。"

"昨天他说我们先别见面了，我感觉大概是分手的意思。钻戒我就还给他了。"

袁嘉瞪大了眼睛："啊？什么事情这么严重啊？你还他他就收下了？没说啥？"

那二摇了摇头。

逸锦大阿姐也为那二担心开了："哟，这话说出来，怕真是要分手了。上海人的性格就这样，话是留点余地，可心里就是放弃了呀。你们到底因为啥啦？"

"要不我去帮你问问曹大河，究竟什么个意思？哎呀，我也不知道你们之间有什么误会。有误会说开了不就完了嘛。"袁嘉说。

那二又摇了摇头，蔫儿蔫儿地说："不要去了。这事，随缘吧。"

她不想说野山的事情，要解释清楚得费太多劲，再说，讲出来肯定得被这一家人骂港督（傻瓜），她不想给自己添郁闷。对于那二，他们老早就有些恨铁不成钢，教她做个聪明人，如何都教不会。他们只认为，这小姑娘笨，笨得太难教化；如今小姑娘都成老姑娘了，还是笨。

袁嘉惋惜地说："咳，我们还说这次你真的要嫁掉了呢。"

姑妈也备感惋惜："我倒觉得你们蛮好的。那个男的看起来是个过日子的人，太可惜了。"

那二不再言语，低头跟自己的指甲较劲，大家的情绪也跟着低落。那二是抱歉的，可是又做不来调节气氛的角色。

袁嘉想起来来大阿姐家的目的："咳，那我们还是三缺一，又得叫邻居去了。"

逸锦大阿姐说："哦，想起来了，今天不要叫别人了。25楼的张茂生从美国回来了，叫伊下来玩儿。刚好给那二介绍个新朋友。你要不要？"

那二还没思想准备不好接话，袁嘉替她接了过来："就是老婆出车祸死了的那个25楼的？他不是缺了一截小腿么？年纪大个十几岁倒是没关系，上海人看上去显年轻。咳，如果那二不嫌弃他那点毛病，还真是个不错的人选。"

逸锦大阿姐也来了精神："咦，真说起来了，那二，你要是不嫌弃张茂生缺了一小截小腿，能找了伊的确蛮享福。这个人很有经济头脑，伊老早就移民美国，在美国开了四家连锁中餐厅，上海还有一个外贸公司。房产也不要太多哦，他在美国有别墅就不用说了，早几年赚了点钱就在虹桥那边买了幢别墅，现在都翻了好几倍，一直没人住就借给人开公司。他市区内有两套房子，全都没人住空着。伊儿子在美国读大学，前几年伊和老婆回上海，开车去宁波在高速路上出了车祸，老婆当场就撞死了，伊还好就是把小腿截去了。我觉得这不太重要，这个人还是蛮重感情的，前几年老婆刚死根本就没找新的女人。去年开始相亲，哎哟，人追的不要太多哦。伊今年大概四十八九岁吧，有的小姑娘二十二三岁都来找伊。这有钱人永远都难剩下。他每年回两三趟上海，每次住个把月回去。我看了，趁这机会那二要是欢喜，还是近水楼台先得月，跟他接触一下，蛮好就跟他去美国生活嘞。这不比嫁在上海平民家庭好啊？不要总是谈啥爱情、感觉，这些东西都是虚的，有钞票心里才能踏实。侬晓得哇？"

那边刚分手，这边就给张罗开了，这一家人还真是积极向上。那二想说什么没说。一家人也不知道她是怎么想的。

姑妈也说话了："唉，我倒觉得这个人真的可以考虑。大你一些没啥啊，男人比女人大些老正常的。再说，有点残疾也没啥，总比跟个身体健全经济条件差的人好些。就张茂生那条件，想在上海找个大姑娘也没问题，谈朋友这都是双向选择的事情了。"

姑妈的弦外之音就是张茂生还不知道能不能看上那二。那二是听得出来的，这也是实情。那二还是没说话，这时候都不知道说什么好。她突然觉得这个人的条件很适合一个人——裴苏苏。

那二的沉默惹急了袁嘉："你看你这个人，我们说话你听着没有？成天脑子不知道在想啥，你不急你家里也急啊！我就不信你妈不催你结婚。"

"我觉得这个人裴苏苏肯定会喜欢。"那二憋出来一句话。

大家都愣了一下。

"裴苏苏？哦哟，那个女的不是有男朋友吗？前几个月我们还碰见过。又吹啦？那个女的，我感觉心眼儿老多的。我不想把人介绍给她啊。"袁嘉说。

"那个不是她男朋友吧，前两个月那人回日本了，她现在单身。"那二不好详细解释裴苏苏的事情，她以为她们碰见的是坂口真仓。

"哦，在日本工作啊？长得蛮灵的，斯斯文文，戴个眼镜。"逸锦大阿姐说。

"斯斯文文，戴个眼镜？不会吧……那，不是那个日本人。"那二感觉对不上号。

"日本人？不是不是。好像是上海的，个子蛮高。咦，这个裴苏苏蛮有劲嘛，老能混的。"逸锦大阿姐说。

袁嘉撇嘴："我见过那个裴苏苏几次，不太喜欢她，那双眼睛哦，怎么看怎么像在勾搭人。"

那二不小心说漏了嘴，有些懊悔："咳，怎么说这些了。我可不是想说她闲话。"

袁嘉："哎哟，你不说别人就看不出来她是个什么样的人啊？又没说她什么。我倒是觉得人家比你聪明呢。给你个机会，你还总是让别人。她好了，又不像我们会对你真的好，给你些实惠的好处。"

"我没想着什么好处不好处的，只是认识这么多年了，也不想看着她那样下去。"那二说。

袁嘉问："怎么啦？她怎么样啦？"

那二斟酌着议论裴苏苏："她现在不太好。她们公司这次经济危机倒闭了。她那个情人就是她的上司，走的时候也没告诉她，把她给扔上海了。原本那房子也是老板帮她租的，每个月 6000 块钱的租金，这一下都得她来负担。可是失业了，好像最近一直也没找到合适的工作。"

"哟，怎么会有这种事情，这日本人挺坏的嘛。为什么这么对她？是不是她哪里得罪人家了？"袁嘉有点幸灾乐祸地笑着说。

"估计她不是犯什么错就是遇人不淑。我在日本工作了好几年，日本百姓不是传闻的那么坏，整体素质还是蛮高的。"逸锦大阿姐认为自己的话更有权威性。

那二摇了摇头："不太清楚。她不说我也不问。就是知道她最近过得不大好，还硬撑着不退那个房子。你们说的那个人倒真蛮合适她的。她的性格我比较了解，给她个机会她肯定能抓住。如果能成，她的烦恼就都解决了。"

袁嘉："我劝你啊，闲事不要管。我们是为你着想，跟她又不沾亲又不带故，懒得管她。张茂生不错啊，如果人家真没找到女朋友，你们可以先看看对眼不。我们都没时间考虑那么多。他估计过不了多久就去美国了。你跟曹大河现在不知道啥情况，如果真的黄了，你可就又抓瞎了。"

那二摇了摇头："去美国逛逛还可以，我没想过嫁那么远。再说，我父母他们肯定不会同意我为了钱嫁给一个叔叔辈级别的人，尤其我爸，用钱根本收买不了他。我离家这么久，对他们本来就没尽多少孝心，不想叫他们不开心。"

那二的话叫这家里的人不能够理解。他们对那二的死脑袋瓜简直扼腕痛惜。世界上还能有钱解决不了的事情，打不通的关系？这是大家都知道的事情，可在上海生活了这么久的那二还这样想，这么多年算是白混了。

袁嘉又在教训那二："什么叫孝心？你有钱才能尽孝。如果你父母有个病啥的，光孝心是没用的，有钱才能解决问题。"

那二感觉袁嘉说的话对，但是不想接话。

逸锦大阿姐不像袁嘉一直在训那二，她想了想说："那二要是不愿意，我倒是觉得给那个裴苏苏介绍也可以。张茂生的贸易公司前年还跟我们这边做过两单生意，关系倒是一直不错。如果能帮他们介绍成了，也算做善事，以后生意上也能多照顾点。"

逸锦大阿姐的话倒是叫其余的人都认可了。人现实点没什么不好，成人之美的同时也成全自己，这是多么划算的事情。

裴苏苏住得本来不远，她接到那二电话的时候正在家发愁呢，一听这茬儿立马精神来了。袁嘉不太喜欢她，她是感觉得到的。她表姐家住在附近从来也没邀请过她，本来就是那二的朋友倒也没什么醋好吃。这次说给她介绍个男朋友，她倒是满心欢喜，袁嘉表姐那层次认识的人想必也不会差。

那二等裴苏苏来了以后，简单交代了几句就离开了。这里没她什么事儿了，她自己的事情却还得处理。上午的时候接到母亲的电话，祝她生日快乐。每年的这时间，除了母亲和奶奶，几乎没人记得她的生日了。曹大河的信息不痛不痒：那二，无论如何，生日快乐！

无论如何，无论如何，无论什么又如何什么？那二不领曹大河的情，回了一个谢谢了事。她明天要搬家，还得收拾东西，家里的衣服和书就得打包十几箱，一想到搬家就头痛。野山那边既然管了，又不能撒手，隔天还得去一次，他只断了一条胳膊两条肋骨，腿也没问题，又留了钱给他吃饭，总算仁至义尽了。一桩一桩的破事，真够惹人心烦的。

　　裴苏苏来之前，逸锦大阿姐已经和楼上的张茂生谈了一下，刚好张茂生在家，于是约了等会儿下来玩儿牌顺带相亲。裴苏苏和袁嘉以及大阿姐把麻将摊子刚摆弄好，张茂生闪亮登场了。是个场面人哟，顺手提来几盒新加坡的燕窝给大家当做小礼品。张茂生走路稍微有点跛，不多想看不出来有戴义肢。倒是再显年轻，岁数也在那里摆着，跟裴苏苏明显就隔着一代人。

　　那局麻将打得真是心不在焉。裴苏苏和张茂生互相探底，逸锦大阿姐免不了当中做个注解，反倒叫袁嘉一个人赢钱。她高兴得直呼：情场失意，赌场得意。

　　了解下来基本情况属实，就是张茂生的年纪说小了点，整整比裴苏苏和那二大了20岁。张茂生带来的气场，叫裴苏苏一下子就闻到金钱的气息。她注意到张茂生的每个细节，他的白色POLO衫很低调整洁，他的发型一丝不苟，指甲修剪得齐整，皮肤保养得很好。他是美籍华人，有几处房产和几辆好车，还有几家餐厅和一家贸易公司。年纪大点算什么？腿不就缺了一小截吗？裴苏苏心里暗喜，终于有大户出现了……

　　晚上饭在俏江南吃好，裴苏苏就由张茂生送回去了。逸锦大阿姐望着他们远去的影子说：这裴苏苏比那二聪明十倍，看得出哪条鱼肥。袁嘉说："那二那个笨蛋，她是看都不看。哎哟，给裴苏苏介绍了这个人还真是可惜。不在外头乱混的有钱男人真不多了。"

　　在回去的路上，裴苏苏都在琢磨：这张茂生在国内可是待不了多久，如果不勤快点下手，那可就又要辜负机运了。

　　眼看所住小区的楼越来越近，张茂生还没拐到正题上，裴苏苏等不及了。她无限温婉地说："张先生，要不要到我家吃杯茶？我有时候清闲了，会泡台茶慢慢品。家里有十年陈茶大红袍，您要不要来尝尝？"

　　张茂生碍于礼貌一直撑着，初次见面就要求上女性家里，这恐怕不太适合。裴苏苏的邀请就跟人瞌睡时给了只枕头，正合适。

　　裴苏苏用了心，眼前这个男人恐怕是上天送来的礼物，她得小心伺候。她不枉学了点茶道，平日里手勤，常给上司泡茶，竟然也练了一手好功夫。她的手势行云流水，她的语调软糯香甜，她的眼神醉人妩媚，撩拨得清净了几年的张茂生血脉膨胀。在与张茂生交谈的时候，裴苏苏流露了一点失业的窘境，这一弱项又被裴苏苏演绎得如风中弱柳叫人生怜。张茂生一个叹息，就把裴苏苏召唤到怀里，她把自己弱化成一只走失已久刚找到母亲的猫咪。

　　张茂生不急于怎么着裴苏苏，他不是没见过女人的人，但他是喜欢裴苏苏的，如果金钱能使她的心安稳，也不是个坏事。他有钱，但是没精力因为女人的不安分而累心，宁愿花钱买个安稳踏实。他得继续看看。

Chapter 39
帮， 还是不帮

　　那二搬好家，找了两个钟点工阿姨收拾了3个小时才把新的住处收拾干净利落。下午时分，劳累过后的她开始享受小小资生活。好的音乐可以荡涤灵魂，比如贺西格的笛声。点好一炉橙花熏香精油，又调了一杯果汁鸡尾酒，坐在打过蜡的地板上边看书边小酌。

　　闲下来，总要想些令人困扰的事情，跟上海人的几次恋爱总是这样貌似平淡地分手，有时候想发火都不知道冲谁发。独自在异乡需要承受太多东西，仔细想想觉得累。看书竟然看不进去了，那二想着心事人在发呆。手机铃声突然响了，把她的心事打碎了。

　　这个电话接起来，却是更大的一桩困扰，那二完全被这个意外事件给搞烦心了。医院方面说野山复查的时候又检查出来脑部长了个有点碍事的肿瘤，如果不及时治疗会有性命之忧。这究竟跟她哪门子关系嘛，他是她的谁啊？那二跟医生解释自己跟他几乎不认识，本来就是出于人道主义才帮他，但也不能这样下去没完。紧接着野山又给她发了几条信息，求她去医院看看。那二被搞得心烦意乱，只得去了医院。

　　病房里，野山蜷缩在病床上，完全没了攻击性，眼睛里的贪婪和邪气都被绝望和哀怜取代。那二就怕这眼神，本来想发的怨气，憋在肚子里一句没说。野山见了她，眼睛亮了亮。

　　"那二，你来了，再不来我要死了……"

　　那二就是见不得野山这副模样，听不得他这些话，怎么这么招人烦。"你死不死跟我有什么关系嘛！"

野山讪笑："我死了就没人烦你了。"

"你再说这些无聊的话，休想再得到我的任何帮助！"

野山看到那二真的是对他毫无半点超乎救助人与被救助人之间的感情，他不敢再腆着脸套近乎了。"那二，帮帮我吧，医生说我的脑袋里长了肿瘤。不治我就死了。"

"你的家人呢？这么大的事情，你还是找你家里人吧。我想我帮不了你。"

"我家没什么人能帮我。我从小跟我父亲过，他身体不好，早几年就内退了，现在一个月也就几百块钱……"

"那你找慈善机构，去网上募捐，去街上跪求。"那二冷冷地调侃。

野山不知如何接话，顿了顿："我现在跪求你行吗？"

"你别求我啊，我不是神。我也没帮你的理由。再说，你这病要花一大笔钱，对我来说不是个小数目。"

"我知道，可你要是有，就算先借给我行吗？医生说要5万到6万。等我病好了，挣到钱加倍还你。真的，我给你写借条。"野山认真地说。

"不是我不借给你，我是真的没那么多。你从住院到现在，已经花了我一万几千块了。我一个小编辑哪儿能存那么多钱。你也看到了，我生活消费挺厉害的。"

野山听出来那二口松了。"那二，我知道我给你添了不少麻烦。你就算积德行善，先帮我借一下，我一定会还你的。我也想跟你道个歉，我并不是真的想偷你的钱，虽然我没钱。其实我是生你的气，心里怨恨你对我的态度不好。我追你这么久，也尽力在讨好你，都没得到你半点回应，我心里不平衡。本来是想叫你恨我，再找我的。"

"你闭嘴吧！你算什么东西？你有追我的资格吗?! 偷钱的事我先不计较了，我已经报了案，如果警察查到你，你估计有麻烦。"

"你真的报案了？我以为你骗我呢。"

"是你一直以为我好欺负。"

"我真没想欺负你。反正你不帮我治病我也快死了。警察抓我就抓吧。"野山是破罐子破摔的态度。

那二不再理会野山，直接去了医疗室。马上下班了，医生忙了一天已经心不在焉，他一长串话交代了野山的情况，那二没记住多少，只把费用的数目记得真切。保守数字 5 万。5 万，这是她工作十余年的积蓄。别以为在上海工作的人就该挣钱多，她每年的开销也跟她的收入相差不了多少，她总是想象不出来别人怎么挤出来那么多存款。

她心事重重，这时连个商量的人都没有。曹大河这时也别说了，说了更招他误解，关系已经到了冰点，他怎么会理解她去帮助一个莫名其妙的的人。裴苏苏、袁嘉，都别说了，说了也不会苟同，她们除了笑话她二、她港督，不会给她什么好建议。父母更别提了，如果知道这个人毁了她一桩婚，恨不得用眼皮夹死他。还有谁？那二想了一圈，没有谁了。

这么想着，便很容易走回熟悉的路上。那二又看见了派出所，她想了想，到派出所里把野山的案子销了，还得跟警察说谎是野山把钱送回去了。她心里倒是有些相信的，野山并不是个真正坏的人，他只是穷极生恶。在她家住的那些日子里，虽然不招她喜欢，也并没有对她有半点非礼的举动。这从本质上来讲，他不完全是个坏人吧，顶多也就一堆臭狗屎。

那二到 24 小时银行里刷了刷存款余额，两张卡加起来也不过五万几千块，家里还有几千块现金，总共不到六万块。如果没有了这些钱垫底，她生活在上海会吃紧。借给野山，被他还的几率很小，凭她对这个人的了解几乎是没指望的。可是，他的命到底救不救？她这个好人要不要做到底？哎哟，纠结，纠结……

那二本来想休息几天再找工作，可看情况，她别想休息，也别想找工作了。这一摊子事情得处理。她突然想找个人喝一杯，袁嘉她是不习惯找的，晚上总要照顾孩子睡觉。她想到裴苏苏，昨天介绍了张茂生给她，还没听个回音。裴苏苏在电话里说晚上有事，急匆匆的语气，说跟张茂生感觉还不错，等下就去约会。那二心里感慨，人家的情事怎么就发展得那么快，跟谁都能速战速决。

她还是想起了曹大河，因为她一直没忘记，怎么说也是谈到婚嫁，不会就这么说分就分了，连个起伏涟漪都没有。她不想跟他说野山的事，但是她也想跟他说句话，如果他还是想着她，那么她这时就不孤单，不觉得自己没方向。她考虑了很久才拨过去电话，曹大河说他在忙。他在忙。曾经，他再忙也要跟她说几句，或者回头再打过来，从来不是这么有话说话的口气。那二心里一凉，觉得没人理会她了，没人在她需要的时候像个天使一样地出现了。她的情绪随着天色黯然，关了手机，晚饭都没吃，昏天黑地地睡了一觉。

那晚她做了许多不连贯又莫名其妙的梦，她被困在梦里出不来。醒来以后，那二适应了一下新搬的家。又恢复了单身，突然觉得没着没落，这样颠沛流离的生活她真有些受够了。打开手机有曹大河的一条短信，问她：关机了？是不是有事？简短的几个字，没有温度。那二了然无趣，回了"没事"二字，却再没等到曹大河的短信。

睁开眼又要面对现实，野山的事情究竟帮还是不帮，是个问题。

Chapter 40
裴苏苏的伎俩

裴苏苏是个没靠山的女子，此刻想在这城市生存，唯有做个赌徒，拿自己的未来去押宝。她和张茂生互相观望。张茂生在上海的时间不太多了，裴苏苏离缴房租的时间也不太远了。这两个本来就该分秒必争的男女还等什么呢？

昨天张茂生来裴苏苏家里接她出去吃饭，还未进门，发现门上贴了张物业费催款单。他顺手拿下来把催款单交给裴苏苏。

裴苏苏看似有些不好意思地说："又该缴费了，总是忙得忘记。"说着把催款单收了起来。"哎呀，都不晓得穿什么好看。你帮我看看好吗？"

裴苏苏说着走进另一间房去试衣服，出来时换了件宝姿的黑色连衣裙。

"好看吗？"她一边照镜子一边展示给张茂生看。

张茂生看着裴苏苏的样子，心里漾起涟漪："不错。"

裴苏苏似乎不满意，她撅着小嘴："我觉得有点正式了，要不再换一件你帮我看看。"

"好啊，美女秀衣服当然喜欢看啦。"张茂生爱说真话。

再出来，裴苏苏又换了身裤装，下面一条浅咖啡色的紧臀直腿裤，上面一件中袖大 V 领白色紧身衫，她的鞋也是重新配的，一双镂空花纹的咖啡色低跟船鞋。她在镜子前转了一圈，调皮地歪着头问张茂生：

"这身呢？"

张茂生似乎进入评审的角色："搭配很协调，整体很好。如果能再轻

松活泼点，颜色再亮点就好了。你不用为了与我和谐穿这么正式，这样显得你老成。"

裴苏苏娇嗲地笑："你连这个都看出来啦？好呀，既然你不介意，那我再换一件。"她说着猫一样闪进屋里去了。

再出来，换了条牡丹怒放的迷你短裙，那裙子短得稍微翘一下屁股就能看见内裤。上身一件浅灰色的中袖宽松针织衫，这一短一松搭配得时尚而诱惑。脚下踩了双足够10厘米的高跟鞋，显得腿又白又直又长。这叫张茂生的眼睛忙得不可开交。他上上下下打量着裴苏苏，最后还是落到她的腿上。

"哇……太漂亮了，我都怕你被人拐走了。"

裴苏苏变换了两个极为娇嗲魅惑的 POSE。她嗲嗲地说："是你要我打扮靓点嘛。"

这样的妖精没几个男人能受得了。张茂生管不住自己的下半身，他有点不好意思，不敢站起来了。裴苏苏知道他有了生理反应，她笑着走过来，一抬腿跨到他的身上，两手搂住他的脖子，带着胜利的调侃问："我们可以走了吗？"

"走，走哪里去啊，现在走不了了。"张茂生血脉膨胀，双手忙乱地伸向裴苏苏的身体……

探索过裴苏苏的身体以后，张茂生对裴苏苏有了感情。这神奇的一刻钟，竟然能把两个不熟悉的人搞成枕边人。

张茂生抚摸着裴苏苏的头发："你多久没有过了？"

裴苏苏淡淡地回答："很久。"

相对而言，很久是个可长可短的时间。张茂生不再追问。

"你没有其他男朋友吗？"

裴苏苏说："没有。你呢？"

"你应该知道，我太太去世了，最近几年没心情。偶尔有过几次，逢场作戏，也没再有什么联系。"张茂生比裴苏苏实在。

裴苏苏淡淡地哦了一声。

"其实，我不想知道你以前有过多少男人，如果你感觉我们适合在一起，我们可以走走看。你一个女孩子，在上海不容易……"

裴苏苏竟然落下泪来，眼泪濡湿了张茂生的肩膀。这眼泪是她流给他看的，也是她在为自己的付出感到心酸。男人的话究竟有多少可信，这赌注，自己是下了，结局如何还得自己掌握，真累人累心。而张茂生却感到怀里的这个小女人值得心疼，她的眼泪把他给软化了。

那二好些年了没投过简历，重新找工作得重新做。她一边做简历一边思绪神游，最头痛接的电话却又来了。医院方面告诉那二，野山突然昏迷，叫她赶紧到医院，并说如果管就用心点，那话有点埋怨还有点央求。那二放下电话只得往医院赶，本可以甩手不管的事情，可是赶到这份上，不管好像已经不行了，好人得做到底。

去了医院，那二看到一个鼻子插着管子的人，她有点不相信这就是昨天还感觉没事的野山。那二突然觉得自己有些刻薄了，野山恐怕真的要死了，自己还挤对他。医生好言好语地劝导她：李向军该交费用了，再不交费用就得停药，他的生命会有危险。你还是想想办法吧。

那二不再说什么，去银行把 5 万块钱取了出来。她拿着那沉甸甸的 5 万块钱交到收款台，那是带着悲壮的心情。她把剩下的钱算了算，请个护工看阵子也没问题。手术的事情很快有了下文，野山排在后天做手术。那二落实了这些问题以后又给野山找了个护工。她不想整天待在医院，她不喜欢这个充满消毒水味道的地方，她怕看见病恹恹的面孔，更讨厌看到野山的面孔。

这下，她没多少钱了，她得跟裴苏苏一样担忧生活了。她却只会老老实实地去工作去挣钱。可她不知道，裴苏苏马上就要有钱了。风水轮流转，是她亲手把机会拱手相让，裴苏苏的美好前景已经在望。

张茂生果然迷上了裴苏苏。他上海的公司事务有人打理，闲暇颇多，找裴苏苏成了他主要的事情。次日又来找裴苏苏，裴苏苏在他上来的时候已经沏好大红袍，旁边放着她的笔记本，页面是智联招聘。这页面是给张茂生看的，他的确留意到了。

"你不要担心生活了，有我。"张茂生呷了口大红袍说。

"我不想这么被人养着，还是想有点自己的事情，可是失业也有阵子了，总是找不到合适的。最近想随便找个算了，先将就着做，要不，的

确要面对一大堆费用。"

"我知道你蛮要强。可是，我得给你负点责任。上海消费蛮高，一个女孩子总不是那么容易。"

张茂生的话很暖心。这话对于任意一个失意的女人来说都如饮甘霖。裴苏苏心里是高兴的，但是她更喜欢实质性的东西。她感激地看了张茂生一眼，啜饮着大红袍低头不语。

"你这房子租下来也不便宜吧，如果你暂时没找到工作也不用着急，我会帮你的。"

裴苏苏做出不屑于钱的样子来："这合适嘛，我不知道你的想法。我确实想跟你认真地谈恋爱走进婚姻的啊，不仅仅是给点钱混混看的关系。"

张茂生倒觉得她可爱，连这些话都表白："看你这个小姑娘就会多想，我也不是说跟你混混看的。我结过婚了无所谓，你还大姑娘呢，时间不等人我并不想害你。别多想啊。"

这时，门铃响了。裴苏苏疑问地抱怨："是谁啦？我家里平时没人来的嘛。"她说着去开门。

一个中年男人走了进来。裴苏苏赔着笑脸："房东大哥，是你呀？来之前没打电话嘛。"

那个被裴苏苏称做房东的人貌似有点不乐意："裴小姐，我打电话催过你好多次啦，本来想你一个小姑娘我也不好意思，但是我租房子也是要挣钱的对不对？你也不好一拖就拖一个月嘛。你说，对不对？"

裴苏苏怕被张茂生瞧见笑话一样，把那人拉过一边小声说话，但还是能听得真切。

"哦哟，大哥，我还能欠你的房租不成，看您三番五次地催啊催，我家里今天还有客人，您再等个两三天，我一定给您打到卡上去。"

"你看这事情，真没法子再拖了啊。我老婆你也见过了，如果我不来，她就来了。她那脾气，你看……对哇。"那人一副为难的样子。

"晓得了，晓得了。您就帮帮忙，今天不太方便，我尽快给您好不好？"裴苏苏口气又像在打发那人又是在哀求。

房间里的张茂生如坐针毡，他都想冲过去把钱付了。自己的女人竟然被人家逼着讨房租，这是多么没面子的事情。

那人终于走了。裴苏苏却躲在门后不肯出来。张茂生过去，发现裴苏苏在流泪，他把裴苏苏拥在怀里走回客厅。

"不要哭啊，不就是房租嘛，给他。你也真是，都遇到这样的事情了，自己还硬撑着。这小姑娘，真是死要面子活受罪。"张茂生怜惜地用纸巾帮裴苏苏擦眼泪。

裴苏苏更加哭得稀里哗啦："是呀，人都是要面子的嘛。我一直坐班挣钱，以前男朋友帮我负担着一些，可是他说不要我就不要我啦，把我自己扔在上海就不管了。工作嘛，又像鬼一样找不到。最近真是好倒霉……"

"好啦，好啦，遇到我你还叫倒霉？只要有我在，你就是最幸福的女人啦。"说着，张茂生从包里拿出两沓百元钞票放在桌上。"两万够不够?"

裴苏苏抽动着点了点头。

张茂生又放了一沓上去："再多给你 1 万，最近这阵子可以用来买买东西，自己也不要太节省了。"

裴苏苏又点了点头："谢谢你呀，这样真不太好意思。。"

"跟我有啥客气的？别哭了啊，开心点，再哭眼睛都要肿了。"

裴苏苏却哭个不止，她抽噎着说："遇到你我是幸运。可我一想到我这些年颠沛流离没人真的疼就心里难过。在上海这些年，不晓得搬了多少趟家。这屋子里，最好的东西都是借来的，没一样是我的。那么多女人都能过上好日子，嫁个好男人，偏偏我就这么难。一样的人不一样的命，叫我怎么能不伤心?"

张茂生抚慰着怀里这个招人爱怜的女人。他年纪大了想得太多，若自己再年轻个 10 岁，冲动之下就答应娶她了。可是，结婚毕竟不仅仅是两个人的事，自己名下有上亿资产，要娶谁，儿子以及家人都要参与些意见。

张茂生走后，裴苏苏把 3 万块钱收了起来。她洗了把脸，稍微收拾了收拾，便打了一个电话。不多时，刚才来讨债的"房东大哥"又来了。裴苏苏抽出两张百元钞票来递给"房东大哥"。

"今天谢谢你啦，演得不错。这钱你拿着。以后我们还要多多合作，不过，不要叫他看到你是物业的，万一认出来你有办法应对的吧?"

"有啊，当然有了。我办事你放心。那这钱我就收下了啊。"装扮成"房东大哥"的物业工作人员高高兴兴地把钱塞进口袋里。

Chapter 41
局中人

有了一张离婚证明的杨旭以为自己算是个自由人了，可事实完全不是那么回事。某天，他没跟袁嘉打招呼就失踪了9个小时，回家的时候已经半夜1点。他摸着黑进家，一下子被绊了个五体投地。

开灯一看，脚下的又是收拾好的行李箱。杨旭气得哼哼的，想要发脾气，可是想了想没发，把行李挪到一边儿想进卧室休息。没想到卧室的门也给锁上了，他们家卧室平时不锁，钥匙几乎没用过，也就没人带。杨旭知道也进不去了，先冲了个凉，打算在沙发上凑合一晚上算了。出来的时候，看见袁嘉穿着睡衣镇定自若地在客厅看电视。

杨旭边擦着头发上的水边责备她："你干吗又把我的行李拿出来？门锁上你叫我怎么睡觉啊？"

袁嘉笑："没把外面的门锁上就不错了。你就庆幸吧。"

杨旭不服气："哎，你凭什么啊？我每个月都给家里交生活费的。一万块，一万块我长包3星级宾馆也差不多了。回这个家还得受气。"

"那你走啊，看我拦你不？你别忘了，现在你住的是我家。住店还要打个招呼呢，你想来就来想走就走，当我是空气？晚上打你电话为何一直接不通？"

"接不通你也怨我？我一直开着机呢。你能不能不怀疑一切啊？"

"少来，别以为我没看过《手机》，他们没使过的套路我了解的门儿清。你不回来吃饭就不能给家里打个电话报告一声？再装神弄鬼赶紧给我滚出去。他奶奶的，你的生活费我还不要了！"袁嘉还真不吃杨旭那一套。

杨旭很委屈地："你有没有搞错？我们离婚啦！没离婚你管我，离婚了你还管我，这有没有天理啊？"

"管你什么天理地理，到我这里就是我有理。你到现在还没搞明白？没离婚这个家有你的一半，离婚了这个家就没你什么关系了。你只有乖乖地听话，才不会流落街头，才能有可口的饭吃。侬晓得了哇？"后面一句还是上海话。

"不会吧？我怎么琢磨着不对劲呢？敢情我离了婚啥都没有了啊！"

"咦？难道你一直是不明白的吗？某人不是有文化智商高吗？"

"这事儿不对啊，我怎么感觉我上当了，离婚也没买回自由身。哎呀，我上当啦！"杨旭懊悔地跳到沙发上，把头扎进靠垫里，鸵鸟一样露只屁股出来。

袁嘉乐坏了，她站起来朝杨旭屁股上踹了一脚："哼，这就是花心萝卜的下场！今天你就睡客厅吧！"

说罢，袁嘉兀自回卧室了。可怜的杨旭搂着靠垫在客厅睡了一晚。

这天野山做手术，那二没想着去看他。在一个极度招她厌恶的人身上花钱花时间，她已经感觉自己是个神了。

前两天投了简历很快就得到回音，她上午去参加了面试。一个繁体版的商业杂志，待遇表面上比以前好一点点，但那二心里清楚，肯定得为这薪水付出更多的代价。还没正式通过，他们已经跟那二商量了文化版的几个版面规划，似乎这一切都有待那二来完成。那二估算了一下，这几个版面有 5 篇文章亟待采写，有两个版面需要约稿，有一个栏目需要与读者互动，这一个月算下来，休息天寥寥啊。不过，她喜欢忙碌。她与杂志社方面相谈甚欢，就等下周的通知了。

从那家杂志社出来，那二心情不错，再阴霾的天气也会有拨云见日的一天吧。钱没了可以再挣，男人没了可以再找。如果找个好男人，说不定还可以财色兼收一举两得。她身边的女人没多少嫁人以后再为生计奔波的了，再做工作就是为了体现自我价值或者消遣。话说物以类聚，人以群分；近朱者赤，近墨者黑……好像这些话都很泛泛，那二就没见过完全相似的朋友。如果那样也挺没劲的，能在大原则上苟合，再稍微

有些共同点，这样的友谊就算不错了。那二也感觉自己挺笨，比她的朋友笨些。除了袁嘉，她还有几个更聪明更能干的同性朋友，都混得顺风顺水。至于裴苏苏，她都不知道她是聪明还是笨了。她到底还是不知道裴苏苏趁她不在的时候抢了方若明，也并不知道裴苏苏是栽在更阴险更聪明的坂口真仓手里。这世上，聪明和笨蛋都是相对而言，再聪明的人也难免聪明反被聪明误。看来，有些事情是上天注定的，结局却是人来掌控的。

面试的时候她把手机调成静音，拿出来再一看，有曹大河和医院的未接电话，她先打了曹大河的电话过去。好几天没见面了，电话甚至都没通一个，裴苏苏猜想曹大河是在努力忘记她呢。

曹大河没给她一点悬念，他也没很新鲜的问候方式。那二，最近好不好？忙什么呢？现在在哪儿呢？我今天休假，一起吃个午饭吧。

那二正闲着没事，也想跟曹大河再缓和下关系，既然他又来找她了。她总是很被动，人家不找她，她死活都不肯找别人，没那习惯。有人说她拽，她以为拽需要资本，她感觉自己没资本拽。事实上拽是不需要任何理由的。

当她正要赶往曹大河那边的时候，手机又不停地唱啊唱，她看到是医院的电话，不接。等下电话又打过来。那二被搞烦了，终于接了电话。

医院说："你赶紧来一趟吧，没人签字李向军怎么做手术？"……

"我的天，做手术还要别人签字。我又不是他什么人，万一有个差错我如何负担得起？"

"不行啊，你必须得来一趟，这么拖着不行。"

"哎哟，我真不想去，你们叫他自己签字不行吗？"

"这个法律有规定的，病人不能自己签字，再说他没亲人还有你这个朋友呢。过了这个时间，医生又要重新安排，就拜托你帮帮忙吧……"

"我不想去啊，我不是他朋友……"

"别这么说啦，钱都是你出的，赶紧来吧，别耽误时间，这里医生都准备好了等着你呢。……"

"唉，我，唉……你们真是，强人所难……"

那二挂了电话，又在犹豫中了，那边曹大河和她约好了，这边医院又在催。这个死野山，阴魂不散的野山，真是活活要拆散她和曹大河啊！

那二在马路边犹豫不决，她不知道该如何跟曹大河解释。如果不去医院签字而因此耽误了野山的救治，那她能踏实地坐在那里吃饭吗？如果说真话，就现在这情况，曹大河是肯定不会理解她了，那么他们得继续僵持下去，很有可能永不来往。如果说假话，总有一天会穿帮。没有时间再犹豫了，那二决定不撒谎，但是要回避问题。

"大河，我临时有点事情要处理，现在过不去了。要不，晚上好吗？"

"哦……那么就改天吧。"听得出曹大河语气里的失落和埋怨。

那二心里难受，打了一的士向医院飞奔，一路上安慰自己：是你的就是你的，不是你的就不是你的。是你的就是你的，不是你的就不是你的……

偏巧这时，裴苏苏收到了某个公司的录用通知，她期盼了两个多月的工作终于得到了。她早就在家里待烦了，有时候还真不是钱不钱的问题，她也没有钱多到想做啥就做啥的地步。刚跟张茂生接触一星期，几乎天天腻在一起。如果有一天他烦了呢？自己是不是要两手准备？只要见着人，就有找到新目标的机会，待在家里不是把自己的路走窄了吗？

下周二张茂生又要回美国处理些事务，这一走谁知道回来后还记不记得她。裴苏苏认为自己的前程还得自己掌握。她和张茂生宣布下周一就去工作。张茂生许是担心裴苏苏外面接触人多，而自己身体上有点缺陷，怕裴苏苏又找了别人。男人一到这个年纪难免有点不自信。

他说："如果觉得上班累，就不要去了。反正我说过了，你的生活我不会不管的。再说，我也不要你当女强人，我只想要个贤内助。"

"你什么时候打算娶我，我什么时候再辞职也不迟啊。单身又没职业的女人怎么也找不好自己的位置嘛。"裴苏苏娇嗔地说。

"哦，呵呵……"张茂生打着哈哈。他没接裴苏苏的话，裴苏苏明显就是给他下通缉令：你只有娶我，才能左右我的生活。他是个久经沙场的生意人，还是个经历过婚姻的年过半百的男人，认识几天就贸然答应婚娶，这么草率地行事不是他能所为。

阅人无数有时候不是个坏事情，裴苏苏了解张茂生在想什么。当一个女人想嫁给一个有钱的好男人，必须得经历个斗法过程。事实证明，不是所有的美女都可以成为富人的太太。她不会给他省钱的，男人就爱

欺负给他省钱的女人。看过了一心一意过日子的女人，没多少能换来一颗完整属于她的心，更没多少能得到一具完整属于她的身体。

她用小勺搅动着金茂大厦 88 层咖啡厅里的卡布基诺，优雅地浅笑着。"你过几天就要离开上海了，还不知道什么时候回来。我会想你的……"

"我当然也会想你，回来给你带礼物。你要什么？"

"我要……我要你平安地回来。"

"谢谢你哦，苏苏。下一次我空出时间来陪你去趟夏威夷怎么样？不过，你要是在工作就没空了。"

"夏威夷啊？我还没去过，挺向往的。如果真的忙，我还真不知道怎么协调。你也知道，人在江湖身不由己。"

"呵呵，你这个小家伙。到时候再说，我来安排。"

裴苏苏又眯起她那双蒙眬的眼睛，看着不远处的一个精致女人，仿佛自语地说："那女人穿的那件衣服真漂亮。"

张茂生回过头去看了一眼："是吗？"

"嗯。我想我也得去买几身衣服穿了，周一上班换个新面貌。"这才是裴苏苏讲话的重点。

"好啊。等一下咱们就去吧。平时在哪里买衣服？"张茂生说。

"恒隆。"

裴苏苏说得轻描淡写，她恐怕忘记自己上星期都在为了生计发愁。人在江湖，此一时彼一时，有空子的时候赶紧钻，哪管是不是在装腔作势。

Chapter 42
西班牙苍蝇水

那二为野山缴过费用以后，所有的存款和现金加起来不足 5000 块，好在接到新公司的通知，下周一就要上班了，还不至于为生计担心。这时，那二被袁嘉叫出去逛街，她囊中羞涩却也百无聊赖，收拾收拾又跟着去了，一逛街，又被琳琅满目的物质击溃了平静的心。

袁嘉是个非理智型购物狂人，她心情好的时候喜欢购物，心情不好的时候也喜欢购物，心情不好不坏的时候还喜欢购物。百盛经常有购物送礼活动，她本来是想讨点实惠，可是只要一买东西就像掉进陷阱一样出不来。每到这时那二和袁嘉就得在里面花不少钱。

如今那二没多少钱可花，她几次想买东西，想了想还是忍住了。陪着袁嘉上上下下来来回回购物交款，被百盛返送的现金一次次引上钩，不知不觉就在这幢商厦里逛了六个多小时。这根本不算疯狂，袁嘉和那二曾经创过连续逛街 15 个小时的纪录。有一年，两人从早上 9 点出门一直逛到午夜 12 点，才拖着疲倦的双腿在街头的星巴克喝杯咖啡歇脚。这次袁嘉已经提了十几只袋子，那二也才只有两只。

袁嘉试着一双打折的品牌鞋子跟那二说话："这鞋好看不？打完折才五百多，还挺划算的。"

"还行。不过你相似的鞋好像有一双，不买也罢。"

"那双跟儿比这双高一点，我现在不喜欢穿高跟鞋。这双试着挺舒服，你说好我就买了啊。咦？你这次干吗这么节省了？"袁嘉说着叫售货员开票。

"买那么多没用，这些年钱没攒着，尽攒了些衣服和鞋。"那二言不由衷。

"咳，你以为我有多少存款？我家里开销哪个月都得1万多，还不算两个孩子上学。我不出来花钱又憋得难受，有了就花呗，省下来还不知道好活谁呢。"

"我看你一家人花钱都比不了你一个人多。这一下午也得个七八千了。"

"又不是只给我买了东西，不是还给袁妃买了条裙子，给杨辉买了双皮鞋吗？再说，咱买的也都不贵，都是几百上千的，哪儿像人家有钱人一件衣服就得个万八千。"

"行了，你就知足点儿吧。一个家庭妇女又没多少社会活动，买那么多衣服也是压箱底，瞧瞧你家里那一排一排的衣服，开个时装店都够了。"

"嘿，你还别说，好些衣服标签都没拆过呢。我发现又胖了，穿进去绷得慌。你啥时候过去挑几件吧！"

"这事儿好啊，那你买点我喜欢的行吗？反正你都打算浪费。"

"看你那出息，就不能找个男人帮你付钱。我这些朋友里啊，属你漂亮，也属你笨了。"

那二白了袁嘉一眼："姐姐，怎么又说开我了？你就不能说点儿高兴的啊？"

"行，那就说点儿高兴的。我那阵儿出门的时候从杨旭钱包里拿了1500块钱，那家伙不知道。"袁嘉笑得眼睛眯缝着。

"多大的钱包啊？拿了1500还看不出来？"

"能装两万块也没问题的那种小包。他的钱没数，我经常从他包里拿个五百一千的，他从来没发现过。"

那二不由得笑起来："你们呀，这婚离的，跟没离有啥区别。"

"有区别啊！现在杨旭去哪儿得跟我请假啦！回来晚我不叫他进家。嘿，他还不走了呢。你说男人贱吧？非要把自己搞得这么被动。"

"好啦，你是没碰到坏男人。杨旭爱玩儿一些，人不坏。你也该对他好点儿。"

"我对他还不好吗？不好的话他早跑了。说起来了，我也给那家伙买双鞋吧！咦，这双鞋好像他能穿。"

袁嘉盯上了推车里的男士特价鞋，她拿起一只端详着。那二看了看价钱：特价 80 元。

"不会吧？你一双鞋 500 多，给他买 80 块的？杨旭也太亏了，刚损失了 1500，就买双特价鞋。"

"这就不错了。上一双鞋我在七浦路给他买的，才 70 块。给他买那么贵的干什么？穿了还不是给别人看。我给他买的 POLO、VERSACE 都是 A 货。他又不懂，穿得还挺美的。"

袁嘉说得乐和，那二也就跟着傻笑。杨旭向来也不介意穿什么品牌，只要款式不老土，质地不差，他基本有什么穿什么。反正他爱好那么多，穿着这点事大可忽略不计。那二身边的人多数都具备这样的自我催眠精神，也都能够自得其乐。尽管每个人的着重点不同，却都能从中找到平衡点。人总不能凡事都那么较真，总有些地方得难得糊涂。这样比较容易快乐些。

杨旭出去约会还得跟袁嘉请假，袁嘉总要盘问出到底是谁，经过她批准以后还要限定时间。她掐指算了算，上海比较大，除了路上耽搁的时间，见面一两个小时，就算出轨也不过是蜻蜓点水，哪个女人愿意像被嫖一样慌里慌张。袁嘉讲话，管不住你萝卜，总不能叫你萝卜外面瞎忙。

杨旭随着车友会俱乐部的一队人马又去了趟云南自驾游，走了半个月，袁嘉得在家照顾上学的杨辉没法儿跟着一起去。这是杨旭第 N 次去云南，上一次是去年春节。杨旭开车带着袁嘉、袁妃以及杨辉，一家 4 口人从上海开往广东，又从广东渡船到海南，然后从海南转到云南，一路边玩儿边行，回到上海已经是二十多天以后。

这次从云南回到上海还没休息过来，紧接着又去了趟德国出差，德国回来又去参加北京的展会。忙乎得袁嘉都见不到杨旭。床上那点事儿大约有一个多月没照顾到了。杨旭因为工作忙碌想起来的时候不多，袁嘉成天闲得慌，没事儿就想想。杨旭在外出差之际，袁嘉在淘宝上发现了一样东西——西班牙苍蝇水。

这西班牙苍蝇水的性爱广告极为露骨。

袁嘉被这取名类似于灭蝇虫杀虫剂的性药广告给征服了。她几乎是双眼冒着红心儿，嘴里流着口水（参见 QQ 表情）把这苍蝇水拍了下来。等到杨旭回来，她的表情用 QQ 上一个表情最合适，带着墨镜，金牙一闪一闪的那个。

【使用方法】每次房事前 5 分钟用一支，将瓶内液体倒入 100ml 饮料中，稀释口服。

杨旭被袁嘉的创意也搞得挺兴奋，也很期待袁嘉服用苍蝇水后的效果。袁嘉在杨旭仍旧上网的时候先服用了一支。

"等着啊，等着啊，等一下我就朝你风情万种、热情奔放……"袁嘉用想象撩拨着杨旭。

5 分钟以后……

"有点感觉了吗？没看出来你有啥不同，还是挺冷静啊。"

"是呀，我一点儿感觉都没有。什么粉面微红、心跳加速、大腿内侧酥麻……一点感觉都没有。"

"真的？是不是时间短，那就再等等。"

"当然是真的啊，我还用得着装正经吗？药效太慢也不太可能呀，西班牙人怎么也得用过千万次了，时间上总不会偏差太大。要不就是药量不够？"

"我感觉你再等等，性药对人的神经中枢有麻痹作用，不能多吃。"

"这么小的剂量应该没啥问题吧？是不是我有抗药性？"

"你平时都不吃药，哪里来的抗药性。再等一会儿。"

10 分钟以后……

"你是不是有感觉了？"

袁嘉摇了摇头："没有，一点都没有。"

"那你干吗不说话，我以为你在回味呢。"

"什么呀，我在努力地寻找感觉呢，还是一点都找不到。"

"难道真是药量不够？挺奇怪，你又不是大象。"

"说不定每个人的耐药性不同呢，说话间十多分钟了，一点反应都没有，要不我再吃一支试试。"

杨旭也期待着看效果，就由着袁嘉又吃了一支。

几秒钟以后，袁嘉躺倒在沙发上。杨旭以为袁嘉出什么事了，忙过来翻了下她的瞳孔，又推了推她。

"袁嘉，袁嘉，没事儿吧？"

袁嘉响起了均匀的鼾声。

杨旭好笑地说："明明是两个人睡觉的事儿，现在你一个人睡了。"

袁嘉一直酣睡到次日中午，她从床上爬起来心满意足地伸着懒腰。家里空无一人。她自言自语地说："哎哟，太香了，这觉睡得太香了，连个梦都没有做。"

走到客厅，她看见茶几上的两只小空瓶想起了她的西班牙苍蝇水。她咒骂起来黑心的小商贩："他奶奶的，有这样造假的么？拿安眠药当性药卖！好事都给睡过去了。"

不过，西班牙苍蝇水以后还是派上了用场，袁嘉睡了好几次心满意足的好觉。

Chapter 43
谁在欢喜谁在愁

明天就要重新开始生活，那二要上班了，她想把手机号码换掉。只要换了号码，野山就不会找到她了，她不需要他还钱还情，只希望与他有关的日子赶紧割断。她对野山厌恶至极，手术过后一直没再看望过他。她心里劝自己，别这么不会做人，好事都做了，说几句好听话又算什么。可她不要这个人情，她救他是因为她仁慈，她不看望他是因为她无比反感他。这不矛盾。

那二买了一张新的电话卡，打算把旧卡替换掉。就在这时，她又接到一个改变她命运的电话。

野山需要第二次手术！

又是钱！医院又跟那二要钱！说是上次手术遗留问题，需要重新做一次，但是医院方因为本身的一些失误承担了一部分。两万块，还需要两万块！那二已经为野山前前后后花了将近 7 万块了。如今全家只有4000 块左右，叫她从哪里去找余下的一万六？

那二接好电话自我斟酌着，她又亲近了 ESSE，自打认识野山就像掉进一个无底洞，不停地往进扔钱扔时间。她都在暗自咒骂自己，这是上辈子造了什么孽了，惹了这么大的麻烦。实在想不通，她一气之下把手机卡取了出来，扔进冒着臭气漂着绿萍的人工河里。这下讨债的该找不到我了吧?! 那二心里一阵轻松。

新的手机号码还没人知道，那二过了一天旧时代。她不去上网，没打电话没发信息。她感觉这样挺好，不用记挂谁联系过她。这样的时间很奢侈，信息时代有几个在外面打拼的人敢与外界失去联系？她美美地睡了一个午觉，下午起来去健身房跳了有氧拉丁又做了一节普拉提瑜伽，晚上自己去湘菜馆美餐了一顿。没有手机的生活，不一般的惬意。

也许是下午睡多了，晚上她竟然失眠了。该死的野山竟然出现在她的脑海里，她闭上眼睛就看见他那张绝望乞怜的脸。那二，你不管我，我就要死了，我要死了，要死了……医生的声音又充斥进耳朵：你不能不管的呀！他这样又出不了院，拖下去只有增加费用，治得差不多他就好出去了呀！……

翻来覆去，那二一晚上没睡，一直到窗外渐渐响起车辆行人的嘈杂声。离上班时间还早，她不愿意继续委顿在床上，裹起睡袍，走到窗前拉开窗帘，清晨微寒的光闯了进来。她照了照镜子，面色委黄，眼泡浮肿，这样的气色如何能去上班啊！新的工作却一副委靡的气象，给人这样一副形象太不合时宜。那二冲了一杯速溶咖啡，就着一块杏仁饼干当早点。站在客厅的窗前，看着窗外行色匆匆的车人越来越密集地各自奔去，她突然下了一个决心……

那二还没去上班就辞职了。这个决定叫那繁体版杂志方有点失落和怨尤。他们对那二的辞职理由很觉得不理解。"突发事件阻挡。"这算什么理由？试问是否另谋高就？得到了那二的否认，并且表示希望下次有机会再去应聘。那二真诚的致歉终于叫面试她的几个高管原谅了。与那二达成口头协议，可以作为兼职撰稿人。

而裴苏苏这天却英姿飒爽地报到去了。接近3个月没坐班，稍微有些不适应，她早早地起来装扮一新，十分鲜亮地走上了岗位。有了张茂生的垫底她感觉一切都不一样了，新的公司没人知道她的过去，不像以前掩耳盗铃一样遮掩和上司的情人关系。她大方地用奢侈品，假装忽略公司里其他女人钦羡的目光。

新的生活，充满了未知的悬念和期待。她却不太在意这份工作了，只使上五分的力，余下五分要用来思考如何搞定张茂生。她心里清楚，这条大鱼要是不小心滑走，再遇到如此合意的恐怕就难了。

后天，张茂生就要飞回美国，裴苏苏脑子不停地旋转着，计算着机会和时间。她是摔过跟头的人，没摔坏脑子，却摔得越来越聪明。

下班后，她跟张茂生一起吃过晚饭，没像以往在外面流连就回到她的住处。喝了一泡茶之后，两个人就争分夺秒地相拥在床上。这时，裴苏苏的电话接到了一个期待中的电话。

裴苏苏接好电话后把衣服穿好，满面忧愁地坐在一旁，一边泡茶一边想心事。

张茂生听着有人要来，也扫兴地把衣服穿好，看见自己的小美人在忧虑，他也高兴不到哪里去。

"苏苏，怎么啦？谁要来啊？"

"房东。"

"来了做啥？房租前几天不是给他交过了吗？还有啥事？"

"真烦人，他刚才跟我说房子要卖掉，好像说是生意做亏了，要钱周转。"裴苏苏泡着茶，眉头都拧成了小疙瘩。

"怎么能这样吗？前几天怎么没说？这样的业主也太不负责任了。"张茂生愤愤不平。

"我能怎么说？这是人家的房子，人家说了算。"

张茂生喝着大红袍也心事重重。

不多时，"房东大哥"来了，他还带了一个五十多岁的中年妇女过来。女人穿着像个暴发户，很不见外地在屋子里转来转去，眼神挑剔。

"房东大哥"好言相劝："裴小姐，实在是不好意思，她来看看房子。白天来过了你不在家，我带她已经到楼下这朝向的房子看过格局了。现在来看看房子里的装修。谁家都有个难处，上半年生意亏掉好几百万，本来还想再撑一撑，实在没法子了。要不，上趟子怎么会来催你的房租？这房子不卖，我的生意就没钱周转，养家糊口还靠着我呢。"

裴苏苏倒是不依不饶了："大哥，您这样实在不厚道呀，上次我房租说推迟一些，您就屁股后面追啊追，刚交了没两个星期，您这就过来说要卖房子了。您要卖也等我租期到了啊！这么急要我搬哪里去？你不是要把我这个小女子撵到大街上没地方去才高兴吧？我是不会马上搬的，我的租期还有 5 个月，我就要住够了才走！"她阴着脸，气得把头歪向一边。

"这样吧，我把余下的房租退给你，再给你 10 天时间找房子，那 10 天的房租我也不算了。就是不好意思，你还得马上找房子。""房东大哥"赔着笑脸。

"哦哟，最多么十天嘞，我儿子结婚，这房子怎么也得再收拾收拾。你看这墙面都有点污掉嘞。这沙发，我肯定是要换掉的。这里的家具我们肯定要买新的，统统要换掉，怎么也要搞个一两个月的。我也就是看中这个地段……"听这五十多岁的女人的口气，好像这房子已经是她的了。

"房东大哥"赔着笑脸："是哦，是哦，我再跟她谈谈这个事情。"

"谈什么谈？没你这样的做法，说要卖就要我搬！反正10天之内我是找不到房子的，你们看着办吧！"裴苏苏看样子索性杠到底了。

"哎呀，裴小姐，你不要这个样子好哇？咱们好说好商量。要不我再让半个月房租给你，有这10天，你出这个价位的租金房子还是蛮好找的。我卖这套房子是件大事，帮帮忙好不好？"

中年妇女火上浇油："是哦，如果这么麻烦，我还是换别家的看看。"

裴苏苏还阴着脸。

坐在一旁喝茶的张茂生有些沉不住气了，一个男人坐在这里看自己的女人被"欺负"，实在有些说不过去。

"我说房东先生，你租房子也算做生意，做生意就该讲诚信。你怎么能随便说叫房客搬家就搬家？租房子的多数都是外地人，外地人在这里本来就不容易，你一个大男人怎么能这么欺负一个女孩子呢？这样不大好哇。"张茂生说话了。

"房东大哥"被张茂生一说也急了，他正色道："哦哟，这怎么能叫欺负呢？我前面跟她也讲过了，我做生意亏了，要卖这套房子救急。你也知道做生意难免有个风云变化，不是为了救急，我还能卖房子？你想想，这个地段的房子，只会降不会跌，我如果不缺这几百万，何必去卖它？请你们也体谅体谅。"

裴苏苏有张茂生在替着说话，她一下子有了依靠一样，该弱就弱了下来。

"你缺钱也好，总该叫人有个准备，打一个电话过来就带着人来看房子了。这样多不尊重人啊！哦，你们有钱买房子，怎么就不问问我们有没有钱买？你这房子卖多少钱？"张茂生犟上了。

"我怎么晓得裴小姐也会买房子啊？这房子是中介替我找的人卖的，320万……"

"320万？多大平方？"张茂生问。

"99.8平米，房产证上都有写。"

"不便宜嘛，一平方都合着3万多了啊！"

"这是市场价啊，这是啥时候？房源老紧张啊，我昨天在中介登记，就有三个给我打电话要看房的。这房子还能愁卖？""房东大哥"说。

"要卖你也先考虑裴小姐，怎么连问一声都不问，太瞧不起人了吧？"

"这，前阵子不是……我也不知道裴小姐要买房嘛……"

中年妇女听着两个人的话音着急了。"哎？你这个人，这房子是我先看中的啊！我明天就要交定金嘞。你这边又谈上了，啥意思啊？"

不等"房东大哥"说话，张茂生把话接过来了："这位女士，房子我们这边先买了，总有个先来后到，要不你叫一个女孩子一时间往哪里搬？"继而转向"房东大哥"，"房东先生，我看就这样了，这房子你卖别人多少钱，我就多少钱买。看在租房子这么久的分上，你就先把别人的推了吧！"

"这……""房东大哥"看了看中年妇女似乎为难地支吾着。

"就你有钱啊？！这房子是我先要的，我这就出定金。走，你跟我到楼下银行去取！"中年妇女拉着"房东大哥"要走。

张茂生一把拦住："哎，别，我这里可是有现金。不多，两万先给你，不够我再去下面取。"说着，从包里往出拿钱。

裴苏苏看着这一出欲言又止，她装作不曾预料一样，按捺着心里的欢喜。

张茂生把两万块拍在桌子上，"房东大哥"开始劝慰中年妇女。

"不好意思啊，你看这情况。我还是得先紧着现有房客，要不，也说不过去，你说是不是？"

中年妇女骂骂咧咧地走了。

张茂生开始认真地跟"房东大哥"谈购房事宜，"房东大哥"随即表示明天她太太会带着房产证等手续来办理。张茂生待要把两万块定金交到"房东大哥"的手上，叫裴苏苏一把给夺了回来。

"'房东大哥'，您带身份证了吗？"裴苏苏问。她认真的样子叫张茂生心里赞叹，好个精明的人儿。

"哦，没有。你又不是不认识我。我给你写收条。""房东大哥"看来是想收这两万块定金。

裴苏苏也不是吃素的，她不易觉察地瞪了"房东大哥"一眼。"那这样吧，我们也算熟人，这房子我们是买定了，明天你叫嫂子直接带着房产证来办理过户手续，我们按规矩办事，一手交钱一手交货。你不会不相信我吧？"

　　事情有了基本的定势，"房东大哥"走了。

　　裴苏苏转回头深情款款地对张茂生说："茂生，刚才你说的不会是真的吧？我怕你一时冲动说了这些，两万块定金交出去就打了水漂。毕竟，我们认识才半个月……"

　　张茂生心想，裴苏苏还真是为他着想，给他留个台阶，真是个好女人。

　　"你多虑了。我是真的想替你把这房子买下来。这样，你在上海有个稳定的落脚点，做起事来心里也踏实。看你成天这么被房东追来追去，我心里不好受。虽然不能马上住进我家里，但是给你安置个踏实的生活，我还是有能力的。"

　　张茂生临走前签了一张 320 万元的现金支票给裴苏苏。裴苏苏握着这张支票几乎不敢相信这是真的。幸福来得这么突然，简直就像天上掉下来的金砖，差点就把她幸福地砸晕过去。她把支票夹在记事本里，又压在枕头下，一晚上醒来无数次，醒来就打开灯看看支票是不是真的存在。她真担心这是一场好梦。

　　房东大哥是假的，房东大哥带来的买房人也是假的。裴苏苏买下这套房子却是真的。她不久前听到优雅的女房东有售房的意思，她就有了主意。张茂生简直就是上天派来的天使，来得不早不晚正是时候。最后，以 316 万元成交，裴苏苏成为这套房子的主人。那两个演戏的人，一个是物业的工作人员，一个是他找来的群众演员。裴苏苏事后共给了他们三千块钱做打赏，不是裴苏苏小气，有些人的胃口不能喂大，对自己没好处。

　　事实上，裴苏苏原本没想那么好，也没把握张茂生一次会出那么多血，竟然能把房子给她买下来。她最多想的是叫她搬进他的家里，把身份进一步确立。可是，没想到身份还没确定，就得到一套房子，这算是意外惊喜。裴苏苏觉得人生真是美好，有智慧还得有好运气，都叫她碰到了，上天待她真是不薄。

Chapter 44
地摊公主

裴苏苏打那二的电话关机，本来成为业主的好消息应该第一个告诉她，因为这是那二给她的机会。可是那二次日才联系她，告诉她换了手机号码。

裴苏苏打电话要请那二吃饭的时候，那二正在路边摆地摊。她左手缠着绷带，带着棒球帽和墨镜在与买家做生意……

与其说那二被那一万六给难住了，还不如说她被良心给为难了。救人不救到底，总感觉像擦屁股没擦干净一样，心里总是犯膈应。为了救助一个与她无关的人，她实在想不出任何借口来烦扰自己的亲人朋友。她这辈子最怕的就是欠别人的。辞职那天，她带着全家仅有的4000块钱奔往七浦路服装批发市场。她要做一件人生里从未做过的事情——摆地摊。

4000块在上海能做什么？吃快餐一天25元，可以吃5个多月；吃海鲜大餐一顿都不宽裕。住三人间的旅馆一天40元，可以住3个多月；住五星级豪华套间也就差不多一晚上。4000块够那二交3年的2兆宽带费；可以交两年的水电费；一年半的交通费……可是用这4000块做生意，要叫它们迅速地翻倍，那二也实在想不出比摆地摊更好的主意。写文章赚钱那是世界上最缓慢的赚钱方式之一。那二也绝不会拿着4000块去买彩票碰运气，她不相信能在这时候人品爆发出好赌运。

早就闻说到七浦路要装作"拿货"的样子，最好拉一个小拖车，再弄一个大大的黑塑料袋。那二来过两次，第一次给单位团购合唱比赛穿的服装，下午时分人太多，空气污浊，竟然逛到呕吐；第二次和袁嘉来的，很高兴找到一层做日单的外贸服装批发点，两人好像不花钱一样买了好多件。出来的时候，那二发现新买的手机不见了。虽然有两次不愉快的七浦路购物经历，但是那二也发现了这个地方的美妙，如果用心淘，绝对能淘到价廉物美的服装。上海周边有很多给日本以及欧洲国家做单的服装加工厂，许多品牌的样衣以及订单多余的衣服，总能出现在七浦路的某个不起眼的店铺里。

那二一走进七浦路批发市场又有些头晕眼花，她稳了稳神。令人眼花缭乱的摊位挤挤挨挨。她拉着刚买的小拖车艰难地穿行在人流密集的走道里。货品虽然款式多品种全，但是对于地摊来讲不一定新鲜。那二留意过离她住处不远的那一排地摊货，没一件打眼的，天天从跟前穿过，就从没留住过她的眼神。想把衣服弄花哨有什么难，弄得特别又时尚才难。

她被拐角处一家外贸店铺里的牛仔裤吸引了。地上随意堆了半人高的牛仔裤，全都卖 25 一件。那二拎起来看了看，尺码不一样，款式重复的也很少，多数设计比较简洁大气，扣子和拉链都很精良，翻开裤子里面看了看做工不错，外面也少有线头。有的牛仔裤上有刻意处理过的破洞，也是水洗打磨，做得不俗。还有些牛仔裤上有涂鸦，虽然不是顶好，但看得出用过心去设计。再仔细看，好看的尺码多数挺大，一般爱美的苗条青年穿不了，想必这也是处理的真正原因。那二猜想这些都是欧洲的打样产品。她拣尺码适中、设计简洁的牛仔裤挑了几十条，按 20 元拿了批发价，又在另外一家做外单牛仔裤的摊位拿了些凑了整整 100 条。另一家牛仔裤店铺里重复的牛仔裤不少，但是价格相对高些。两边的牛仔裤均下来的价格应该在二十八九元的样子。此刻她已经是个正儿八经的小商贩了，100 条牛仔裤压着小拖车，拖起来有些笨重吃力。

回去之前，那二又在批发市场内买些珠片、亮片以及蕾丝花边。回去后又去买了丙烯颜料以及砂纸、锉刀等备用。一百条牛仔裤被她搬回家中，买回去的这些东西就派上了用场。有 100 条牛仔裤可以供她折腾，这是多么兴奋的事情。她很快被创作的快感笼罩了，缝缝补补，剪剪贴贴，描描画画，不知不觉天就亮了。晨曦中，她舒展了一下身体，全身的骨骼因长时间困顿在一个姿势又得到解放而咯咯作响。前天就一

晚上没睡，又连续工作了一个晚上，她终于在黎明工作完结时分精疲力竭地沉沉睡去。

醒来已经过了午时，她察看自己的作品，感觉自己实在是天才。平凡的牛仔裤有的被她剪成五分裤，有的在一只口袋上多了一圈蕾丝花边，有的蔓延了几粒珠片，有的布满有趣的涂鸦。其中有一条牛仔裤她只用红色颜料在屁股的位置写了两个字：恨你。她自己会心一笑，恨你，就把你坐在屁股底下，坐视不顾；剩下的，就是要把它们卖掉，变成 RMB。

她的手在疼，昨天用锉刀搓牛仔裤的毛边时候戳到了自己的手，又用缝花边的针扎破几次手指头。锉刀的伤口还在，不能用力，她还要拎货物，用酒精稍微擦了擦，创可贴一贴，缠两圈绷带了事。

当个小摊小贩比搞创作艰难得多。那二想象力再丰富也没想到，半个月前还在采访商界风云人物、出席宴会派对，这时竟然沦为街头摆摊妹。她打包好辛苦创作了一晚上的牛仔裤几次打开门都没出去，这一步真难。最后，她想了半天，拎了一只漂亮的旅行包，装了 18 条牛仔裤出门。自己也穿了一条昨晚设计的牛仔裤当样板，带着平时用不到的棒球帽和一副宽边墨镜，像是出门旅行。

上海的生活节奏很快，一到 5 点半左右，各路小摊小贩就从地下冒出来一样出现在商业街的道路两旁。那二住的地方太繁华，摆地摊倒是真方便。可她怕邻居认出来，拎着旅行包来到离小区门口较远的地段。小摊贩们对新加入到他们行列里来的那二仅仅投来几次"新手来了"的目光。他们看得出那二是只菜鸟，做生意这样光明正大的事情，都能被她演绎成地下党接头。

可是，事态依旧出乎那二和其他小摊贩的意料，那二的牛仔裤一拿出来就有几个小姑娘过来询价，走了一拨又一拨，买的或者不买的，反正根本就没闲着。那二起初不敢要价，一条卖 60，两条 100 就卖。后来发现太好卖了，又稍微提了提价，基本一条可以卖 70 到 80 元。卖了好几天她才知道，地摊货里她的价格是非常高的了。不得不说，这是艺术的力量。她因此不觉得自己是个地摊妹，至少也是个地摊公主。

第一天出摊，18 条牛仔裤卖了 15 条。那二数学不好，算了大半天，才知道自己赚了毛利 520 块。除去加工用的辅料，她应该可以赚 480 元左右。一共才出摊一个半小时就有这样的成绩，这不禁令那二一阵小兴奋。数钱的时候，她发现自己的墨镜早就摘掉了，明天打算不戴了。

裴苏苏约她吃饭，卖完牛仔裤那二看时间来不及了就没回家，拎着装着三条牛仔裤的旅行袋直奔澳门豆捞。

裴苏苏瞧见那二这身装扮以为她出门旅行去了，那二没好意思说去摆摊，脱口说出去逛街。再一询问她这旅行袋是干吗来的，她说别人借去用还回来了。被面子问题逼的，那二撒谎的水平越来越娴熟，她却不以为然，曾经编故事骗人欢笑和眼泪，也是一种变相的欺骗。能以鬻文为生的人，会撒谎是必须的技能。尤其像那二这样不时常撒谎的人，偶尔撒谎很少有人怀疑。嘿嘿，小小的谎言，大大的学问。

"你新单位怎么样？"裴苏苏问。

"没去。"那二答。

"不是周一就上班了吗？"

"嗯，我想过阵子再上班，没休息够。你上班了？"那二又在撒谎。

"嗯。上了两天了。"

"感觉不错吧？"

"就那么回事。"裴苏苏说着从包里拿出一只新款 iPod 放在那二面前。"喜不喜欢？"

那二漫不经心地看了看："还行。"

"你有更好的？"

"没有。"那二不关心 iPod，她饿了，自顾自吃起来。

"没有你还说还行？这可是苹果的最新款。8G 内存。喜欢就送你了。"

那二吃得专注，早看到裴苏苏气色不错，曾经刚有人包养的时候也那气色。她又添了新行头，想必是和张茂生搭上了。这对裴苏苏来说是多么正常的事情，那二一点都不惊奇。她把虾滑送进嘴里嚼了嚼吞下才说："这么慷慨。你又发财了，还不是小财。"

裴苏苏得意地："是。猜对了。"

"恭喜。"那二淡定地说。

"我有房子了。那套房子张茂生帮我买下了，316 万。"买房子是个重磅炸弹，尤其是张茂生给她买的房子，想象之下炸弹的威力更加足。

裴苏苏舒缓地说，尽量不那么去刺激还在租房子的那二。

那二的眼睛果然亮了亮。房子。三百多万。

"太好了。几天不见你就跻身百万富翁的行列了。"

"在上海百万富翁算什么？这是你让给我的机会。"裴苏苏难得这么诚恳，她想那二应该后悔得去撞墙。

"是你自己争取的，换作我，估计什么都得不到。在索财方面，我还没去修炼，这辈子基本没戏。这是你的能力。替你高兴。"那二真诚地，丝毫看不出来她有何不爽。

"你真的不妒忌我？"

"不。"那二埋头苦吃，从昨天到现在都没吃上一顿好饭。

"你的脑子真的被门挤过了。"裴苏苏看着没心没肺的那二觉得没劲，为何不是她期望的结果：那二的眼睛里流露出羡慕嫉妒悔恨的眼神……

"没有。不过，你真小气，干吗不送我只 iPhone，那款式我垂涎已久了。你一下子就成了百万房产业主，叫我占点小便宜不行吗？"那二知道裴苏苏小恩小惠打赏她，她并非不领她的情，就是想将她一军。她太了解裴苏苏，知道她绝不会舍得多花钱。

果不其然，裴苏苏说："不就是只 iPhone 嘛，等他回来我叫他送。就当谢媒。"

那二笑："哎哟，你就不能大方它一回？从你这儿抠点东西出来真难。"

裴苏苏有点不好意思："你说你吧，干吗不从男人身上抠钱？有点出息行不行？"

这话跟袁嘉的话如出一辙，那二听着耳熟。那二反省过，她所熟悉的女人里，只有她是个赔钱货。她吃饱了，眨巴着眼睛看着持续耐久地吃东西的裴苏苏想心事。家里还有 82 条牛仔裤，加上旅行包里的 3 条就是 85 条。全卖掉的话，一条赚 30 元可以净赚 3000。一天卖一个多小时时间太短，明天中午的时候可以拿到上师大附近兜售一下，学生多，应该可以卖得快点。旧货卖掉得提前进货补仓，还要做加工。本钱也都换成了货，离两万元好像更远了，不知道野山能坚持那么久吗？对面这个女子刚发了财，只要她肯借出来一些，很多问题都解决了。可是，如果开口借钱，裴苏苏会怎么想她？那二可是个从来不借钱的人。……

"哎，你进来的时候我看见你穿的牛仔裤很好看，新买的？"裴苏苏边吃边问，"……想什么呢？"

那二如梦初醒："哦，是啊，新买的。"

"什么牌子？这样子蛮灵的嘛。我好久没买过牛仔裤了。"

"这条……levis 的吧，真的好看？"

"好看，哪儿买的？等下带我去看看。"

那二一听来了精神："我包里就有几条，帮别人代买的，你要看不？"

"行啊。"

那二取出来旅行袋内卖剩下的牛仔裤，裴苏苏相中一条镶珠片的。这条仔裤那二手工缝了很久，手指头几乎都是在这条上扎破的。价格稍微贵了些，几次有人相中都因价格低没舍得卖掉。

"哎，这牌子我怎么从来没见过这件啊？你给谁带的啊？这条裤子不便宜呢。"裴苏苏左右比画着。

"我从精品店淘出来的，你当然没见过。估计是样衣，不贵。300块。"那二撒谎都不眨眼了，她想到"奸商"一词。

"300？是不贵啊。有没有了？我也去买一条来。"

"没了，一样就一条，没重复的。你要就你买了吧，我担心她穿着瘦。"

裴苏苏以 300 元的价格买下了那条牛仔裤。那二做了裴苏苏的生意，卖的比别人贵多了。她有一点愧疚之感。从她撒谎开始，一切就有点收不住了，好在这些谎言不算严重。她只想尽快过去这种日子，再也不想回来。谎言也就会慢慢淡忘。但是，她一定会记得，自己曾经做过地摊公主。

Chapter 45

戏剧人生

通过那二的努力，牛仔裤销售得非常好。她感觉自己一个人的力量太薄弱，联系了一家服装精品店合作，原打算让他代卖，后来三说两说，精品店的老板以每条 55 元的价格一次拿了 10 条。第三天结束时牛仔裤就卖得剩下 7 条。粗略一算，毛利挣了 2900 多。按理这成绩不算差了，可是，她担心野山的手术时间拖不了太久，赚钱的速度仍旧嫌慢。

第四天刚好是周五，她早晨早早地进了货以后，赶着去了趟医院。她直接去找了医生，医生说手术时间得尽快，最好在一周内解决资金问题。那二这时已经不跟医生抱怨了，抱怨没用，她只说尽快筹钱，尽量不耽误野山的治疗。那二心里盘算，一周内如果挣到了余下的一万几千块，自己也要累病了。这时她真想走路捡金子，天上掉银子，出门撞上大户，购物中了大奖，海外冒出个亲爷……

自打野山做好手术那天，那二还是第一次来病房看他。她想不出看他有什么必要，只是想看看她的钱花得值不值，有没有把人救活。没进病房她就听到野山侃侃而谈的声音，又不知道吹啥吹得天花乱坠。她一听他的说话声就烦，走哪儿骗哪儿，靠两片嘴活着的一个人。

那二进了病房，野山声情并茂的演说马上停止了。他头上缠着绷带，很像脑残，一点都不像手术不成功的样子。他鼻梁上多了一副新配的眼镜，床头上放着一些拆开的零食和熟食。他养胖了。他是用那二的钱养胖的。那二心里极度不平衡，连自己的父母都没得到过自己的赡养，竟然把一个讨厌的陌生人养胖了。她想起自己连夜赶制牛仔裤，扛着大包在外面摆地摊来就委屈加窝火。

"那二，你来了？赶紧坐。"野山十分热情，就像那二来了自己家。

那二没理会野山的热情，她停了一会儿才说话："住这里挺开心的哦?"

"开心什么啊，我打过你手机，电话总是关机。"

那二没说话，不想告诉他换了手机号码。

旁边一病友没眼力见儿，问野山："这就是你的女朋友吧?"

野山怕谎言被戳穿了，赶紧岔开话题："哦，不是，不是。她是我的朋友。"

那二知道野山又在吹牛，竟然在外面宣扬自己是他的女朋友。她对他的厌恶又升级了，冷冷地瞪着野山不说话。

野山被瞪毛了，赶紧找话题："最近怎么样?"

"关你什么事儿?"那二还是冰冷的口气。

野山怕那二的脾气在病房里给他下不了台，找了个借口："这里空气不好，咱们出去说话吧。"

那二没说话，转身走出病房。野山也跟了出来。

"医生说我再做一次手术，养养就能出院了。最近这段时间麻烦你了，等我有机会会还你钱的，我一定会报答你的！真的，我发誓！我要是说话不算话，就天打五雷轰！"

野山发誓的样子太郑重了，很像真的。那二明白骗子都这样，否则怎么骗人。不过，她可不是要他还她，报答她，她现在感觉世界上最幸福的事就是跟眼前这个人撇清关系。

"如果换作我，我就什么都不说。因为我怕说多了，别人就不再肯肉包子打狗了。"那二说。

野山被那二骂做狗，本想发作自己也明白不是时候。因为自己受了那二的帮助，自己应该让着点。他随后竟然微微地笑了笑。那二看到他细微的变化，心里的想法也在不停变化着。她突然间感觉自己不该计较，不好的人也有他好的地方，何况自己本来不就是救人，何必救出个仇人出来？她想起了来时的目的。

"最近是不是挺忙的?"

"……"

"我感觉你别浪费才华，工作之余写点小说之类吧，你肯定能成。像我这样，最近我也想了想，自己还差得太远，还得多练习。……"

那二许久没听过别人劝她写小说之类的话了，如果她对袁嘉和裴苏苏说这些，她们都会觉得她太梦幻。她们从来不曾真的了解过她，倾听过她内心的声音。她们比她活得现实，她们过得比她滋润，可是，都不曾触及那二的精神需求，以及她一直不敢触及的理想。野山也不了解那二，但他随意的触动了那二的神经。野山后面的话那二已经听不见了，她被自己心内的声音所冲撞，也许她该真正为自己做一件事情。

尽管网络游戏挤走了许多人的读书爱好，尽管文人不如商人叫人仰慕，尽管不再"万般皆下品，唯有读书高"，尽管这时代是那么那么浮躁，总有一部分人在坚持自己的理想，总有一部分人精神的满足可以大于物质的丰饶，总有一天阅读飘着墨香的纸质书籍会成为时尚……心中的声音激荡着那二，她被感动了。她对野山的絮叨浑然不觉，在内心的声音轰鸣之下旁若无物地走出医院……

连着做手工活儿加上还要外出兜售，那二的体力有很大的透支。她经过镜子时被里面那张憔悴的脸搞得心情有点糟糕。周六正是生意好的时候，那二没舍得浪费时间，又拎着一个漂亮的编织袋出门了。没几天，她成了一个很专业的地摊公主，白净的皮肤已经暗了一层，身上还斜挎着一个收钱的小包。

"来，看一看啊，瞧一瞧，漂亮的围巾啊，十元一条……"

"外贸拖鞋，处理了啊！走过路过不要错过，非常经典的款式啊……"

"世界名牌香水，50 元两瓶……"

商业街的两旁又开始沸腾了。那二找了个地方，在地上铺上一块塑料台布，把牛仔裤整齐地摆在上面。她刚摆好，又有几个小姑娘围了过来。

"这条牛仔裤多少钱?"

"85。"

"啊? 这么贵，便宜点。"

"80。"

"才便宜5块？50卖吗？"

"不卖。"

"不卖算了，地摊货有的是，我到别的地方买。"

"随你。"

"哇，这么拽，走，别买她的。"

"……"那二不去和她吵，眼皮耷拉下来。

两个小姑娘走了几步，见那二不吆喝她们回去，她们又商量着折回来了。

"哎，我说你这姐姐能不能再便宜点啊！人家都卖40，我都给你50了你还不卖。"

"别家有这货，你们还会回来吗？"

"再便宜点行不行？我们两个都买。"

"最低75一条。基本就这价了，你们再走我也是不会喊你们回来的。"

"哎，真难讲话。那我们还是再挑一下，就这些款式吗？"两个小姑娘妥协了。

"嗯，慢慢挑。这里的款式没重复的。看对样式以后再看好尺码，现在费事不要紧，就怕回去再来换。"

两个小姑娘挑裤子的时候，又插进来一个女孩子。她迅速地抓起来一条屁股兜带蕾丝花边的仔裤。

"哇，这条裤子挺好看的，多少钱一条？"

"85。"

"哦哟，地摊货不要看了啊，去百货公司买么好嘞。"一个熟悉的男人说话声。

那二一抬头跟那人的目光撞了个正着。戏剧性的一幕出现了：这个男人是伍晓华。自打上半年的那个雨天分别之后，他还是第一次出现，竟然是在这样的场合里。看样子，那女孩是他的新欢。伍晓华也被这意外的相逢给惊呆了，他愕然地张了张嘴想说什么，那二却迅速调整了下自己，去跟他的新欢谈生意。伍晓华不自在地站在那里，不知该说什么。

然而，同时间里，只有在影视剧里才会出现的一幕出现了。话说戏剧来源于生活，那二觉得生活远比戏剧更玄妙。许维开着车被堵在这里

一分钟，他听到一个熟悉的声音。他一回头，就看见了让他朝思暮想的那二。她黑了瘦了，不知何故沦落到街头摆地摊。这意外的发现叫许维的心一阵颤抖，他多么希望道路赶紧畅通，他要找个地方停车，然后去找那二……

这时，旁边不知道哪个小摊贩喊了一声：快跑——！城管来了！人群立刻骚动起来，小摊贩们迅速地整理箱啊包啊，四处逃窜。那二没见过这阵势，迟疑了一下也开始收拾东西，她一把夺过伍晓华新欢手中拿着的牛仔裤："不卖了！"说着开始把地上的东西打包。

伍晓华看这情况似乎想帮一把手，却被他的新欢拽走了。

那二顾不上尴尬，感觉逃离应该是个不错的选择，如果有地缝，她一定会钻进去。还没收拾好东西，城管就凶神恶煞地杀过来了。那二心里一慌，被自己拎着的编织袋绊了一跤，一下子摔倒在地上。她看了一眼伍晓华的背影，他僵硬地缩在一起，没有回头看。也许是尴尬，也许是不忍心回头，倒是他的新欢往这边看了一眼。

城管骂骂咧咧地把所有的货都拿走了。那二摔得生疼，没有去阻拦也没有哭喊。她忍着痛要爬起来，这时被一个人扶了一把。她抬头一看，竟然是许久不见的许维。

"那二，你这是为何吗？"

在一家咖啡厅里，许维心疼地拉着那二摔破的手看。那二忍着不说话，就怕一说话眼泪就要掉下来了。

"那二，你有什么难处为什么不告诉我？我到上海三天，打你电话永远关机，为什么？到底发生了什么事情？我不信你连份工作都找不到，还至于在街头摆地摊。干吗不说话？说啊，到底怎么了？……"

那二被许维的关切软化了，她觉得这个小男人这时无比高大厚实，许久以来积聚的疲惫和委屈突然有了地方停靠。她绵软地靠在许维的肩膀上，泪水叭嗒叭嗒地掉了下来。

也许，不见得要谁来懂她，懂她似乎有点难度。像这样默默地支撑着她就够了。许维给那二递着纸巾，等她的眼泪流够了，又给她拿了杯柠檬水喝。那二很快没事了，她破涕为笑。

"你怎么来了？这么糗的事也叫你撞见。"

"呵，原来你也有小女孩的时候呀？曾经还总是给我当长辈。"许维笑着答非所问。

"你为什么会出现在这里啊？"

"打你电话不通，我不知道你出什么事情了，是离开上海了还是手机丢了；只是想来你家周围碰碰运气，没想到还真碰到了你。你得告诉我，究竟为什么搞成这个样子了？"

"什么这个样子嘛，本来就够倒霉的，更倒霉的是我在倒霉的时候遇见了两个不该遇见的人。"

"谁？"

"你，和我前面一个吹掉的男朋友，也比我小四岁多。你那个时间来估计是遇到他了，他的新女朋友刚好看到我摊位上的牛仔裤……呀，不好啦，牛仔裤被城管都没收了，刚拿出去26条，一条还没卖呢。"

"真是反应慢，现在才想起来，算了，没多少钱。你是不是经济出问题了，干吗不想想还有我帮你？真笨。"

"我谁都不想麻烦。"

"瞧你倔的，拴条尾巴都能当驴了。快说啊，到底怎么啦？急死我了。"

那二在许维的追问下说了野山的事情，把许维气得够呛。

他用手指戳着那二的脑门："哎呀，真服了，真服了，啥时代了还有你这样的白痴。你可真是二得前无古人后无来者。救人是应该的，但连野山那种人都去救，你有没有搞错？当初我看见他，就感觉他不是个好人，真没想到发生了这么多事，你干吗不早点跟我说啊？我早就帮你赶走他了！"

"算了吧，我白痴还叫那么多人知道干吗，那个可恶的人把我的男朋友都给搅黄了。唉，我的婚事又泡汤了。"

"哎，这倒是件好事。我有机会了。"许维半真半假地玩笑。

那二白了他一眼："去你的，敢胡说八道就懒得理你。我回去了，卖我的牛仔裤去。"

"还卖？都摔这样了还卖？！辛辛苦苦赚钱就为了那王八蛋，你脑子进水了吧！还有多少？我都买了。"

"我不卖给你。"

"好，你别卖给我。但你一定要听我的话，否则我不叫你走！"许维又犯小孩子脾气。他没褪去稚气的脸英俊而硬朗，那二看着他坚毅的目光突然就小了三分。

许维怕那二溜掉一样牵着她的手，去了几个 ATM 机提出来两万块钱。那二每次说不要，许维就说闭嘴。那二感觉幸福，有小帅哥这么惦记她，对她这么好。她一路上幸福得有些恍惚。

"拿着吧，那二。这是我挣的钱。"

"那我给你写借条。"

"白痴。你就叫我也做点好人好事吧！这是给你的，不是给那个人的。"

"那也不行。我怎么能白拿你的钱？"

"那你以身相许啊！"

"去你的！又瞎扯！"

"逗你一下，我又不是老色狼。你别美了，瞧我这型儿的，跳艳舞还有人给塞小费，真的以身相许，还不得挣点……"

"哈哈哈……"

"笑，笑，露门牙了，真不矜持。"

"哈哈，别逗了。这钱算我借你的，我真没习惯白拿别人的钱。"

"得啦，老大不小了，自己身边也留着点钱备用。再有事情，老天可不会再这么凑巧安排个意外邂逅了，看你急了找谁去……"

"……"

"哎，你别这么激动啦，这么大了还好意思掉眼泪。叫人看见以为你爱上一个帅哥，却被无情地拒绝。"

"……"

"又笑，真像个白痴……"

Chapter 46
尾声

野山的事情在许维的帮助下解决了。那二从此可以完全摆脱那个人了。她想好了，如果哪天再被野山纠缠，她绝对不会心慈手软。她不会再瞧他一眼与他废话一句，她摔跟头的时代从此终结了。

那二舒展了一下心情，却又感觉有事未完成。她欠下许维的债，可是许维不用她还，这人情就更欠得大了。好在，她做了许维的姐姐，有的是机会还。

一个月以后，那二重新找了份工作，新工作薪水不高但闲暇较多。这比较符合她的理想，可以花更多的时间看书或者写稿子挣外快。做了几天地摊公主，小商贩的挣钱速度并没有吸引她，傍晚那条喧闹的商业街上多她一个不多少她一个不少。走在物质的洪流中，她偶尔还会有点小失落，但又很快沉浸在简单快乐的世界里。患得患失的人太多，她没必要急着凑热闹。

这时，已是上海的隆冬。道路两旁的法国梧桐枝丫萧条，绵绵的冬雨不时光临。空气中弥散着熟悉的潮湿味道。一进入 12 月，节日就一个接着一个，先是圣诞节又是元旦，紧接着又要过春节。每个百货公司都在进行打折促销，商场里涌动着摩肩接踵的人群，不像是购物倒像是免费派送。那二从地铁钻出来，她上身穿一件连帽黑色面包服，下面穿一条五分磨白牛仔裤，踩了一双彩色的帆布板鞋，白皙的小腿曝露在冬天有些抢眼。雨后的淮海路色泽更加浓郁，这个全国最时尚的街头像个大 T 台，潮男潮女们来来往往上演着时装 SHOW。新旧、华洋冲撞，恍惚回

到旧上海又仿佛漫步在欧洲某个都市。那二喜欢这条特别的马路，她深深呼吸了一口清新的空气，一团浅淡的白雾即起即落。

今年过年不回家，她想给父母买点新年礼物。爸爸喜欢一顶呢料的礼帽，妈妈想要一件羊绒大衣。自己的衣服就不用买了，家里还有那么多条牛仔裤等着穿。

3小时后，那二大汗淋漓地从拥堵的商厦里挤出来，她才注意到手机在唱歌。是袁嘉。

"哎哟喂，你在干吗啊？我打了好几遍你都不接。"

"我在百盛呢，给我爸妈买点新年礼物。"

"你也去了啊？昨天我和我闺女在里面逛到晚上10点。哎哟，又出不来了，那地方总是返你现金，凑啊凑啊，一凑又花出去两万多。我可不去了，再去杨旭要骂我了。"

"你找我什么事儿？要不出来我请你喝咖啡？"

"不行，现在我出不去，杨旭今天从意大利回来，我得等他。这样吧，晚上一起吃饭，你还是到淮海路上那个伊藤家找我吧，6点钟。"

"哇，太好了。我又要沾你的光了。这样吧，晚上我请你到钱柜唱歌。我好久没去过了，挺想吼几嗓子。"

"晚上再说吧，我这拉家带口的哪儿像你那么自由。对了，那天去我姐姐家，张茂生来玩儿了，他说过几天请我们吃饭呢，裴苏苏通知你了没有？"

"没啊。"

"哦，那估计就是没定好地方，我们这边也没确定。那女人真有本事，前阵子刚叫张茂生给买了房子，这不是嘛，张茂生又给她办理去美国的事情呢。哎哟，你看看人家那命，你呀，抓紧啊！"

"知道啦，你就不能祝福我一下吗？祝我新的一年嫁个好男人！"

"好吧，过年我和杨旭带儿子开车去普陀山玩儿，我给你烧炷香。"

"嘿嘿，谢啦。现在才4点，你要我等两个小时，这两小时我干吗去啊？"

"淮海路上能没地方逛吗？两个小时很快就过去了。"

"哦，那好吧，6点伊藤家见。"

跟袁嘉通过话后，那二去淮海路马当路上的新天地喝了一杯咖啡，很快就混过了两小时的时间。六点整，她去了袁嘉发给她信息的那个房间，当日本腔调的服务生热情地把她带领到包间内，她顿时呆住了。包间里只有曹大河一个人。他坐在那里，就像第一次刚认识那模样。那二恍惚地与他面对面坐下。

　　"袁嘉呢？还没来？"那二问。

　　"是我约的你，不要她告诉你。"曹大河看着那二，那眼神比从前丰富了。

　　"你想我了？"那二单刀直入。

　　"嗯。"曹大河直言不讳。

　　"你没重新谈朋友？"那二毫不隐讳。

　　"没有遇到比你更好的。"曹大河无所顾忌。

　　"够坦诚。"

　　"换了电话为什么不告诉我？"

　　"……"那二习惯性地转着手里的茶杯不语。

　　"你恨我了？"

　　"谈不上。"

　　"元旦都过了，转眼又是一年，我们又老了一岁。"

　　"嗯。"

　　"你这阵子遇到合适的人了吗？"

　　"没有。"

　　"我就说呢，不会这么快吧。"

　　"我要喝汤。"

　　"味增汤可以吗？"

　　"凑合吧。"

　　"服务员——味增汤两碗。又要过年了，我们又老了一岁。"

　　"你说过了。"

　　"你是不是该考虑考虑嫁给我？剩下的好男人不多了。"

　　"你比以前幽默。"

　　"发现这个需要时间。2010年是个不错的年份，我有15天年假，公司奖励了一次马尔代夫双人游。咱们可以一起去度个蜜月。"

"是不是得先合法？"

"那是必须的。过年了，要不我陪你一起回家领结婚证？"

"不行。上次有人陪我回家就把我全家给忽悠了。"

"那不是男人。"曹大河从包里拿出两样东西，一枚上次那二还回去的戒指，一个户口本。"你看吧，这次我都带过来了。我父母说了，叫我跟你求婚的时候诚恳点。"

那二绷不住笑意："你不怀疑我了吗？"

"有一个男孩给我打过电话，把事情都跟我说了。你太拿我当外人了，那么大的事情竟然不告诉我。这些日子你受苦了吧？"

"男孩？他是……？"

"说是你老弟。"

"许维……"瞬间，那二湿了眼眶。

"我应该知道他是哪个了，有一次应该是他送你回家，我碰见的那个对不对？"

那二噙着眼泪点了点头。

"你那同事应该喜欢你吧？"曹大河不傻。

"应该不是你说的那种。"那二否认。

"呵呵，没关系。男人的直觉，他一定喜欢你。这也没什么，你这么可爱，喜欢你很正常。是他跟袁嘉要了我的联系方式，找我长谈了一次。前天我们通了一个小时电话，他把事情详详细细地说了个清楚，然后又说了你的许多优点和特性，叫我多了解你，希望我们能重新在一起。我发现我真是没他了解你。前天我一晚上没睡，想着我们也别折腾了，大致都了解得差不多了，再谈一个也不一定会更合适。近些年，我对你还是最有感觉些。我不是没想过找你，可是许多心结没打开，对你有些怨气和误解。这下心结打开了，我昨天跟我父母又认真谈了一次。他们觉得我们挺合适，也支持我的做法。所以，今天我来了。说真的，我很感谢你那同事，希望我们结婚的时候他能来吃喜酒。"

那二眼里噙着的眼泪终于滑落下来。

Chapter 47
再尾声

　　春节过后，那二和曹大河从老家回来没几天，他们就在上海徐汇区民政局做了结婚登记。国内的风俗，结婚不举办个酒席就跟没正式结婚一样。他们协商是婚礼前去马尔代夫度蜜月还是婚礼后去。那二本来打算去马尔代夫度假的时候可以顺便拍一套婚纱照，以后挂在家里多么有回忆价值。可曹大河说婚纱照都有回忆价值，上海拍的婚纱照在国内的都是顶顶有名的好，就在上海拍。一领证就不一样了，大男子主义总归是有点。后来两人友好协商，在国内拍一套好点的，到时候去马尔代夫带着一件婚纱去，叫游客帮着拍几张，省钱。那二瞧着曹大河精打细算的模样就好气，想想省来省去都是省给自己了，也就没啥大不了的。

　　五一、十一这样的黄金周，上海的好饭店早就预约订满了婚宴酒席，再排又排到不知什么时候了。赶早不赶晚，曹大河家人干脆选了3月底一个黄道吉日举行婚礼。婚前准备忙忙碌碌，琐碎的事情特别多。周六这天，曹大河忙着去几个亲戚家送请柬，那二自己去淮海路上的婚纱店取做好的相册。

　　在婚纱店等待门市小姐拿相册的辰光，那二听到化妆师和一个顾客的亲戚的几句对话。

　　化妆师："你那个亲戚模样蛮灵的嘛，那个男的拍照的时候垫了一只箱子才勉强高过她一点点。"

　　某女亲戚："伊现在年纪大了，今年差不多四十岁，以前老漂亮。本来喜欢伊的男人是蛮多的，可是伊一直要嫁老外，啥美国的，德国的，

新西兰的，马来西亚的都谈过了，谈了够几十个没谈成。这时候急了，她找了这个日本男人，还离过婚，也就是个普通小职员，好歹算嫁出国了。嘘——伊出来了……"

那二望向那对被议论的夫妻，女的个子高挑，模样还算可以。她的神情有些高傲，嘴角冷冷地下挂，岁月的刻刀在她的脸上无情地刻下世故沧桑。那日本男人矮得有些抽巴，跟在她的屁股后面被她的礼服随意一遮就不见了人。

那二不由得想起了裴苏苏，裴苏苏今天就跟张茂生飞往美国。她还没和张茂生结婚，但是算被张家接受了，预计在 5 月中旬于美国举行婚礼。那二出门前接到裴苏苏的电话，她没有去送行。这样的远离是不需要朋友送别的，她已经有人风雨同舟。

拎着取好的相册，那二离开婚纱店。刚出门，忽然看见一个人——方若明。方若明敞怀穿着一件中长黑色风衣，围着一条洋气的灰色羊绒围巾，深色的西裤，英式皮鞋。服装变了，面孔没变，他还是架着那副无边框眼镜，几乎是玉树临风地站在婚纱店外。那二和方若明相对而立，许久无法言语。

"还记得我吗？"方若明先开口了。

那二有点失神，她点了点头。

"听裴苏苏说，你要结婚了。"

那二又点了点头："你认识她？"

"是。可是她现在才告诉我你的联系方式。"

那二苦涩地笑了笑。"哦……是，我快要结婚了。"

"听说，你也打听过我。"

"嗯，可是裴苏苏说不认识你，而我不知道你叫什么，去过论坛，不知道哪个是你。"

"我也找过你，可是……算了，不提了。"

那二点了点头。

方若明看见那二手里的东西："挺沉吧？我帮你提着吧，我们顺着淮海路走走。我有许多年了，没在这条路上散步，每次都是来去匆匆。"

说着，方若明把那二手里的东西拿了过来，那二竟然忘了拒绝。两个人中间隔着那二和曹大河的婚纱照并肩走在淮海路上。说实在的，他们看起来很配。

"你为什么来找我？"

"不知道。我知道没意义，但是裴苏苏说了，我心里还是起了涟漪。说真的，我起初有点恨她，但是后来想通了就不恨了。还是我不坚定，如果我执意要找，想尽办法去找你，估计会找得到。可是，我也好面子，我还以为还能碰到那样动心的目光……"

动心的目光？那二想起了春天的相遇，那样电光火石惊心动魄的目光……她的心一阵揪紧，疼。是的，就是这个感觉，生理的心疼。

"如果重来一次，你会在那天早早离开吗？如果离开，你会给我留个联系方式吗？"

"不知道。"那二哀婉地摇了摇头。

"如果重来一次，我会在你离开的时候跑过去要你的电话号码。"

那二的眼眶湿了。她喜欢眼前这个男人，可是，她马上要结婚了。她怕眼泪掉下来，想尽快离开，说话都有点语无伦次："我要走了，我还有事。我要结婚了。"

说着，那二把方若明手里帮她拿着的相册拽了过来，转身便走。方若明失落地望着她，任由她所为。

那二向相反的方向走出十几步，蓦地又停下。她转身看去，只见方若明还站在那里。他凝望着她，眼神里弥散着忧郁和失落。她的心又是一阵痛，眼泪终于忍不住掉了下来。没有任何暗示，她与方若明几乎在同时间里向对方奔去，他们拥抱在一起……那二送上了人生里第一次主动的亲吻。

爱情如瓢泼大雨倾天降临。那二与方若明在淮海路上热烈地拥吻着。她闭起眼睛，感到世界万物在不停地旋转。她觉得晕眩，觉得酥软，觉得焦渴……她紧紧地嵌进方若明的怀里，深深地品尝着他送来的甘美唇舌。她愉悦得全身每一个细胞都在号叫。那二终于明白了，接吻是件多么美妙的事情，只因为有爱情发生。

一刻钟以后，那二与方若明从醉人的拥吻中渐渐清醒。现实的铡刀重重地落下，再继续下去难以收拾，曹大河是最不该伤害的人。那二无奈、凄楚，重新拎起了她与曹大河的婚纱照。她最后一眼看了看方若明，她要记住他，要把她初吻的男人刻在记忆里。

　　再见。

　　再见。

　　一个月以后。

　　马尔代夫的海滩上。

　　曹大河和那二身着婚纱礼服摆着 POSE，一个欧洲人帮他们拍照。

　　"One，two，three…OK！"

　　"曹大河，你瞧瞧，为了省点钱，我们都麻烦了十几个游客了。"

　　"那有什么？外国人都很热情，你看，他们都很乐意帮我们。"

　　"结婚以后才发现嫁给一个小算盘。唉，我是走运还是不走运呢？"

　　"当然是走运了。你亲爱的马上又要高升了，他的股票又小赚了一笔。想问一下我姓那叫二的太太，你可以不用考虑经济问题去做一件自己喜欢的事情。你是愿意生个 BB 玩儿呢，还是先出去旅行一段时间？"

　　"我啊，我想……写一本书吧。"